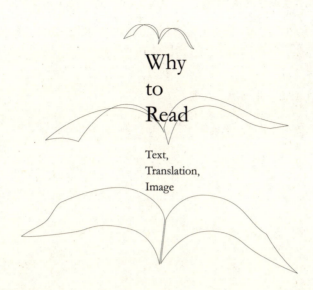

阅 读 何 为

文本·翻译·图像

陈永国 著

图书在版编目(CIP)数据

阅读何为：文本·翻译·图像 / 陈永国著. —北京：北京大学出版社，2022.8

ISBN 978-7-301-28395-0

Ⅰ.①阅… Ⅱ.①陈… Ⅲ.①文学欣赏 Ⅳ.①I06

中国版本图书馆CIP数据核字(2022)第060694号

书　　名	阅读何为：文本·翻译·图像 YUEDU HEWEI: WENBEN·FANYI·TUXIANG
著作责任者	陈永国　著
责任编辑	于海冰
标准书号	ISBN 978-7-301-28395-0
出版发行	北京大学出版社
地　　址	北京市海淀区成府路205号　100871
网　　址	http://www.pup.cn　新浪微博：@北京大学出版社 @阅读培文
电子信箱	pkupw@qq.com
电　　话	邮购部 010-62752015　发行部 010-62750672 编辑部 010-62750883
印　刷　者	天津光之彩印刷有限公司
经　销　者	新华书店
	660毫米×960毫米　16开本　21.25印张　214千字 2022年8月第1版　2022年8月第1次印刷
定　　价	68.00元

未经许可，不得以任何方式复制或抄袭本书之部分或全部内容。
版权所有，侵权必究
举报电话：010-62752024　电子信箱：fd@pup.pku.edu.cn
图书如有印装质量问题，请与出版部联系，电话：010-62756370

目 录

第一编　文学本体阅读　001

01　回归物本体的生态阅读　003
02　诗、画、思：关于自行置入艺术之真理的道说　021
03　夜莺为谁而鸣：诗之思与物之深层　045
04　作为图像的脸：物相所遮蔽的　064

第二编　翻译与世界文学　087

05　文学翻译与艺术精神　089
06　翻译研究与世界文学的内在连接　116
07　翻译与中外文学关系的关系　139
08　身份认同与文学的政治　163

第三编　阅读文艺批评　191

09　爱默生与惠特曼时代的艺术与表现　193
10　形象与观念的文本旅行　244
11　视觉再现与语言再现的辩证关系　266
12　图像何求：形象的物自体与媒介　292
13　遮蔽与解蔽：一种纯粹的展示　319

第一编

文学本体阅读

01
回归物本体的生态阅读

文学阅读的生态就是通过阅读对文学产生一种类似于关于家的认识,即把文学作为家来认识,认识到构成文学的各个因素就仿佛家的成员,其自身固有自己的内在价值,就像大自然中水、火、土、空气、山脉、树木、动物等都有其自身价值一样。这就是按文学本身固有的价值及其本真的面貌,也即文学本身固有的生态环境来认识文学。那么,文学固有的价值是什么呢?什么才是文学的本真面貌和生态环境呢?人文主义者声称,文学,以及任何一种艺术,具有"使人成为人"(make man human)的审美价值和道德价值。爱默生在讨论自然美时曾说,"对于其他的物,我将其作成诗;而道德情操则将我作成诗"[1]。自然美并不是终极的,它只是一种内在美和永恒

---

[1] F. O. Matthiessen, *American Renaissance: Art and Expression in the Age of Emerson and Whitman*, Oxford: Oxford University Press, 1968, p.49.

美的先驱，只有将自然美内化，使欣赏美的人达到灵魂的升华，使美的自然价值与美的道德价值合二为一，人才能成为诗一样的艺术品，并据此创造出高于自然美的艺术品，这就是"道德情操将我作成诗"的意味，同时也是美的真正价值，抑或是所有文学艺术的真正价值和本真面貌。

在某种意义上，文学之所以重要，是因为它可以给我们提供这样一种类似于自然美的东西，并通过记忆、象征和类型来揭示人类经验中那些难以磨灭的东西，那些曾经发生过的事、曾经遇到过的人和曾经读到过的物。这些事、人和物首先以本体的形式存在，就像爱默生笔下的自然，自然界中的花朵、河流、山脉、树木、风云、日出、日落、彩虹、月光和飞鸟。他们本真的存在展现了美的不同侧面、不同维度，而一旦成为人的认识对象，成为人的智力活动的客体，就会呈现为更加完善或更加美的形式。现代神经科学已经证明了大脑的这种内化作用，即将自然美客观化的作用，这也是文学批评和文学理论历经两千多年来所讨论的阅读、阐释和审美判断等问题，构成了自然与人类精神活动之间出乎意料的聚合点，进而演化为文学和艺术创作中的不同类型。

从文学本体研究的角度看，这些不同类型就是我们在阅读中随时随地都能识别出来的文类和故事架构。当一个故事中具备了下列五种因素时，我们就知道这是一个与寻找圣杯的故事相类似的故事：探索者、要去探索的地方、被交代的去探索的理由、路上经过的一系列考验和挑战、最后揭示出来的去探索的真正理由。这个真正理由最终总是被揭示为：认识自己。虽然经过多少世纪的演化，尤其是经过现代主义者和后现代主义者的恣意翻新，文学的基本类型仍然没有多大的改变。就"探索"主题而言，如果14世纪的《高文爵士和绿色骑士》和16世纪的《仙后》是早期英国文学中两部伟大的探险故事的话，那么，20世纪美国小说家托马斯·品钦的《拍卖第四十九批》也无疑属于这个类型。只不过书中的探索者已经不是骑士了，而是一个后现代女性：她要离开旧金山附近的家去南加州；她离开或外出的理由是她被指定为前男友皮尔斯的遗嘱执行人；所经历的一系列考验和挑战是遇到各种各样的危险人物，并卷入了一场巨大的阴谋；最终揭示的真正理由可以用她的名字来说明：Oedipa，从词的发音和形态我们一下子就能将其与古希腊悲剧《俄狄浦斯王》中的Oedipus联系起来。众所周知，这位王子的真正悲剧是不知道自己是谁；品钦的女主人公的悲剧在于她不了解周围的男性，他们最终证明都是虚伪的和不可靠的，最终她发现唯一可靠的、可以依赖的就是她自己，这就是她对自我的新的认识。

　　这里我们看到，探险故事并不在探险本身，而在探险后获得的一种新的认识——对人与世界的更深刻的认识，对自己的一种全新的认识，最终是一种关于真理的揭示。于是，我们可以得出一个初步的结论，即故事并非为了讲述而讲述，而是为了揭示某一生活真实。在英国的鬼怪故事中，《哈姆雷特》中父亲魂灵的出现是要让儿子为他复仇，进而揭示人性的内在腐败；狄更斯的《圣诞颂歌》是要从一个非常怪诞的角度表达人们对美好社会的向往；而在《化身博士》中，怪医海德不仅仅代表了人性中邪恶的一面，而意在说明人性中并非非善即恶、非恶即善，而是善恶并存。而在这两股力量之间，邪恶的力量始终要利用一切可利用的机会削弱善的力量，进而破坏善、消灭善。文学中的食人魔、吸血鬼、女淫妖、幽灵或精灵的出现大多是出于削弱别人的力量而壮大自己的力量；利用别人达到自己的目的；剥夺别人的权利来满足一己私欲；把自己的丑恶欲望置于他人的生命之上。这就是人性中的丑恶在吸血鬼身上的具体体现。

毋宁说，这是一种类型化了的结构。只要读者在阅读中碰到了相似的结构，也即类似的故事情节、类似的人物、类似的命运、类似的结局，读者就会有似曾相识之感。这似曾相识之感从何而来？从记忆中，从阅历中，从自童年就开始的阅读生活中。对于热爱知识、乐于从阅读中获得智慧的人来说，读书就是生活本身，而文学阅读构成了这种阅读生活的大部分。久而久之，读者就通过这种阅读生活建构起了关于历史、文化和文学的知识宝库。优秀的创作和阅读都来自这个丰富的知识宝库。正如加拿大批评家诺思罗普·弗莱所说，文学产生于其他文学。不存在一种完全独立和完全创新的文学。这就是为什么阅读中会出现上述讨论的类似的识别。当有了足够长的阅历，并对所阅读的内容予以足够多的思考，人的大脑中就会储存了足够多的类型、原型和重复的画面。它们不仅仅是文学的，也是历史的、现实生活的。事实上，文学和历史从来是不分家的；历史本身就是故事。文学中的人物本身就是历史中的人物。在这个意义上，文学就是历史的化身，或者，文学产生于历史，是在与历史的对话中产生的。而这种对话一旦出现在文学内部,那就是新文本与旧文本之间的对话,或新作家与老作家之间的对话,也即文本与文本之间始终在进程之中的互动。这种互动会深化和丰富阅读经验。读者越是意识到当下的文本在与其他许多文本对话,就越能发现相似和对应之处,文本也就越鲜活,越具有历史意义和现实意义,而从影响论的角度来说,文学中的影响源也就越加清晰。在英国文学中,莎士比亚就是这样一个巨大的影响源。在托·斯·艾略特的《普鲁弗劳克的情歌》中,那个神经质的胆小的主要人物普鲁弗劳克可能是哈姆雷特,可能是伯纳多和马塞卢斯(最先看到哈姆雷特父亲鬼魂的人),但也可能是罗森克朗茨和吉尔登斯坦(被双方利用、最后被无辜送上断头台的人)。不管是谁,读者都在普鲁弗劳克与这些人物之间看到了共性,即他们的无助、他们的摇摆、他们意志的不坚定。艾略特似乎要用哈姆雷特来说明普鲁弗劳克的困境,但他并没有明目张胆地拷贝已成定论的经典,而是改写了哈姆雷特,其目的是要通过改写消除时代的隔阂,掩盖旧时代的痕迹,同时融入新时代的内容。莎士比亚作品中的人物(哈姆雷特、福斯塔夫)、情节(罗密欧与朱丽叶的爱情悲剧)、政治性(奥赛罗和各种历史剧中的政治阴谋),尤其是其魔幻般的语言,在他之后的文学中层出不穷。读者一旦识别出文本与文本之间的互动,一旦发现了普鲁弗劳克与哈姆雷特等人物的关联,便参与了新作家对旧作家的改写,参与了这种改写所必不可少的创造性想象,因而也参与了意义的创造,即根据自己的理解重新构筑新与旧之间的关系。想象并不是作家和艺术家的专利；创造性的阅读也必须有创造性的想象力；读者参与想象；读者参与创作。

在犹太教—基督教世界中，《圣经》的影响似乎更大，以各种变体出现在作品之中。莫里森的《宠儿》有一个情节中出现了四个骑马的人，当他们来到女主人公塞斯的门口时，塞斯明白世界末日到了。乔伊斯在《阿拉比》中描写了天真的丧失，而天真的丧失就意味着堕落：亚当、夏娃、蛇和苹果，至少还要有一个花园。这在霍桑的《拉帕奇尼的女儿》中应有尽有。《圣经》为文学提供了母题、人物、主题、情节，乃至引语，其影子无处不在。可以说，《圣经》中的故事与更为古老的神话传说以及讲述风雷雨雪等自然现象的故事一样，已经深藏于我们的记忆之中。它们不仅给故事提供了起源和深度，而且丰富和强化了阅读的经历。虽说程度不同，但它们都覆盖了最大范围的人类生存环境，包括现世和"来世"的生活，个体的人际关系或非个体的治理关系，以及肉体、心理和精神等近乎所有的个体经验。然而，当我们用神话指我们所讲的"故事"时，我们所说的其实是一种并非不同于哲学的、科学的和物理的看待世界的方式，最终也是我们如何看待自己的方式。它不仅深藏于我们的记忆之中，构成了我们的文化，反过来又通过文化塑造我们。神话中的人物尽管有些高贵、神圣，但也和人类一样并不都是神，也常常会犯下人类常犯的错误：妒忌、贪婪、淫欲、卷入纷争和战争。诞生于公元前12世纪至公元前8世纪的荷马史诗《伊利亚特》和《奥德赛》原本是描写农民和渔夫的故事，后来他们成了神，这从一个侧面提醒我们，伟大就寓于平凡之中，不论我们的世俗环境多么卑贱。何况《伊利亚特》的情节也是通过描写阿喀琉斯的愤怒而把一件绝非高尚的小事转变为流芳千古的史诗的！但荷马绝不是为了讲故事而讲故事，而是以神话的形式呈现人类的四种斗争：与自然、与神、与他人、与自己的斗争。

　　罗马帝国盛期，维吉尔以这些荷马英雄为原型塑造了罗马始祖埃涅阿斯，于是，尚武而没有文化的罗马便有了罗马史诗。公元1922年，詹姆斯·乔伊斯写出了《尤利西斯》，用布鲁姆代替了奥德修斯，用茉莉代替了佩涅罗佩，把史诗中漫长的艰苦岁月紧缩成都柏林的一天一夜，而这部现代爱尔兰史诗描写的却不是奥德修斯（《奥德赛》）的辉煌和光荣。1990年，加勒比海小说家沃尔科特发表了诺奖作品《奥梅尔洛斯》，重讲了3000多年前荷马讲的故事，宣告了3000多年前荷马宣告的人类需要：保护家人（赫克托耳）、维护尊严（阿喀琉斯）、忠贞不渝（佩涅罗佩）和不畏艰难险阻归家的决心（奥德修斯）。荷马史诗和其他希腊罗马神话就这样丰富和深化了读者的文学经历，同时也使现代文学具有了古代神话的神圣性和魅力。

　　这种神圣性和魅力也体现在文学中的物上，如风花雨雪，地理状貌。这些物都属于故事背景的组成部分。然而，它们一旦出现在文学作品中，就不仅只是背景了，而是天气非天气、雨非雨、雪非雪了。整个犹太教—基督教—伊斯兰教的文学传统中，诺亚方舟的故事以各种变体广泛流传，其中的雨、洪水、方舟、鸽子、橄榄枝、彩虹，总能给人类带来劫后余生的救助，雨后的彩虹总能给古人

（乃至今人）带来安慰，传达超验的信息，给人类以希望：不管上帝怎么愤怒，他都不会彻底抛弃人类，都会在人接近灭绝的时候给人留出一条生路来。而最重要的，雨、洪水等自然现象，尤其是自然灾害，表达的是人类的内心恐惧，而水又是人类生存的最基本的物质保证，因此也就进入了人类最深切的记忆之中。在《吉尔伽美什》史诗、不同民族的创世史诗（如中国的《山海经》和《大禹治水》）和神话故事中，水、洪水与溺水都代表着新旧交替，旧的被荡涤，新的得以建立。这一象征在现代文学中更是比比皆是：普希金的《青铜骑士》、劳伦斯的《虹》、海明威的《告别了，武器》等。在乔伊斯的《死者》中，故事结尾处加布里埃尔的妻子讲述了她年轻时的一位追求者身体虚弱，但仍然在雨中为她唱歌，表白爱情，最终死于肺结核的故事。这里，年轻、疾病、荒芜、希望、绝望、死亡聚合在一起，最终表达的是热烈的悲惨的爱。最具讽刺和象征意味的是，早年的雨在现实的故事中变成了雪：在《死者》的最后一段，主人公达到顿悟：他发现自己经过一夜的内心折磨，似乎对自我有所觉醒，然后推窗望去，看到一夜之间大雪覆盖了整个爱尔兰，于是突然意识到，大雪就像死亡，是最大的整合者，它落在爱尔兰大地上，"寂然无声地穿过宇宙，悄然下落，像落向它们的最后归宿，落在了所有生者和死者身上"（文心译），掩埋了他们，同时也掩埋了加布里埃尔的愤怒和嫉妒，使他在白雪中看到了宽容和永恒。

综上所述，意在说明一个道理，即一切文学都是解构的写作；一切阅读都是解构的重写。作家在创作时必须对他所写的人和物进

第一编
文学本体阅读

行解构的分析，采纳适于他所处时代的视角，也即社会的、历史的、文化的、个人的视角，以便有效地使用手头的素材；而读者在阅读时，也必然以同样的方式对待所读的文本，即掺入了读者自己所处时代的主观认识。这样一来，文学赖以存在的本体的物就被淹没了，其本真的存在便被带入了作者（读者）自己的各种偏见之中。因此，基于文本、作者乃至读者自身理解的阅读，就都不是有效的本真的阅读。有效的本真的阅读应该使文学回归到它自身的本真生态，是要祛除文学中对自然、生存和心理现实的非现实再现，祛除对物自体的象征性表达，直接触及对物自身的描述，以回归文学阅读的生态环境，而这需要我们进行一种生态的阅读。

什么是生态的阅读？简单说，就是根据物自体的实际状貌和价值来阅读文学中的物。如果说人类对自然界的认识经过几千年甚至几万年的进化而导致了科学的发展，反过来促进了对人类自身的认识，这两种认识在记忆中得以保存，又通过语言和文字流传至今，同时也把物带入了文化、学问、诗歌、艺术、经验乃至政治表达等人类思想的生产之中，那么，物自身的存在与人自身的生存就不可避免地被混淆在一起了，抑或，物的存在或多或少被人的生存掩盖了。而在西方哲学传统中，物只为人而存在，用哲学话语说，就是客体只为主体而存在。康德以后，伯克利的主观唯心主义认为，物仅仅是储存在观看物的主体心中的感性数据；黑格尔的绝对唯心主义认为，世界就是它呈现给自觉之精神的那个样子；海德格尔的存在主义认为，物外在于人的意识，但它们只为人的理解而存在。而后结构主义者德里达则认为，物从未完全呈现在我们面前，它们只是在特定语境中以差异和延宕的方式不确定地接近但又远离每个个体。而无论是哪一种，按照布鲁诺·拉图尔的说法，物的世界都被切割成两半，一半是人类，另一半是自然。[2] 人类文化是多维度的和复杂的，而自然或物的世界则仅仅是单一的。即便我们在谈论人与自然的关系时，我们也始终把人放在主体的位置，完全或几乎忘记了物的存在；也就是说，物自身的复杂性和多面性从一开始就被忽视了，而人从一开始就被置于中心和主导的位置。

古典哲学之后的一些认识论从不同角度强调物自体的重要性。格拉海姆·哈曼根据海德格尔的存在哲学提出了以物为导向的哲学，认为海德格尔提出的物的"工具性"不是把物解作单纯的物，而是与目的关联起来了：一只锤子如果不是用来钉钉子而与更大的目的（造房子）关联起来便毫无意义，除非作为抽象概念而存在。[3] 哈曼认为，物的这种工具性是一切物体的真实，但是，物的这种真实并非被全部呈现出来；物的内部总是隐藏着一些东西，不可接近，无法言喻。因此，物并不仅仅通过人相互关联，而是通过用途，包括一物与另一物的关系。此外，物不仅是最基本的构成因素，如夸克或中子；物，无论大小、规模和秩序如何，它们相互间都是平等的。

---

[2] Ian Bogost, *Alien Phenomenology, or What It's Like to Be a Thing*, Minneapolis and London: University of Minnesota Press, 2012, p.4.

[3] Graham Harman, *Tool-Being: Heidegger and the Metaphysics of Objects*, Chicago: Open Court, 2002, p.9.

而且不仅物与物相互间是平等的，物与人也是平等的。

此外，怀特海关于"世界即过程"影响了当代西方哲学的所谓物的本体论，如德勒兹的生成论、拉图尔的行动者网络理论、福尔曼的后人文主义动物论、环境主义的生物平等论、维斯曼的后人文主义动物研究，以及米歇尔·波兰从植物的视角看待世界的研究，这些都没有改变从人的主体间性来看待物的视角。直到 2010 年 4 月 23 日，美国佐治亚技术学院召开了一次可能会成为划时代事件的会议，即全世界第一次"以物为导向的本体论研讨会"(Object Oriented Ontology Symposeum)。此后，"OOO"拉开序幕。这种以物为导向的本体论把物置于存在的中心：人类是世界的组成因素，而且是具有哲学兴趣的因素，但绝不是唯一的因素。世间一切都是平等的，无论是科学自然主义所说的碎片，还是社会相对论所说的人类行为，在存在的天平上都是平等的。即便人类有能力改变这个世界，但也只能改变自己占据的小小角落，也只能与宇宙的一颗微粒发生关联。从这种新形而上学的角度来看，物并不为人类而存在；物只为其自身而存在。[4]

那么，这种新的哲学与生态阅读有什么关系呢？如果物在世界中有其自身的存在价值，那么，在文学中它们就必然有其被描述的价值。如果本体论是关于存在之性质的认识，那么，对存在之性质的描述就可称为本体学（Ontography）。什么是本体学？从形而上的

---

[4]　Ian Bogost, *Alien Phenomenology, or What It's Like to Be a Thing*, pp.6—9.

视角看,本体学旨在揭示物体间的关系而不提供关于物之种类的清理和描述,是一种进行总体描写的方法,以便揭示单个物的丰富性以及物与物之间的物体间性(interobjectivity)。[5] 如果说主体间性(intersubjectivity)旨在达成主体与客体之间的和谐关系和共融,因此使得主客体和谐地相处,那么,在字面意义上,物体间性就意在其反面,突出物与物之间的和谐和流动,而反衬物与人之间的不相容性和断裂,也即二者间相异的孤立而非流动的生成。于是,语言和存在之间的链条被割裂,而用以实现这种割裂的手段就是列出作品中物的清单,突出物自身的故事,以便消除作为主体的人的痕迹。以往的文学阅读和批评注重所谓的文学性,因而局限于语言和再现的牢笼。但如果把重心转向包括语言在内的物品清单,文学以及文学所呈现的物便失去其文学表现性而世俗起来,成为一个个独立的物,尽管微不足道,但却是日常生活中经常得见的、与人发生短暂的亲密接触的物。这种短暂的亲密接触能够祛除传统阅读和传统批评所寻求的读者与文本中人物的认同,进而展现出(包括人在内的)物与物之间相容而依赖的关系。

文学批评家伊安·伯格斯特在《异现象学,或物的样子》中举罗兰·巴特的《自述》为例:

> 我爱:生菜、桂皮、奶酪、辣椒、巴旦杏面团、割下的干草气味(我希望一个"鼻子"能制造出这种香水)、玫瑰、芍药、薰

---

[5] Ian Bogost, *Alien Phenomenology, or What It's Like to Be a Thing*, p.38.

第一编
文学本体阅读

衣草、香槟酒、淡漠的政治立场、格林·古尔德、非常冰冷的啤酒、平展的枕头、烤糊的面包、哈瓦那雪茄、亨德尔式的适度的散步、梨、白色桃或与葡萄同期收获的桃子、樱桃、各种颜色、各种手表、各种钢笔、各种写作用的蘸水笔、甜食、生盐、现实主义小说、钢琴、咖啡、波洛克、特翁波里、全部浪漫音乐、萨特、布莱希特、凡尔纳、傅立叶、爱森斯坦、火车、梅多克葡萄酒、布滋香槟酒、有零钱、布瓦尔与佩居歇、夜晚穿着拖鞋在西南部的小公路上走路、从L医生家看到的阿杜尔河的拐弯处、马克斯兄弟、早上七点离开西班牙萨拉曼卡城时的山影,等等。

我不爱:白色狐犬、穿裤子的女人、天竺葵、草莓、羽管键琴、米罗、同语反复、动画片、阿瑟·鲁宾斯坦、别墅、下午、萨蒂、巴托克、维瓦尔第、打电话、儿童合唱团、肖邦的协奏曲、勃艮第地区的布朗斯勒古典舞曲、文艺复兴时期的舞曲、风琴、M.-A.夏庞蒂埃、他的小号和定音鼓、性别政治、舞台、首创精神、忠实性、自发性、与我不认识的人度过夜晚时光,等等。[6]

在巴特自己看来,这一切"对任何人来讲没有丝毫的重要性;……没有一点意义。"但这一切却意味着"我的身体与您的身体不一样"[7]。在伯格斯特看来,这番叙述能帮助读者更好地认识巴特。而

---

[6] 罗兰·巴特:《罗兰·巴特自述》,怀宇译,中国人民大学出版社,2010年,第72—73页。

[7] 同上书,第72—73页。

更重要的是,通过列一个清单,读者的注意力被吸引到巴特其人之外的世界,其文学批评之外的世界,以及其结构主义和后结构主义理论之外的世界。或者说,这个清单打破了巴特以往的结构主义建构,而把自己的生存空间破碎化了,把一些不受欢迎的、相互矛盾的碎片堆在了读者脚下,以编目的方式揭示了他自身之外无限扩展的物质世界。[8] 这个方法抛弃了以往以人类为中心的叙述,而转向了众多世俗的细节,给传统的文学叙述撒了胡椒,以出乎意料的辣味颠覆了故事,并且以丰富的物的形象和记忆埋葬了作为作者的巴特,以实例宣告了他提出的"作者之死"。

在乔伊斯的《死者》中,主人公加布里埃尔从一开始就为主显节的聚会和晚宴心存焦虑。许多焦虑,其中之一就是他精心准备的演讲可能会被误解,因为听众要么没有文化,要么欣赏能力很低,根本无法听懂他将要引用的罗伯特·勃朗宁的诗句。但在宴会前,一件件在他看来无足轻重的小事出乎意料地打击了他的自我,人们热烈谈论的表现活生生的都柏林不同侧面的事例,尽管他不屑一顾,却也都不甚明了,这表明他和其他任何人没什么两样,都是都柏林这个慵懒、残缺、瘫痪的社会中的一员,而唯一值得人们赞赏和保留的就是这个破落家族的好客了。这里,乔伊斯恰到好处地安排了这样一段冗长的描写:

---

[8] Ian Bogost, *Alien Phenomenology, or What It's Like to Be a Thing*, p.41.

一只焦黄的肥鹅摆在餐桌的一头，另一头呢，一张垫了一层香菜的皱纸上放着一条大火腿，外皮已经去掉，一层碎面包屑撒在上面，一张干净纸围着火腿胫骨的边。火腿旁边有一块放了香料的大牛排。在这遥相对应的两头之间，平行着摆了些小菜：两小瓷碟果子冻，一红一黄；一浅碟装满成块的牛奶冻和红果酱，一绿色叶形屏曲如茎的大盘子里堆着紫葡萄干和脱皮的杏仁，一碟里是实实落落的士麦那无花果，一碟豆蔻粉牛奶蛋糕，一小碗金银纸包装的巧克力和糖块，一玻璃瓶插着一些长颈芹菜。在餐桌中央，好像为一大盒顶尖的橘子和美国苹果站岗似的，立着两只老式雕花玻璃的大肚酒瓶，一只装了红葡萄酒，一只装了黑色雪莉酒。台上的方形钢琴上，一只黄盘里的布丁等着客人分享，盘后面是三堆黑啤酒、淡啤酒和矿泉水瓶子，按不同酒类的颜色分放开来，前两堆是黑色，附了棕和红两样标签，第三堆是最少的一堆，白瓶子上拦腰系着绿色丝带（文心译）。

我们看到，这段描写其实不亚于上述巴特的"自述"。很少有哪位作家如此细心地注意到宴会餐桌上的食物，也没有人像他这样如此着力于食物的"分类"和"编目"。这样一种布阵列队式的描写不会没有原因的：首先，出于故事本身的需要，读者会情不自禁地相信餐桌上诱人食物的现实，而不自觉地参与其中。其次，晚宴前的紧张局面得到了缓和，喜欢流行音乐和不喜欢流行音乐、亲英派和非亲英派、高雅阶级和低俗阶级等两军对垒的局面（或许食物就是有意按照这个军事布阵排列的），以及读者在阅读中感觉到的紧张和担心，在如此美味面前统统烟消云散了。而最重要的原因则是，每一个人都是参与主显节"灵交"的一员，大家都是这个聚会的组成部分，而且，这些食物是全体人员都有权分享的（如同所有基督教信徒分享上帝之灵一样）。从这个意义上说，餐桌上的食物就与从故事一开始就间或提及的白雪一样，在故事以加布里埃尔对妻子隐藏多年的爱情故事进行移情思考之后，看到整个爱尔兰都覆盖着白雪，在它下面，生与死都没有区别了，就仿佛在众多食物面前，众人之间所有的差别也都消失了。那么，人与人之间的隔阂，意见的相左，乃至矛盾的斗争，又有什么不可消除的理由呢？宽容的主题便幡然可见了。

当然，我们在此可以加入关于麦尔维尔的《白鲸》的讨论，那简直就是关于物尤其是航海的一部百科全书，但限于篇幅，本文试举另一个便捷的例子。诺奖得主奥罕·帕慕克可以说是把"编目"做到极致的人。2002年，他开始写作百科全书式的《天真博物馆》（2008年出版）。这是关于失去的爱和家庭的一部长篇小说，以字典条目的编排方式历数了女主人公芙苏的物品。20世纪90年代中期，帕慕克就开始为写这部小说搜集小说中提到的物品，而在小说发表后，帕慕克竟然在伊斯坦布尔建立了真正的"物品博物馆"，展出了他所搜集到的小说中描写的全部物品，包括芙苏抽过的4313只烟头和行车驾照等。2012年，博物馆目录以《天真的物品》为题出版，其中包括74条物品条目。书封里标题下是引自蒙塔莱的《柠檬树》的几行诗:"请凝望,这种寂静/庸琐退去,仿佛/天地也将泄露出永恒的秘密。"[9]

除了物本身蕴含的永恒秘密外,帕慕克还认为物能给人带来慰藉,因为物有"灵",火、风、水和森林都有"灵"。这"灵"是什么?亚里士多德早就说过,植物和动物都有"灵",只不过在量上不同于人的而已。在文学中,当物被减缩为物自身的时候,物就失去了自身携带的故事,并由于祛除了污染(也即作者或读者的偏见)而变得清白了。这清白,这天真,就是帕慕克借用萨满教的信仰所说的"灵",即物之灵。帕慕克的"天真博物馆"(无论是小说、博物馆实体还是博物馆目录)都是建立在既要讲述物的故事、同时又要还物以清白的矛盾欲望之上的,这也是每一个作家和艺术家所共有的一种矛盾。然而,清白也好,天真也好,文学的生态阅读就是要在人与书、书与物之间建立起没有任何污染的联系,使之回归到一种原始的生态环境,便于我们理解物之本性的一种生态环境。毕竟,我们每时每刻都在进行各种联系,建立各种关系,都努力把我们周围发生的事件与我们心灵中突发的奇想或灵魂的震颤联系起来。

这种生态阅读超越了以往所要达到的目的,比如类比的、道德的、意识形态的、历史的、直义的以及各种"主义"的阅读,而深入到物自体的层面。不仅在《安娜·卡列尼娜》的小说中读到一个个悲壮的切近生活的情节,而且要揭开这些情节背后的物质世界,那就

---

[9]　埃乌杰尼奥·蒙塔莱,意大利诗人,1975年获诺贝尔文学奖。

是托尔斯泰浸透着种种人情世故和心理活动的栩栩如生的世俗生活，而不必非得把托尔斯泰说成是一位会讲故事的道德家，还他一个以物述物的世俗作家；不仅看到博物馆墙上挂着的或忧郁或亢奋的不同风景和人物，还要看到这些人物周围的每一件人人都使用和熟悉的物品，正是这些物品触及了人类的共同命运，因此也关切"人类命运共同体"的建造。

最后，我想回答每个读者都必然会提出的一个问题，那就是，作为人，我们无法不从人的角度、无法不用人的语言来讨论和描述物和物的本真状态；我们无法逃脱语言的牢笼，更无法逃脱主客体关系的限阈，因为这是我们作为人而必然落入的人的悖论。但我们可以从一个新的视角重新审视人与物的关系，努力摆正我们在宇宙中的位置，摆正我们与物的关系，祛除任何偏见地（人的偏见）看待文学中乃至生活中的物，从而回归对物的本真的认识。

02
诗、画、思：
关于自行置入艺术之真理的道说

批评百态与"率真的"批评

波德莱尔在 1855 年世界博览会的报告中提出了一个很有趣的问题："面对离奇古怪、形状扭曲、色彩强烈、有时精细得几乎看不见的中国产品，他会说什么？"[1] 这里的"他"指的是"一个由于孤独（远不是由于书籍）而相当习惯于那种大量沉思的读者"，能够在草原的腹地数年进行沉思、分析和写作的观赏者，在他与真理之间"没有任何学校的帷幔、大学的反论、教育的理想王国"，[2] 他是思想者、

---

[1] 波德莱尔：《浪漫丰碑：波德莱尔谈德拉克洛瓦》，冷杉译，金城出版社，2013 年，第 76 页。
[2] 同上书，第 76 页。

研究者，是真正的聪明人，他与在"现代美学"面前"宣过誓的教授"判然有别。后者"有着满是墨水的学问、折中的品位"，但这学问和品位却"比野蛮人的还要野蛮"；这后者"忘记了天空的色彩、植物的形状、动物界的运动和气味"，他的手指被笔弄得瘫痪了、痉挛了，"再也不能灵活地奔放在应和的巨大键盘上"了。他是"体系"中人，"试图把自己限制在某种体系中，可以随心所欲地说教。"而"体系是一种判入地狱的宣判"，迫使他不断地放弃以便不断地发明新的体系，致使其成了"一种残酷的惩罚"。如果按这种宣过誓的教授的规则行事，"美本身就会从大地上消逝"，所有的类型、想法、感觉都会被置于一个无个性、单调、无聊和虚无的统一体中。这种宣过誓的教授是"学术暴君"，是"替代上帝、亵渎宗教的人"。[3] 那么，假定前面的问题不仅是提给第一种人的，也是提给第二种人的，那么，这两种人该怎样回答这同一个问题呢？

可以想见，后一种人首先会从"东方学"的角度来看"中国产品"，称其为怪异、落后、野蛮。或者征用赛义德在《东方主义》中对"东方学"的批判，谴责西方对中国（东方）的偏见和无知。[4] 这两种批评无疑都落入了所谓殖民主义或后殖民主义的批评体系，将承受那种"地狱般的残酷惩罚"。而第一种人，那些孤独的沉思者，会抛弃"学校的帷幔、大学的反论和教育的理想"，而深入"中国产品"的腹地，亲身观察和体味那里"天空的色彩、植物的形状、动

---

[3] 波德莱尔：《浪漫丰碑：波德莱尔谈德拉克洛瓦》，冷杉译，第 78 页。

[4] Edward Said, *Orientalism*, New York: Vintage, 1978, pp.1–22.

界的运动和气味",也即亲身体验外在于自身存在之存在者的存在现实,结果发现"美总是古怪的"。[5] 这种古怪"是天真的、无意的、不自觉的,正是这种古怪使它成为美"。[6] 这种古怪"构成并确定了个性,没有它就没有美",它在艺术作品中的使用和含量就仿佛菜肴中的佐料(波德莱尔特别告诫读者不要因为这个比喻的平庸而忘记了它的精确性)。"这种古怪是必要的、不可压抑的、变化无穷的,附属于环境、气候、风俗、种族、宗教和艺术家的个性",[7] 是不能用某种法则、观念、主义、视角甚至哲学体系或理论框架来生搬硬套的。艺术是一种唤起。就像巴尔扎克在一幅好画前,看到画面上的冬天、白霜、几座破旧的窝棚、几个瘦弱的农夫,但他的目光最后落在了正冒着一缕细烟的小屋上,情不自禁地喊道:"这多美呀!可是,他们在这间窝棚里做什么?他们想什么?他们有什么悲伤?收成好吗?他们肯定有些到期的票据要付清吗?"[8] 波德莱尔接着暗示说,巴尔扎克在这幅画面前体验到了灵魂的震颤,或者说这位画家令这位小说家的灵魂震颤了,令他揣测、不安,才发出如此的感叹和问话的。于是,两颗灵魂碰撞在一起了,这是"用令人爱慕的率真给我们上了一堂非常好的批评课"[9]。

现在回过头来看看我们自己的"批评课"吧。在我们所生活的 21

---

[5] 波德莱尔:《浪漫丰碑:波德莱尔谈德拉克洛瓦》,冷杉译,第 78 页。
[6] 同上书,第 79 页。
[7] 同上书,第 79—80 页。
[8] 同上书,第 81 页。
[9] 同上。

阅读何为：
文本·翻译·图像

世纪，人类已经进步到非要用人类自己创造的生态学来维护自己的生存环境的时候了。这意味着如果不这样做，垃圾就会堆满天、铺满地，人类就会葬身于自己创造的垃圾穹窿之中。学术界尤其如此。如果我们就生态而论生态的话，就会看到有多少生态"主义"进入了相关学术领域，虽然有跟风、顺风或纯粹建立体系之嫌，却也可以说呈现出"双百"态势，其中包括生态文学、生态翻译学、生态语言学、生态符号学、生态心理学、生态现象学、生态政治学、生态文体学、生态叙事学、文化生态学、生态阅读等。与此相关的，还有后殖民生态批评、物质生态批评、环境人文学、生态女性主义、生态诗学、生态地方诗学、气候小说研究、生态动物学研究、文学动物学研究等。一时间，一切都变成了生态的和环境的了。

文学要做生态研究，这没什么不可以的，而且是天经地义的，但首先要清除一下自己领域内的垃圾。把空中的雾霾清理出去，才能纯然地呼吸；把地上的污垢扫掉，才能在干净的雪地上看到一串串新留下来的"猫印"；[10] 只有听不到马路上嘈杂的车声、鼎沸的人声，才能在清晨听到一声声清脆的鸟的叫声，领悟一阵阵微风吹来的清新，享受文学给我们沉闷的生活带来的一丝欢乐。这是说，文学研究要在一片寂静清净的环境中还文学一个本来就有的、但却被残忍地破坏了的生态环境。

那么，目前的文学研究环境如何呢？总起来说是"主义"纷呈，

---

[10] Claude Mouchard, *Qui si je criais*, Trans. Li Jinjia. Shanghai: Shanghai Huadong Normal University Press, 2015, p.145.

"学""评"林立,"研究"各异。在此不妨列个清单:按"主义"划分有:现实主义、古典主义、新古典主义、浪漫主义、人文主义、后人文主义、形式主义、后殖民主义、女性主义、马克思主义、世界主义、历史主义、新历史主义、文化唯物主义、结构主义、解构主义、现代主义、后现代主义、逻各斯中心主义、解中心主义……按"学"划分有:比较文学、世界文学、国别文学、叙事学、文体学、生态文学、战争文学、精神分析学、文化诗学、接受美学、人类学、人种学、神话学、社会学、精神政治学……按"研究"划分有:文化研究、性别研究、身体研究、身份研究、族裔研究、传记研究、创伤研究、记忆研究、主体研究、属下研究、空间研究、情感研究……按"批评"划分有:新批评、生态批评、伦理批评、社会批评、历史批评、审美批评、语言批评、印象批评、认知批评……这个名单远没有结束,但已经令人烦躁不安了。我们多么希望走出这样一个由杂音构筑的世界,摆脱由"学术产业"所生产的饶舌、平庸和匮乏,焚烧借由此而覆盖在这个领域表面的一层层厚厚的废纸,以及由这些废纸做成的面具、面孔和头衔,还世界一个清净、还文学一个清净,也还学问一个清净。即使我们自己带着空空如也的脑袋,坐在微风拂煦、阳光明媚的树下,细心地读一读一行行饱满的文字,领略一下天才的孤独,思考一下他们用可见的作品开启的不可见的事物的本质,也比那些自知自己脑袋轻轻却偏要朝里面灌水、或自知自己脑袋里的水太多因此也朝别人的脑袋里灌水的人,要强许许多多。我们需要的是、或仅只需要的是,在繁忙的世俗生活中抽出一点点空闲，在林中的小路上走一走，闻闻花草的芳香，瞧瞧溪水的流淌，听听百鸟的鸣唱，最后感谢自然给人类的馈赠，并决意不去糟蹋它，就足够了。文学的生态研究应该是对文学的本体研究，应该是像海德格尔所说的从文学作品本身来看作品的作品因素，也就是深入到文学的思想深处，到诗人炽烈和激越的内心去体验最隐秘最强烈的情感，在语言的表层之下挖掘被自然置入其中的存在者之存在的最切近生活的现实。

本真之物与真理的自行设置

海德格尔在《林中路》的首篇"艺术作品的本源"中，就开门见山，不仅对玩弄"主义"和观念框架的"视角式研究"提出了批评，而且毫无隐讳地指出，作品中唯一能使个别的东西敞开或把个别的东西结合起来的"乃是艺术作品中的物因素"。[11] 并举例说，如果整个作品是幢房屋，那么，这个"物因素"就是"屋基"，艺术家所要建构的其实就是这个"屋基"。而作为读者和批评者，我们所要找到的也是这个"屋基"，它就是"艺术作品的直接而丰满的现实性；因为只有这样，我们也才能在艺术作品中发现真实的艺术"[12]。

"在艺术作品中发现真实的艺术"是非常别致却也精确的一个提法。就是说，艺术作品本身未必就是真实的艺术，但真实的艺术就

---

[11] 海德格尔：《林中路》，孙周兴译，商务印书馆，2018 年，第 5 页。
[12] 同上。

藏匿于艺术作品之中。这个真实的艺术是什么呢？用上面的比喻来说，就是一幢房屋的屋基，它是"本真的物"，是"物之物性"，是"作品中的那种几乎可以触摸的现实性"。它是作品中"还隐含着的别的东西"，[13] 也就是被称为"纯然物"的东西。这种"纯然物"排除了三种可能会被误认为"物之物性"的东西：作为质料的花岗岩石块；作为有用之存在者的器具；作为存在者之存在状态的质料－形式结构。这三种对物性的规定性思考"最终表现为对物的"扰乱，是流行的关于物的概念，它们"既阻碍了人们去发现物之物因素，也阻碍了人们去发现器具之器具因素，尤其是阻碍了人们对作品之作品因素的探究"。[14] 于是我们看到，这三种被干扰的因素，物、器具和作品形式，都各有自己的被隐藏的"纯然"的东西，而在物（作为质料的花岗岩石块）与作品（作为雕像的艺术品）之间是器具（用以把花岗岩石块制成雕像的器具）。就批评和研究而言，对文学本体批评造成干扰的或许就是我们自认为非常有用而实则空之又空的那些"主义""概念"和"术语"。我们曾经以为这些有用的"器具"就像列维－斯特劳斯随手从"工具箱"里取出的"宝物"，可以用来"修修补补"，但实则是德里达所说的符号，是脱离物而无休止地漂浮的能指。[15]

---

[13] 海德格尔：《林中路》，孙周兴译，第7页。
[14] 同上书，第17页。
[15] Jaques Derrida, "Structure, Sign and Play in the Discourse of the Human Sciences", in Hazard Adams and Leroy Searle, *Critical Theory Since Plato*, Peking University Press, 2006, pp.1206–1214.

按照海德格尔的说法，对器具的理解必须经由经验，也就是必须经验地理解器具。"器具的器具存在就在于它的有用性。"[16] 什么是真正的有用性？海德格尔举的例子是一双"农鞋"。作为器具，"农鞋"是用来裹脚的，用于田间劳动、走路、跳舞或仅只穿着鞋子站立。但在梵·高的画中，鞋作为器具的真实用途被隐去了，画面上"只是一双农鞋，此外无他，然而——"，这里，海德格尔用破折号略去的恰恰是他增补的下面这段话：

> 从鞋具磨损的内部那黑洞洞的敞口中，凝聚着劳动步履的艰辛。这硬邦邦、沉甸甸的破旧农鞋里，聚积着那寒风料峭中迈动在一望无际的永远单调的田垄上的步履的坚韧和滞缓。鞋皮上粘着湿润而肥沃的泥土。暮色降临，这双鞋底在田野小径上踽踽而行。在这鞋具里，回响着大地无声的召唤，显示着大地对成熟谷物的宁静馈赠，表征着大地在冬闲的荒芜田野里朦胧地冬眠。这器具浸透着对面包的稳靠性无怨无艾的焦虑，以及那战胜了贫困的无言喜悦，隐含着分娩阵痛时的哆嗦，死亡逼近时的战栗。这器具属于大地，它在农妇的世界里得到保存。正是由于这种保存的归属关系，器具本身才得以出现而得以自持。[17]

在这段极具抒情性的描写中，我们看到海德格尔对农鞋的理解

---

[16] 海德格尔：《林中路》，孙周兴译，第19页。
[17] 同上书，第20页。

恰恰是画面上没有描绘出来、但又深深隐匿在画面之中的东西：不是这双鞋作为器具的有用性（劳动、走路、跳舞或站立），但却是凭借这种有用性，凭借对这种有用性的经验感知，我们认识到"农鞋"作为器具的一种本质性存在，以及这种存在的丰富性和可靠性。正是通过这种丰富性和可靠性，农妇才"被置于大地的无声召唤之中"，"对自己的世界有了把握"，正是"这单朴的世界"给了人（农妇）以安全感，大地才有了"无限延展的自由"。[18]可靠性不但使器具具有了有用性，而且给"自持的器具"带来了安静。在安静中，海德格尔发现了这器具究竟是什么，它作为物的"物因素"是什么，进而发现，这双农鞋（或普遍的鞋）作为物的"物因素"在梵·高的画中进入了作品所敞开的无蔽之中，进入了它所存在的光亮和闪耀的恒定之中。这无蔽、这光亮、这闪耀的恒定，就是艺术品作为存在者对存在的开启，即解蔽，敞开的存在者之真理，也就是海德格尔对农鞋的上述感悟。而在艺术作品中，海德格尔说："存在者之真理自行设置入作品中了。艺术就是真理自行设置入作品中"。[19]也就是说，只有被置入了真理的作品，或者自行携带着真理的作品，才是真正的艺术作品。因此，"只有当我们去思考存在者之存在之际，作品之作品因素、器具之器具因素和物之物因素才会接近我们。为此就必须预先拆除自以为是的障碍，把流行的虚假概念置于一边"[20]。

---

[18]　海德格尔：《林中路》，孙周兴译，第 21 页。
[19]　同上书，第 27 页。
[20]　同上书，第 26 页。

这里,"自以为是的障碍"和"流行的虚假概念"恰好可以借用来批评当前文艺批评界盛行的脱离文艺本体的"理论框架"之风,即全然不顾作品之"作品因素"而先验地或后天地给作品冠以某某"主义"、建构某某"体系"、设定某某"批评视角",进而戴着有色眼镜去看文学作品的流行做法。这样的做法非但不能开启作品"自行置入作品之中"的存在,不能呈现物之物性,反倒给作品限制了框框,使本来已被遮蔽的"纯然物"再度被遮蔽、被覆盖,因此距其本真或"真理"越来越远。要避免这种做法,批评者必须首先把文艺作品当作存在者来思考其存在,得其作为存在的"作品因素",进而根据其"对存在的开启"来得作品(作为存在者)之"真理",如海德格尔对《农鞋》的感悟。虽然历史上就上引海德格尔对《农鞋》的"开启式"分析已有不同看法,且就"农鞋"的归属究竟是否是"农妇"引起了争论,引发出许多不同的阐释。然而,农妇、流浪汉或艺术家自己,究竟谁拥有这双鞋,都似乎无关紧要,如果我们将这幅画视为一幅画,即视其为真正的艺术作品,那它就只是画面上的鞋,它所开启的就是鞋的世界、普遍的鞋的世界,或者鞋所开启的普遍的世界。对海德格尔来说,阐释艺术作品中的鞋就是要让这个鞋的世界现身,去掉鞋自身所携带的遮蔽,即其作为器具而必然会显示出的器具之因素(与农田和田间劳动有关的农鞋,但绝不是舞台上的芭蕾舞鞋,宴会厅里或颁奖典礼上或走红毯的高跟鞋)。这鞋所开启的普遍的世界并不是在物理时空中的现实世界,现实世界是无法确知的,现实世界"只是一个不确定的空间而已"[21]。但它确实是一个世界，一个被遮蔽的世界，或许是农妇的，或许是某个流浪汉的，或许也真的就是艺术家本人的。无论如何，它是存在论意义上存在者于其中生存和活动的世界，它是不断变化着的，无限生成着的。艺术家创作这幅画时，这个世界就"自行置入作品"，因此，它只能在作品中现身，在作品中实现物自身的世界化，或作品的作品化。也就是说，由于这个世界的被呈现，存在者的真理就有了被领悟的可能，由于这个世界"自行置入"了作品，它就有了去蔽而自行揭示出来的可能。无论是真理还是世界，它们都会在艺术作品中涌现出来，而不必到现实世界中去寻找其归属或原型。艺术作品之所以是艺术作品就在于其蕴含着揭示真理和使世界涌现的潜能，因为艺术从根本上说是生成性的，艺术中蕴含着无限生成的可能性。

然而，这种生成性或许真的像艺术史学家夏皮罗批评海德格尔时所说，完全是哲学家出于自己哲学道说的目的猜测的，因为完全有可能这不是农妇的鞋。而即使它是一双"农鞋"的话，那至少也是农夫的鞋。而且，在现有可查的数据中，至少在有限的关于梵·高的传记、画册和批评中，凡提及梵·高以鞋为主题的画作（据说共有八幅）的都是以《一双鞋子》或《一双皮鞋》(Les Souliers)为名的，缘何到了哲学家海德格尔的著作中就成了"农鞋"(Bauernschuhe)，而且还确定是一双"农妇"的农鞋。有艺术理论家

---

[21] 海德格尔：《林中路》，孙周兴译，第20页。

称其为误读,并称恰恰是这种误读开启了"鞋"的真实存在,道说了其作为存在者的"真理"。而当我们从哲学家—道说者那里回到艺术家自身的时候,我们发现,艺术家在生命最后的日子里,的确有一些著名的画作是描画法国南部的乡村景象、农民甚至农妇生活的,但更关注色彩、色调和景致在色彩中给人的印象。在这个时期的作品中,鞋没有出现,而频繁出现的则是植物、天空和河流,尤其是他赋予这些因素的异乎寻常的色彩和光影。

艺术之"路":画与诗的深度契合

在1890年6月17日给高更的信中,梵·高写道:

> 我还画了一幅有星月的丝柏,这是一次最新的绘画尝试——天空中悬挂着一个没有光辉的月亮,一勾新月从地面投射下的浓重的阴影中显露出来;一颗星星闪着熠熠光辉。如果你高兴这样说的话,可以用柔和的粉色或者绿色的光,映衬佛青色天空,上面一些云朵匆匆而过,天空下面是黄色植物茎干围起来的小路。在这些后面,是蓝色的阿尔卑斯山,陈旧的小旅馆,透出黄色灯光的窗子。一棵非常高的丝柏,笔直、颜色暗淡。[22]

---

[22] 梵·高:《梵·高艺术书简》,张恒、翟维纳译,金城出版社,2011年,第394页。

橄榄树和丝柏、向日葵和鸢尾花，这是早已令梵·高心动的植物和花草，尤其是故乡的"沉郁的丝柏"。而在生命即将结束的时候，恐惧、幽闭和艺术的力量让他发现了麦田和麦田边永恒的丝柏。金黄色的麦田和绿色的丝柏交相辉映，似乎在燃烧着，犹如熊熊的烈火冲入云霄，介于月亮与星星之间，像古埃及的方尖碑指引着生命的尚没有到达尽头的路。"路上有一辆由一匹白色骏马拉着的黄色马车，还有两个路人。非常浪漫、非常的普罗旺斯。"[23] 路，就像那双"农鞋"，甚或胜过那双"农鞋"，是艺术家在短暂的37年生命中最关心的。毕竟，他生命的路太短暂、太坎坷、太艰难，而正因如此才特别珍惜。在作品中，它可能是阿尔勒近郊的一条乡间小路，或阿尔勒吊桥和运河边的路，那里一间小屋的墙壁和路边的土都会呈现由淡到浓的黄色，和一望无际的由蓝色调剂而成的天空或远景；那也可能是一条白色的路，路上还有一辆小马车（《有马车和铁路的风景》，1890）；可能是从奥维尔教堂两侧延伸而来的交叉的路，上面走着一位幽静中看起来娴素的乡间妇女（《奥维尔的教堂》，1890）；抑或是早期被人忽视的《松林夕照》中的那条小路，挺拔的青松，火红的太阳，路上走着一位打着阳伞的乡间女子。虽说这幅画当时是卖不出手的作品，但却也体现了画家所尝试的理性与人性、感性与灵性的汇合，被认为是东西方画风的一次交集。路对梵·高来说确是短的，但却是多彩的，有着哲学家所说的那种"丰富性"和"可靠

---

[23] 梵·高：《梵·高艺术书简》，张恒、翟维纳译，第394页。

性"。凭着这种"丰富性"和"可靠性",他画出了"一个真心喜爱植物并照料植物的人"(花匠)对于丰盈的、壮丽的自然风貌的深刻理解和厚爱;[24]"画出了柏辽兹、瓦格纳的音乐所表现出的……一种可以安抚受伤的心的艺术!"[25]画出了莎士比亚在字里行间所传达的数个世纪前的人民的心声,充满了"哀伤柔情与不朽光辉","鲜活如见其人。"[26]正因为如此,仰慕德拉克洛瓦并将其捧红的文艺理论家兼诗人波德莱尔才在梵·高死后写了这样一首诗,借画家的一幅画《麦田上的群鸦》来总结画家的一生:

> 他生下来。
>
> 他画画。
>
> 他死去。
>
> 麦田里一片金黄,
>
> 一群乌鸦惊叫着飞过天空。[27]

或许,这是梵·高所认为的一个画家所应得的,"他就应该是一个画画的人"[28]。而波德莱尔是一个写诗的人,诗与画的相同之处就

---

[24] 梵·高:《梵·高艺术书简》,张恒、翟维纳译,第273页。
[25] 同上书,第333页。
[26] 同上书,第342页。
[27] 欧文·斯通:《梵·高传》,常涛译,北京出版社,2012年,第35页。
[28] 马丁·盖福德:《梵·高与高更:在阿尔勒的盛放与凋零》,张洁倩译,上海交通大学出版社,2013年,第273页。

在于用破碎的语言、简单的印象、狂放的笔触描画内心的孤独与抑郁。他生、他画、他死。多么简单、多么纯粹，又是多么伟大。正如高更所说："图画与文字，正是画家或作者的自画像。"[29] 梵·高的画对于波德莱尔就仿佛对于海德格尔，对于诗人就仿佛对于哲思者，它作为存在者开启了处于相同处境中的存在者的真实感受，那是对存在之现实的真实感受，也恰恰是诗与画的真实意义之所在。

　　这里我们或许看到了诗人波德莱尔与哲学家海德格尔对于同一个艺术家梵·高的看似不同而实则同一的理解。海德格尔坚信，如果梵·高的《农鞋》"是一件艺术作品，那么在这件艺术作品中，真理就已设置其中了"[30]。而"真理乃是某种无时间的和超时间的东西"[31]，它指的是"真实之本质"[32]，"意味着知识与事实的符合一致"[33]，是存在者之无蔽状态，但又不是一种纯然的静止状态，而"是一种生发"[34]。也就是说，在作品中起作用的不仅仅是真实，还有具有生发性的真理。作品不仅显示，而且使真理（即存在之无蔽状态）在与存在者的整体关系中生发出来，也即在画面上呈现出来的存在与观者的现实存在的相遇中生发出来。无论在什么时代、在什么场合，只要与观者达到了瞬间的心灵契合，真理就会以不同形式和内

---

[29]　马丁·盖福德：《梵·高与高更：在阿尔勒的盛放与凋零》，张洁倩译，第222页。
[30]　海德格尔：《林中路》，孙周兴译，第24页。
[31]　同上书，第25页。
[32]　同上书，第40页。
[33]　同上书，第40—41页。
[34]　同上书，第44页。

容真理化。尽管在画面上，它还是一双鞋子、几株向日葵或蓝白色的天空。"鞋具愈单朴、愈根本地在其本质中出现，……伴随它们的所有存在者就愈直接、愈有力地变得更具有存在者的特性"[35]，因为它确是一种自我的具化表达。一如波德莱尔的诗，或巴尔扎克眼中的画。

对波德莱尔来说，文学或艺术创作的动力是自我和自我的表达。这又恰恰是画家德拉克洛瓦所遵守的首要原则，即"一幅画应当首先再现艺术家的内心思想"[36]，波德莱尔称其为"主题的内心性"[37]。然而，这种内心性却也是源自大自然的；"大自然是一部浩瀚的字典"[38]，给画家的心灵和激情提供各种提取物，使得画家以自信而深邃的目光翻阅着它。对于画家（德拉克洛瓦）来说，大自然提供的并不是线条，而是色彩、运动和氛围，这三种成分的轮廓越是模糊，线条就越轻盈飘浮，笔触就越大胆。听听波德莱尔是怎样描述一幅画中的风景的吧：

> 一丛丛月桂树，巨大的树荫把风景和谐地截开，大片温和而均匀的太阳光睡在草坪上，蓝色的或被树木环绕的群山形成了一道极为悦目的远景。至于天空，它是蓝色和白色的，这在德拉克

---

[35] 海德格尔：《林中路》，孙周兴译，第46页。
[36] 波德莱尔：《浪漫丰碑：波德莱尔谈德拉克洛瓦》，冷杉译，第56页。
[37] 同上书，第57页。
[38] 同上书，第57页。

洛瓦那里是令人惊讶的。云彩向四面八方舒展,犹如撕开的薄纱,轻盈透彻。这碧蓝色的天穹,高深而明亮,朝极高远处逝去。波宁顿的水彩画也没有这般剔透。[39]

波德莱尔称此为绿意最浓的段落。在这些取自大自然的色彩、运动和氛围的背后,散发出一个奇特而引人注目的素质,那就是作品通过主题、形象和色彩表现出来的忧郁。"他的色彩悲哀而深沉,犹如韦伯的乐曲。"[40]德拉克洛瓦的画给人一种丰富、幸福或忧郁的印象,仿佛从远处发射它的思想,其色调与主题的和谐。色彩间令人赞叹的协调,令人梦想到和声和旋律,"给人的印象常常近乎于音乐性",那也是诗人试图在诗中表达的微妙感受。[41]与梵·高一样,德拉克洛瓦的色彩也产生强烈的印象,它时而太强大、太热烈、太散漫,因此会产生一种近乎黄昏的总体效果;它时而太暴力、太凶残、太血腥,因此使人想到人的永恒的、不可救药的野蛮;它时而也太温柔、太快乐、太天真,因此在快乐的情感下总能散发出对命运和恐惧的那种挥之不去的苦涩。[42]在某种意义上,德拉克洛瓦承接了他之前的浪漫主义和他之后的印象主义。"去掉德拉克洛瓦,历史的长链将折断并散落在地。"[43]

---

[39] 波德莱尔:《浪漫丰碑:波德莱尔谈德拉克洛瓦》,冷杉译,第65页。
[40] 同上书,第70页。
[41] 同上书,第107页。
[42] 同上书,第137页。
[43] 同上书,第73页。

| 阅读何为：
| 文本·翻译·图像

如果说波德莱尔对德拉克洛瓦的描述和评价也同样适用于梵·高的话，那是因为梵·高也喜欢德拉克洛瓦，喜欢论述他如何使用色彩的那些书籍；喜欢他的酗酒，并将其列入以蒙蒂切利、瓦格纳为首的酒鬼行列；更喜欢他的"哑色系"，这曾使他试图放弃"鲜亮的色泽"。梵·高和波德莱尔不仅有着同样伟大的天才，而且分享着同一个德拉克洛瓦的困顿、苦楚和画中的印象，也正因如此，他们不约而同地在德拉克洛瓦的肖像画上看到了自己。"德拉克洛瓦，上帝的子民，他以上帝的名义降下火与硫磺。但上帝呢？该死的！他根本就不在乎！"[44] 这就是他们三人共有的宗教态度。也许，我们还应该在梵·高的酒友名单中加上一位波德莱尔眼里的英雄和圣洁的受害者，同时也是梵·高所敬仰的诗人，那就是美国的爱伦·坡。"爱伦·坡这个人越过了美学的最险峻的高峰，投入了人类智力最少探索的深渊；为了使想象力吃惊，为了吸引渴望着美的精神，他通过仿佛一阵没有间歇的风暴一样的人生，发现了新的表现方式和前所未见的手法。"[45] 这段话是波德莱尔用来总结爱伦·坡一生成就的，但也适用于梵·高，更适用于波德莱尔自己，因为艺术的也是文学的。"在诗歌和艺术领域内，任何一个启示者都鲜有先驱者。任何花的盛开都是自发的、个体的。"[46] 正如令人心潮澎湃、同时也深感其暗藏玄机的向日葵，那就是梵·高自己。

---

[44] 马丁·盖福德：《梵·高与高更：在阿尔勒的盛放与凋零》，张洁倩译，第 245 页。
[45] 同上书，第 256 页。
[46] 波德莱尔：《浪漫丰碑：波德莱尔谈德拉克洛瓦》，冷杉译，第 82 页。

物之物性与"达乎深渊"的哲思

现在我们回过头来提出这样几个问题：在诸种文学理论、诸种文学批评、诸种研究视角各行其道、相互争宠的时代，对作为真实存在之存在者的文学的批评还存在吗？深入到艺术家/作家心灵内部、放弃那些"随波逐流的行为学说和表象思想"而去"言说存在着的并因而发生着的东西"，[47]这种批评还有可能吗？在诸多的"主义""研究""后—"或"反—"的价值规定所导致的"存在之被遗忘状态"[48]或"自行隐匿而始终未曾被思"[49]的状态中，我们还能够像荷尔德林那样保持住"萦绕在我窗口的哲学之光"[50]，或者像海德格尔所要求的"冷静地运思，在他的诗所道说的东西中去经验那未曾说出的东西"[51]，而不是用浅薄生涩的概念理论、僵化的研究方法和狭隘的价值规定将诗掩盖起来，这，我们还能做到吗？用诗人荷尔德林的话来问就是，在世界进入黑夜的时代诗人何为？用哲学家海德格尔的话来问就是，在存在世界已经落入"深渊"的时代思者何为？

显然，荷尔德林提问的前提是酒神的世界里狄奥尼索斯精神的缺席，海德格尔提问的前提是基督教世界里上帝的缺席。这两种缺

---

[47] 海德格尔：《林中路》，孙周兴译，第 290 页。
[48] 同上书，第 297 页。
[49] 同上书，第 298 页。
[50] 同上书，第 307 页。
[51] 同上书，第 307 页。

席所造成的后果就是海德格尔所说的"基础的完全缺失"[52],也就是爱伦·坡所要倾力投入的"深渊",因为那是人类智力探索最少的地方。之所以探索最少,是因为真正的思想还没有启程,而之所以还没有启程,是因为那些号称思想的人,实际上是口中"叫喊着上帝(实际上大白天里打着灯笼)而寻找上帝的"一群疯子。[53]他们用千百年来人们一直称颂的理性挖掘深深隐藏的不确定的意义,用歇斯底里的叫喊和连篇累牍的废话陷入虚无主义的自我蒙蔽,而看不到那些"给予思想以有待思"的东西正是身边最平易近人的东西。那是诗人要"达乎深渊"去追问的"痛苦、死亡和爱情之本质的无蔽",[54]也是思想者要"达乎深渊"而必须沿着小径勇于寻找的一些标志。它们不是早已沦为各种资本价值的真实存在,不是关于真实存在之最具特性的东西的夸夸其谈,更不是由权力意志所设定的表面上信神而实为渎神的种种信仰,而是作为小小路标的基本词汇。这些词汇能引领我们进入作为存在者之真理的语境,进而看到"存在者之为存在者整体"是如何向诗人显示自身的。[55]之所以"显示",是因为我们尚未"精通于存在之道说",而"只能缓缓地揭示、通达和深思诗与思在其中进行对话的那个本质领域"。[56]如果说在德拉克洛瓦和梵·高的画中,色彩、运动和氛围充当了这些作为路标的词语,把我们引向了

---

[52] 海德格尔:《林中路》,孙周兴译,第303页。
[53] 同上书,第301页。
[54] 同上书,第309页。
[55] 同上书,第310页。
[56] 同上。

作为存在者之为存在者整体的天空、大地、丝柏、向日葵甚至农鞋，进而深思和通达这些存在者之存在的本质，那么，在诗人这里，它们是以大地与天空之关联所道说的"艺术中至高的东西"在被"当前化"的自然整体中"源始地涌现出来"的，是"以一种特殊的光对诗人显示出来"的。[57]

> 那时居住在树丛和山丘的
>
> 高高阴影下，阳光灿烂，在那里铺设了
>
> 通向教堂的石路。[58]

荷尔德林的这几行诗所道说的难道不就是梵·高的《松林夕照》和《奥维尔的教堂》所描绘的"至高"显示吗？

> ……在眼睛的蓝色学校，
>
> 远远而来，在天空的呼啸中，
>
> 犹如乌鸦一般，鸣响着
>
> 云层的明朗音调
>
> 完全受神的存在调校，受雷霆调校。[59]

这难道不是荷尔德林对梵·高的《麦田上的群鸦》的诗意刻画，

---

[57] 海德格尔：《荷尔德林诗的阐释》，孙周兴译，商务印书馆，2000年，第197页。
[58] 同上书，第202页。
[59] 同上书，第203—204页。

或反过来说,是梵·高对荷尔德林诗句的艺术素描吗?我们在画中看到了天空运行的规则,同时也在诗中听到了至高显现的雷声。如果我们可以把画上的小路比作荷尔德林诗中"漫游者的道路",那么,我们就同样可以在梵·高的画中听到那先行迈动的命运的脚步声,夹杂着闪电的雷声或大地的鸣响在天空中的回声。于是,我们重又在所有这些声音中看到那步履艰难的、踽踽而行的农鞋,那正是命运的真实所是,或是另一位诗人以其特有的方式让我们去从事的"冒险":

> 它使我们冒险。不过我们
> 更甚于植物或动物
> 随这种冒险而行,意愿冒险,有时甚至
> 冒险更甚(并非出于贪营私利),
> 甚于生命本身,更秉一丝气息……[60]

诗中的代词"它"指的是"自然"。自然使所有生物冒险,不过"我们"人类"更甚于动物或植物",因为人类是出于自己的"意愿"去冒险。"意愿"是一种"命令","我们"根据自己的"意愿"把自己设置在"命令"之中,于是"我们"便被自己的意愿所命令,成了"所冒险者"。"我们"之所以"更甚于"动物和植物,就是因为"我们"被自己"意愿""命令"成为"所冒险者"竟然不自知。人"在求意志的

---

[60] 海德格尔:《林中路》,孙周兴译,第311页。

意志中受到意求"而不自知,这是人的最大悲哀。不啻如此,人不但随自己的意愿冒险而不自知,且"无保护性";不但"无保护性",且不受存在者整体之保护。其根本原因在于,人之所以为人,就在于人自恃为高于自然、世界和事物的生物,因此就把它们设置为对立面,针对自己"置造"它们、"订置"它们、"改置"它们、"调整"它们。"人在要夸东西可供购买或利用之际,就把东西摆置出来。在要把自己的本事摆出来并为自己的行业作宣传之际,人就摆置出来。……人把世界当作对象,在世界的对面把自身摆出来,并把自己树立为有意来进行这一切置造的人"。[61]说到底,人在自己意愿设置的命令中无条件地进行技术制造,充当了技术的附庸,"把生命的本质交付给技术制造去处理",其结果是,"人变成主体而世界变成客体",[62]这就是技术的本质,也是人性的本质使然。[63]

这是荷尔德林和里尔克的诗人之思在海德格尔的哲人之思中的显示,而这两种"思"又都在德拉克洛瓦和梵·高的画中得以自行涌现。于是,诗歌、绘画、哲学之思在关于"最平易近人的东西"的道说中聚集,这既展示了艺术家艺术地追问的物之物性,也显现出诗人诗意地追求的诗的本质。如果按海德格尔的说法把赫尔德林和里尔克都视为"贫困时代的诗人",都是在贫困的时代歌颂"美妙事物

---

[61] 海德格尔:《林中路》,孙周兴译,第 325 页。
[62] 同上书,第 327 页。
[63] 芭芭拉·波尔特:《海德格尔眼中的艺术》,章辉译,重庆大学出版社,2016 年,第 94—113 页。

的歌者",那么,他们就在其"词语的到达"中,不但"持留"了先行的发生,而且也在这种对先行者的道说中使未来"现身在场"。他们都是先行者,既不可超越,又以其"曾在的"诗而克服了任何消逝性,成为永恒的了。[64] 他们作为真正的诗人生于斯的目的,不仅为了证明"到处蜂拥而来的美国货(或经过美国转手的欧洲货),空乏而无味,似是而非的东西,是生命的冒牌货……",更重要的,"是使这一短暂易逝的大地如此深刻、如此痛苦和如此热情地依附于我们自身,从而使它的本质重新在我们身上'不可见地'产生。我们是不可见者的蜜蜂"。[65]

---

[64] 海德格尔:《林中路》,孙周兴译,第363页。
[65] 同上书,第348页。

03
夜莺为谁而鸣：诗之思与物之深层

我在论萨福的一篇小文里写了这样一段话："诗的门槛很高，并不是随便什么人随便就可以进入的。诗的入门证是一种纯洁的语言，一些庄严的用语和使门外汉眼花的神秘的研究。诗是美的，美得不由人不赞叹；但它也是神秘的，就像古埃及的亡灵书和莎草纸的书卷，神秘得令俗众望而却步。诗的灵感只在少数人中迸发，只有艺术家才能拥有，只有一个全面的人才能读懂。诗人是在众人之上翱翔的人，是抒情的梦幻者，是骄傲的、睥睨一切的始终的贵族。"这是在复述马拉美的思想，但也是我自己对诗的认识。

首先，诗的门槛很高，不是随便什么人都可以进入的。这种说法似乎有些傲慢，缺乏民主，看不起不能写诗或不读诗歌的普通大众。但仔细想来，这种说法并非不民主，反倒意味深长。我尝以为，21世纪中国写诗的人多了，懂诗的人少了；艺术大师多了，懂艺术的人少了。学术发表堆积如山,原创思想却几乎九牛一毛。姑且不问何以如此,因为答案非常复杂,却又简单至极。即大凡与学问和思想有某种渊源者,皆扶摇于碧霄,混迹于电闪雷鸣,而弃心灵于荒漠之一角;故而只听得振聋发聩的雷鸣,不见滋润万物生命的雨露。此学问非认真之学问;此思想非严肃之思想。然诗之所以为诗,却不在惊天动地,亦不在波涛汹涌,而在于夜莺的一声鸣唱,它是心灵的精华,体现着这个心灵的伟大。其之所以伟大,既在于其歌声隽秀悦耳,又在于它鲜活、深邃,是滋润生命的思想。正是这种思想造就了诗,就像灵魂造就了身体一样。

其次,诗的入门证是一种纯洁的语言,一种使门外汉眼花缭乱的语言。所谓眼花缭乱,并非指古典诗的格律、韵律、节奏,而是说诗人的语言是一种少之又少的恰当的表达,是只有真正的诗人才拥有的一种表达。它是自然界和现实生活中令人心颤的接触和爱抚,是对人与现实生活每次对话准确完美的总结,也是对自然界光影变幻、动力行为的足够敏锐的感觉。宇宙中这些力在诗人身上集结,经过协调而达到了平衡,给予作为人类代言者的诗人最强大的力量,使其"心游万仞,精骛八极。……接受和聆听自然的真谛,并把它传授给人们"[1]。这种传授对诗人来说就是"说他必须要说的话",讲"前人未曾讲过的"语言,并表达"如此充满激情、如此栩栩如生"的一种崭新的思想。[2] 诗之美恰恰就在于它用恰当的语言

---

[1] 爱默生:《心灵的感悟》,张世飞等译,当代世界出版社,2002年,第237页。
[2] 同上书,第239—240页。

表达了深邃的思想，也即用美的形式表现了善的内容。"语言是由情感和思想给予意义和生命的文字组织"，语言作为诗之形式就是有声的思想。[3]

毋宁说，诗的美就是思想的美。诗的神秘就在于思想的深奥。诗和音乐这两种艺术之所以不易懂，恰恰在于思想的美和深奥。思想从诗人的心灵深处释放出来，灵魂也随之散发，分享着宇宙的阳光雨露，进入宇宙万象的生命之中，期望像万事万物那样被普遍地理解。诗人用以表达这种思想的工具就是马拉美所说的纯洁的语言、庄严的用语，它有时听起来放荡不羁、粗犷狂妄，有时却又玲珑剔透、淡泊宁静。无论哪一种，它都是诗人自己的语言，是他实实在在地说话时用的语言，也是他独辟蹊径为宇宙万象命名时用的语言。一旦心灵对物的真实感觉与适当的语言相碰撞，真正的诗便产生了。这就是说，宇宙间万事万物之普遍，只有在遇到适当之心灵和适当之语言时，才能转化为诗。正所谓，西风无处不吹，唯雪莱为其独颂；夜莺无处不鸣，唯济慈为其独歌；水仙花无处不显芳华，唯华兹华斯愿为其化一片孤云。所以说，诗者，思、言、情之所至也。

最后，诗人之思乃宇宙之思。而宇宙之思者，却并非是超越所有凡夫俗子而专攻知识之一隅的专才；亦不应完全是博识古今文化、总揽人类知识的通才；而应是考察生存之整体、以愉悦的美呈现事物整体之伟大、揭示心灵之精华的英才。这英才或许就是我们可以

---

[3]　朱光潜：《诗论》，安徽教育出版社，2006 年，第 87 页。

称之为"天才"的人。何谓天才?天才乃"位于其世纪之上"者。[4]但诗人之"才"却大多不是出现于这个世纪的伟大心灵所提供的,它本是自然的作品,产生于偶然的环境之中。它是遥远的山峰在梦中颤动时给你的惊吓,是远处的乌鸦在太阳底下飞过时在水波荡漾的绿野上搅起的丝丝涟漪,是你辗转莫测、彻夜难眠、直到星光暗淡、那涂过油漆的房梁像乌黑的岩石在阳光下闪亮时浮现在脑海里的影像。这些是细心的观察者从大自然那里得到的回报,里面蕴含着观察者发现宇宙秘密的激情,博物学家目睹一物时的细心,以及创造者理解事物整体时的穿透性眼力。用波德莱尔的话说,天才就像练杂技的学徒,"必须冒着断骨的危险经过成千上万次的秘密练习,才能在人前表演。而所谓灵感,简单说,不过是平日里经过训练得到的小小回报而已"[5]。重要的是,诗人总是在奇异、激烈、放纵的诗意中捕捉生命的瞬间,以及瞬间中蕴含的永恒,他把生活这杯苦涩而刺激的烈酒浓缩,在丑陋的世界上画出美的画卷,或反之,在世界丑陋的面容上涂上不协调的色彩。诗人在强烈的孤独的几近绝望的渴求中看到了艺术的魔力,揣摩到思想的深度,获得了准确地用形象来翻译文字的能力,虽然那只是一种稍纵即逝的感觉,他也要拼力捉住它。这或许就是诗人之思与哲人之思的区别:哲人之思专注于理念,那是一种由直觉而经验而意识的较高级的深思熟虑;而诗人之思则是由客观而经验但最终是对世界整体进行的艺术加工和完

---

[4] 叔本华:《叔本华文集》,绿原译,百花文艺出版社,1997年,第142页。
[5] 罗伊德:《波德莱尔》,高烙译,北京大学出版社,2013年,第157页。

善，是"从酵素中升起的芳香，浮荡在世俗的喧嚣之上"的一种智力活动。[6] 所以它只在少数人中迸发，只有艺术家才能拥有，只有一个全面的人才能读懂。

诗人是少之又少的思想者，是用语言的美装点世界的艺术家，也是勤于观察、善于思考、勇于"位于世纪之上"的睥睨神明的贵族，但他未必是一个全面的人，反倒是体现人性的典范。当我们审视某一位个体诗人的时候，我们总会发现，无论这诗人有多分裂，内在与外在多么格格不入，在取向上多么分身有术，其支离破碎的作品都会显示出一种内在的统一性。但这种统一并不就是诗人自己的个性，而恰恰是因为诗人消除了自己的个性，达到了残酷的非个人化。在写作过程中完全消灭自我，让写作自动形成一个不确定的、不断变化的"我"。从现实的深渊里，或从记忆的裂缝中，呼唤出几乎是撕裂的、苍白的、幻觉般的事实，把过去的彼时彼地汇集成诗歌中的此时此地。当审美的感知充满了同情和怜悯时，灵魂就被赋予了形式，事物就被当作了语言，被思想和情感所利用。于是，每一个"单个"的事实，每一个"单个"的个性，每一个个体的灵魂，便都具有了自然整体的意义。"诗不是放纵感情，而是逃避感情，不是表现个性，而是逃避个性。诚（自）然，只有有个性和感情的人才会知道要逃避这种东西是什么意义。"[7] 而逃避了个性的诗，在读者

---

[6] 叔本华：《叔本华文集》，绿原译，第154页。
[7] 艾略特：《传统与个人才能》，卞之琳、李赋宁等译，上海译文出版社，2012年，第10—11页。

阅读时就赫然成为普遍的了，因此，也只有非个人化的读者才能读懂非个人化的诗。

伍尔夫曾说，当我们几乎能写诗的时候，便到了我们阅读诗歌的时候了。[8] 这把读诗和写诗放在了同一个天平上，抑或说，读诗和写诗是相互认证的同一种行为；会写诗才会读诗。写诗需进入意境、情境，读诗也同样需进入意境、情境。意境和情境的结合或许就是熊十力所说的"理境"。他认为孔子论诗之所以千古无两，是因为"孔子以他的理境，去融会三百篇的理境。唯三百篇诗是具有理境的诗，才能引发孔子的理境，这两方面的条件，缺一不行。"[9] 艾略特也说过，只有在讨论影响过他自己创作的诗人的作品时，他的批评才是最好的。只有在把所批评的诗与他自己写的诗歌关联起来时，才能充分体现诗歌批评的优点和局限性。这里的"批评"无异于"阅读"或"翻译"。的确，读诗如同写诗。读一首好诗，相信它是神来之笔，理解它的神来之意，你就感到巨大的快乐和兴奋，感到身上日常的枷锁已经断裂，污浊的空气变得清新，耳边的噪音消失殆尽，"自然用事物的美引发和触动诗人的情怀，当美被表达出来时，它就变成一种崭新的、更高级的美"[10]，并以相同的方式引发和触动读者的情怀。李霁野先生曾说："读过一点诗词的人，黄鹂、燕、鸠、杜鹃等鸟所引起的情绪，也自然和未曾读过诗的人完全不一样。我们经过

---

[8]　伍尔夫：《普通读者》，江帆译，金城出版社，2011 年，第 338 页。
[9]　熊十力：《境由心生》，陕西师范大学出版社，2008 年，第 106 页。
[10]　爱默生：《心灵的感悟》，张世飞等译，第 242 页。

诗人的眼睛来看万象，经过诗人的耳朵来听万籁，仿佛是增加了一种感官；而不曾读过诗的人，却仿佛是瞎了眼睛，聋了耳朵，他们的生活经验自然也就贫乏得多了。"[11] "读诗，倾听一个可以被视为诗的句子，不就是感觉语言的各种特征是如何借助言说，在某一片雪地、某一个平面上，留下不可抹去的痕迹吗？"[12]

华莱士·史蒂文斯说，诗就像是在深夜冰封的雪地上，一只猫走过时发出的足音。[13] 按穆沙所释，这猫的足音乃诗的根本意象，是视觉与听觉的结合。猫在雪地上留下了印痕，也同时在人的大脑中留下了声音的痕迹。这两种痕迹包含语言的各种成分，它们本来是惰性的，就像字典里一个个未被应用的单个的文字。一旦离开语言，就失去了它们在具体语境中所伴随着的情感和思想，因此也就失去了生命。"文字可以借语言而得生命，语言也可以因僵化为文字而失其生命。"[14] 进而可以说，文字借助语言获得了生命，而语言借助诗成了活生生的现实。诗给语言提供了生存的环境，也给诗人提供了来世生命，荷马、维吉尔、莎士比亚、弥尔顿、华兹华斯等诗人因其诗而活了下来，并在身后的雪地上留下了声像俱现的痕迹。语言（多种语言）循着这痕迹一次一次地复活，每一次都借助诗记

---

[11] 李霁野：《读书与生活》，见蒙田等《读书记》，张恒主编，新星出版社，2010年，第108页。

[12] 克洛德·穆沙：《谁，在我呼喊时：20世纪的见证文学》，李金佳译，华东师范大学出版社，2015年，第156页。

[13] 同上书，第156页。

[14] 朱光潜：《诗论》，第81页。

录着人类发展的历史。毋宁说，在人类历史发展的总的蓝图中，每一首诗都以艰辛的独自探索，"以一种总在更新的赤裸，建立自身的特征，并使它们成为一种必然"[15]。然而，诗人也因这种赤裸的更新和不断的建立而被从原处剥离，被甩向高处（或被抛往低处），伟大的诗人都能预感到的、书写出的、正经历着的变形使他们无法拥有任何安全感。他们"就像荒岛上落难的人冲着汪洋大海，抛出装着求救信的瓶子，盼望'总会有人'能捡到它；对他来说，这个将救助他的人，既近在咫尺，又远在天边。"他就是读者。于是，读诗、写诗、全身心投入诗歌的人，似乎都面临这同一种变形以及屈从于变形的命运："自我"在可感的时空和象征的时空中不断位移。[16]

这种位移使空间给人一种压迫感。雪地上的白是空间中的白。走在雪地上留下痕迹的猫是诗人，读者要沿袭猫的足迹走下去，同时也留下自己的痕迹，但最终，两种痕迹将和合为一。当另一场大雪降临时，它们也许都会被抹去，或至少被覆盖，除非它们在坚硬的冰层上留下更深的印痕。这印痕沉默地运动着，冲击着旁边的没有印痕的空白，就像活的语言冲击着诗句周围的空白一样，或者像不和谐音冲击着乐音周围的空旷或噪音一样。总有一天，它会以更清醒的头脑、更清新的空气、更艳丽的色彩、更清澈的声音和更奇妙的思想，发生文学的总体影响。诗歌虽然不以真理为目标，但却通过美（或者丑）提升读者的灵魂。"正是借助和透过诗歌，借助并

---

[15] 克洛德·穆沙：《谁，在我呼喊时：20世纪的见证文学》，李金佳译，第158—159页。
[16] 同上书，第162—163页。

透过音乐,灵魂才能瞥见坟墓背后另一个世界的绚丽多彩,如果一首精巧的诗让我们热泪盈眶,与其说是喜极而泣,倒莫如说是目睹了一阵突然袭来的忧郁,目睹了一种先决的精神,目睹了一种在这个不完美的世界上渴望即刻抓住诗所揭示的天堂的天性。"[17]

艾略特说:"最伟大的诗可以用最经济的文字写成,并且隐喻、明喻、文字美以及典雅也可尽量避免。……每一个伟大的英国诗人的语言都是他自己的语言。"[18]这便是写诗、读诗、译诗之难之所在。读者何以能用自己的语言读懂诗人自己的语言?如果按波德莱尔所说,学写诗者就像练杂技的学徒工,需冒断骨的危险苦练,或像多萝西那样对自然进行博物学式的细心观察,或像任何一位艺术大师那样千锤百炼地锻造自己的语言,而克服困难的唯一方法就是阅读本身。伍尔夫在评论邓恩的诗时也说:"我们只有阅读他的作品,听从那热情而有穿透力的声音的命令,他的形象经历多年的虚度后再度显现,比他那个时代任何人的形象都更挺拔、更傲慢、更神秘,即使是碎片,也尊重了整体性。"而"打破诗歌的碎片,就是删减,诗歌的优点存在于其结实的肌肉和长久的力量中。它们需要被广泛阅读以抓住整体力量,而非欣赏只言片语。"[19]这意味着读诗者要打破诗歌,使其成为碎片的碎片,剔除表面,见其筋骨,把握诗中萌芽的大智慧,那就是人类的整体,被浓缩的人类的整体。要想读懂

---

[17]　罗伊德:《波德莱尔》,高烽译,第104页。
[18]　艾略特:《传统与个人才能》,卞之琳、李赋宁等译,第324页。
[19]　伍尔夫:《普通读者》,江帆译,第178、180页。

一位诗人,就"读一下他的全部诗作吧!从燃烧在诗中的熊熊烈火中提取一种元素,您就会知道光明从何而来"[20]。如果诗人是在用火焰般的目光改变着世界,读诗者亦不例外。当你满怀信心、平心静气、毫不畏惧地观察你周围的世界时,你会从被含糊地称之为"野草"的植物里看到异样的美丽、别样的芬芳和不易捉摸的趣味。它们会跳出药剂师的药罐,躲开农夫锋利的锄头,远离车马飞奔的公路沿线,而在纷至沓来的季节中,在被无数人践踏过的地方,如春笋般地生长,无法征服地生长,"伴着日出又日落,伴着春华与秋实,伴着鸟鸣啼啭,伴着青丝红颜莲步轻移、眼波流转,它们首次让我们的先人懂得,这个星球上有一些无用却美丽的事物。"而即使是对 21 世纪的"后现代人",它们依然保守着宇宙的秘密,是岁月难以磨灭的印记,"是地球上那一抹本真的微笑,一种不变的思想和一个执著的愿望。"[21]

然而,愿望可以是执著的,但微笑未必就是本真的,思想也未必是不变的。劳伦斯读济慈,夜莺并非就是英国的夜莺,更不是那忧郁的、令他"发愁、悲伤""绝望中两眼呆滞"、顷刻间就为之"憔悴"的夜莺;[22]而是托斯卡纳欢快的、既悦耳又聒噪的夜莺:其鸣叫清越、华丽、震撼,"蕴含着强大的力量";然而它又"最为聒噪、

---

[20] 加斯东·巴什拉:《梦想的权利》,顾嘉琛、杜小真译,华东师范大学出版社,2013 年,第 190 页。
[21] 梅特林克:《万物如此平静》,王维丹译,江苏文艺出版社,2011 年,第 77 页。
[22] 济慈:《夜莺与古瓮:济慈诗歌精粹》,屠岸译,人民文学出版社,2008 年,第 12 页。

最为轻率、最爱喧哗也最为活泼"。[23] 它那"银铃般的声音""野性圆润的声音""如此清越、生动、质朴,令听者伫立"。[24] 所以,劳伦斯不明白,这样动听的歌声何以会令济慈的心"……疼痛,困倦和麻木使神经／痛楚,仿佛我啜饮了毒汁满杯,／或者吞服了鸦片"。[25] 劳伦斯认为,能够把夜莺悦耳的鸣唱听成"啜泣"的人简直把耳朵长倒了;就是说,济慈把耳朵长倒了!因为他听到夜莺的歌声感到心的疼痛、麻木、困倦,甚至"凄凉"。劳伦斯甚至分辨出那是"颇具张力、丝毫不打折扣的雄性声音",有主见,不空洞,不哼唧,"这世上再也没有如此不凄凉的声音了"。这又与济慈的感受相差何等之大!然而,可贵的是,劳伦斯把夜莺的歌声与孔雀开屏的尾巴加以对比:一个是看不见的欢快声音,另一个是无声的视觉完美。看不见的夜莺虽然歌声美妙,但却"其貌不扬",而视觉完美的孔雀一旦发声则"不堪入耳"。它们就这样"以天使或魔鬼的敏锐表现自己的真实自我,因此夜莺令人感到忧伤而孔雀常常令人愤慨",因为它们用声音和形象冲击了人们的眼睛和耳朵。[26] 而且,劳伦斯认为这完全是心理问题,也就是说,忧伤和愤慨都是人对鸟产生的嫉妒引起的。

实际上,劳伦斯无意中涉及了视觉与听觉的认知问题,可视物

---

[23] 劳伦斯:《夜莺:劳伦斯随笔》,黑马译,中国国际广播出版社,2009年,第3页。
[24] 同上书,第2—3页。
[25] 济慈:《夜莺与古瓮:济慈诗歌精粹》,屠岸译,第11页。
[26] 劳伦斯:《夜莺:劳伦斯随笔》,黑马译,第7页。

与可听物之于人的身体反应的问题,进而可以说是一个深刻的哲学问题。夜莺的歌声比之于自己的身体是美的;孔雀的身体比之于自己的鸣叫是美的。然而,当人听到夜莺的歌声时却很少看到它的身体,或者说不会注意到它的身体,忽视了它相对不美的一面。孔雀亦然:当人看到孔雀开屏显示出造物的神功,美中带有几分炫耀、几分骄傲的成分时,有谁还会去想它的鸣叫如何呢?再者,当人们听到夜莺悦耳的鸣唱时也不会想到孔雀的鸣叫如何,反过来,当人们看到孔雀的身体美时更不会去想夜莺的身体是什么样子。事实上,迄今为止,我们这种前后左右的掂量看起来似乎考虑周全,而其实仍然漂浮在事物的表层,仅仅涉及孔雀开屏和夜莺鸣唱的美,而没有问及夜莺的鸣唱何以令济慈忧伤、孔雀的鸣叫何以令人愤慨?这些众所周知的表层下面是否潜藏着事物的本质结构,或掩盖着某种深度?如果有,这个结构在哪儿?这个深度是什么?

劳伦斯似乎没有看到这个深度,而即使看到了,他也或许不会像哲学家那样不厌其烦地究根问底,喋喋不休地讨论笛卡儿、康德、黑格尔和梅洛-庞蒂,或者在现实与虚构、物与其激发的情感或思考、可见与不可见、可听与不可听之间进行哲理的探究;他所强调的是人的本能的、直觉的、发自心底的对事物本真的接触。他看到的忧伤绝不是夜莺的忧伤,因为夜莺在他眼里"是世界上最不忧伤的东西";它没什么可忧伤的:它生活美满,并为之而欢快地鸣叫。"这叫声纯粹是一种音乐,令你无法为之填词";它"激起我们的情感",没有任何字词可以描绘我们对那歌声的感受。于是,他领悟到,夜莺的欢乐是"因着生命的完美而产生的欢乐感觉";济慈为此感到忧伤并不是因为他自己生活不幸福,而是因为夜莺太幸福,引起了他的妒忌。诗人想走进夜莺的世界,分享这份幸福,过着夜莺一样的生活,但他投入其中的灌木丛却并不就是夜莺的世界,而依然是诗人自己的世界。于是,劳伦斯结论说,济慈之所以忧伤是因为他"对身外之物充满永久的渴望",不得满足,而夜莺若是知道了自己如此被误解,令诗人如此悲伤、彷徨、忧郁、渴望、泪水涟涟,它会惊讶地从树上跌落的![27] 这里暗示的是,劳伦斯所理解的诗人对物产生了"误解",把自己的情感转移到了物之上,使物在移情的作用下发生了身份转移,因此也是"物恋"的表现。实际上,诗人在该诗结尾时已经幡然醒悟,想到这歌声从远古时代就曾打动过皇帝和村夫,就曾使多少"窗里人"迷醉,而推窗面朝大海,眼望"那失落的仙乡"。诗人因此顿生"失落"之感。而此"失落"并非远古那些"窗里人"之"失落",此乃济慈之失落,梦醒时分的失落,幻想破灭之时的失落,因此他要随那远去的歌声,"回复孤寂的自我"。[28] 然而,音乐远去了,现实依然似梦非梦,诗人的主体也随之发生了逆袭,进入那"孤寂的自我""静静的溪水"和"附近的密林幽谷",而这些或许就是哲学家所寻求的掩埋在诗的世界里的事物本质的结构或深度。

如果我们携带着夜莺的歌及其翅膀的动,进入诗人想象中的那

---

[27] 劳伦斯:《夜莺:劳伦斯随笔》,黑马译,第8—16页。
[28] 济慈:《夜莺与古瓮:济慈诗歌精粹》,屠岸译,第11—13页。

个密林幽谷,那一片葱茏浓郁的幽深林木的寂静,那暗香里隐藏着的千娇百媚、白色山楂、牧野蔷薇、麝香醇醪、令人心醉神迷的仙乡,就不难看到这一派静寂山野在其于同年同月创造的《古瓮颂》中则变成了"山林史学家"撰写的"没有脚注的历史",[29]这位"山林史学家"讲述的故事甚至"胜过我们的诗句";他奏出的"听不见的旋律"比听得见的"更甜美";他"对心灵奏出／无声的乐曲,送上更多的温柔"。[30]在文学批评家眼里,希腊古瓮虽然只是冰冷的石头,但讲述的情节却热烈非凡;它虽然描写的是静寂的、僵硬的静态,但树叶不会落下,风笛不会停歇,歌声也将永远相伴,于是它就变成了永恒的动态。那被凝固的生命的瞬间"要比流动的现实世界更具有动感"。[31]古瓮本身是"沉默的形体",但却让人超越思想来讲话,用古瓮的美来讲述田园山林的历史,让永恒的动表征古希腊社会栩栩如生的现实,从而激发读者(包括诗人自己)想象的认知,进而产生一种幻觉,它"是美的,但它也是真的"。[32]这就是埋藏在语言内部的诗歌的深度,是马舍雷所说的"文本的空间""深度的空间"。

> ……一本书并不是像一个形式那样如此容易地隐藏起一个深度。书并不隐藏什么,没有秘密:它完全是可读的、可见的,被

---

[29] 布鲁克斯:《精致的瓮:诗歌结构研究》,郭乙瑶等译,上海人民出版社,2008年,第145—157页。
[30] 济慈:《夜莺与古瓮:济慈诗歌精粹》,屠岸译,第15页。
[31] 布鲁克斯:《精致的瓮:诗歌结构研究》,郭乙瑶等译,第152页。
[32] 同上书,第155页。

信赖的。但是这种自发地接受却不是容易获得的礼物。作品唠唠叨叨而又固持沉默,并不是一下子就可以明白的:它不能一口气把一切都讲出来;其被分撒的话语是将其所说的进行统合的唯一工具。[33]

在马舍雷看来,文本的路线并不是朝着一个方向的,而是呈现真正的多样性;文学绝不是每次只说一件事,它至少暗示着多种可能性;它的形式也不是单一的,而是复杂的。文学话语必然包含着回忆、改动、出席和缺席,因此这个话语的客体也必然是多元的,由上千种分离的、敌对的、断续的现实所构成。于是,这个话语将不再拥有自身,自身将被打破,分化成无数独立的或对立的因素,而所有这些因素之间将存在着各种张力。[34]

这些张力便是蕴含着空间的深度。在诗歌中,它表现为被字词掩盖的沉默的空白;在绘画中,它表现为深陷在线条与色彩中看不见的景色;在音乐中,它表现为被和谐音所淹没的不被听见的不谐和性。因此,深度就是表面上看不到的东西,就是被一物所遮挡的另一物,就是事物被隐藏起来的一个或多个看不见的维度。它是事物的存在但又从事物表面上缺席;它是眼前景色的组成部分但又被隐去而不可见;它作为两个物体之间的空间形式而存在,却又在我

---

[33] Pierrer Macherey, *A Theory of Literary Production*, London and New York: Routledge, 2006, p.111.

[34] Ibid., p.112.

们观看两个物体时的时间流移中被切割成碎片。这恰好印证了我们前述的夜莺和孔雀的情形：听到夜莺歌声的美就看不到其身体的渺小；看到孔雀开屏的美就不会听到其嗓音的沙哑；抑或夜莺美丽的歌声勾起了济慈埋藏在心底的忧伤，正如冰冷的古瓮凝固了画面上人物的热情洋溢。深度不是物与物之间的关系网络，不是你我他三方都能看到的同一个面相，或许也不是能够用几何学建构的一个可以从外部窥见的空间。深度由生活在世界之中的观者从被观者的内部展开。济慈在聆听夜莺的时候进入了夜莺的内部；他在夜莺的内部并沉浸其中。济慈在观看希腊古瓮的时候进入了古瓮的内部；他在古瓮的内部并沉浸其中。正因如此，他听到了欢乐歌声中的忧伤，看到了沉沉静寂之中的运动，进而把在这飞逝的瞬间中体会到的深度凝固成永恒。

　　这样一种深度即使在被凝固后也不是封闭的，而是敞开的；它本质上是进程中的，永远不会完结的；它总是有被解冻的可能。一首诗一旦被打开，诗之思便通过读之思而再度进入思维活动之中，使得诗之思再度被延续。这意味着，诗之言承载着无数的含义，隐藏着无限的创造力和无数的表达形式，而且总是以接近生命的深度向着存在的整体敞开。这也意味着，诗以及类比意义上的一切文学和艺术，都是未完成的、不完整的，等待着一次次地再思考和再丰富。这正是诗之所以存在的理由；也是文学艺术以及哲学之所以存在的理由。我们不知道夜莺的歌声究竟是济慈的忧伤还是劳伦斯的欢乐，因为它所揭示的深度本身就是进程之中的，我们在这个深度之中去寻找深度,在思考的运动之中去寻找思想,通过物所经历的被感知的时间流移和空间位移来捕捉物的原初形象和人对物的最初感知,以此来消除语言表达与原初事物之间存在的间隙。这个间隙是沉默的、静寂的,诗的阅读以及与这种阅读密切相关的哲学思考就是要在沉默中说话而不打破沉默,在静寂中发声而不打破静寂,说出沉默和静寂所蕴含的未被说出的意义。这就是诗人马拉美所致力于的诗、言、思的任务,也就是诗歌创作与哲学思考的任务。

在马拉美的想象中,当突然看到一朵花的时候,他说:一朵花!

> 这时我的声音赋予那淹没的记忆以所有花的形态,于是从那里生出一种不同于花萼的东西,一种完全是音乐的、本质的、柔和的东西:一朵在所有花束中都找不到的花。……言语,主要是梦与歌,在诗人手中重新获得一种致力于小说的艺术的必然性,它的虚拟性。[35]

一朵花,以及"我"关于"一朵花"的思考和言说,首先唤起了所有花的形态,那不是具体的花,不是某一朵具体的花的美的姿态或高贵的品质,而仅仅是"花"的概念;接着从"花"的概念中生发出不同于花的东西,在所有花束中找不到的花,它是音乐,是梦,是歌,是诗人重新获得的一种小说的虚构性。在这种情况下,一朵

---

[35] 马拉美,转引自杰西卡·维思库斯:《哲学的启迪》,陈蕾译,黑龙江教育出版社,2017年,第14页。

花等于一百朵鸢尾花，一百朵菊花，或者一百朵玫瑰花。它们代表着花这一类型，表示花这一类型的存在，它们在诗中的任务，或者说被召唤到诗歌中所要承担的责任，就是表示"花"这一理念，表明"花"这一种物的真实存在：

> 是的，空气给岛屿安置上
> 景致而非幻象
> 每一朵花都无止境地开放
> 令我们瞠目结舌
>
> 每一朵都那么巨大
> 平日里都装饰着
> 光明清晰的轮廓，像是空洞
> 将花朵与花园分隔。[36]

花既是实存，又是空洞。所有花束都是空无。如果花就是诗，那么，诗就像花一样仅只开放，而不指称；诗也仅只言说，而不表意。诗只是说话，就像花只是开放一样。诗仅只描述事物的本质结构。诗意的语言不是实践性的、未经加工的、人们最初使用的日常语言。诗意的语言是"高级的交响乐"（瓦莱里语），其区别性特征

---

[36] 朗西埃：《马拉美：塞壬的政治》，曹丹红译，河南大学出版社，2018年，第42—43页。

就是语言的节奏性，就像花朵特征在于其色彩和样式一样。节奏是声音之间寂静的间隔，是不为人所听到的内容，是不间断地回归包含着未言说内容的间隔或在距离中趋向目标的过程。在这个意义上，节奏就是把每个音联系起来的空隙，是词语之间的间隔，是只有用隐喻才能揭示其重要意义的空白。诗歌就是这些空隙、间隔、距离和空白；没有它们，诗歌便不会具有意义。因为当语言仅仅表达完整的思想而不间接地或隐喻地表征事物时，语言就毫无意义可言。

诗歌是要通过保持寂静来谈论这个世界，并通过自身的不完整性来进行语言的创造。这寂静，就是梭罗的"孤寂"，就是马拉美的"静息"，就是在记忆的风景中蓦然冒出的一朵含苞待放的白色睡莲，或者"像一颗没有喷涌出飞翔的高贵的天鹅"的天鹅蛋，[37]等待着我们去轻抚、热孵，最后喷涌出"高贵的天鹅"。用伍尔夫的话说，花园里的一朵番红花能在观者心中展现整个春天的景色。物不仅是普遍的，也是特殊的；不仅是整体的，也是破碎的。人需要把精神的暗面抬到最高处，需要言说和表达，但只能在沉默和孤寂中言说和表达，因为只有在沉默和孤寂中，我们才能触摸物的深度。

---

[37] 马拉美，转引自杰西卡·维思库斯：《哲学的启迪》，陈蕾译，第39页。

04
作为图像的脸：物相所遮蔽的

> 人群中这些幽灵般的脸
>
> 湿漉漉黑色枝条上的花瓣（庞德，《在地铁车站里》）

乍一看，庞德似乎在地铁车站上看到了五种因素，并将其汇集成诗：人群、脸、幽灵、枝条和花瓣。诗的第一行显然是描写地铁车站这个现实世界，甚或是现实中某个特定时间点的世界（比如下班时的城市地铁车站）或长途旅行后聚集在地铁车站里急于回家的人群，不过那些现实中的人脸却被与另一个不同的世界关联着，即幽冥界，说明这些脸既是人脸又不是人脸，或者说既是人脸又是鬼脸，这可以根据真实世界中地铁车站人群的脸来判断，那是可以用焦虑、焦急、疲乏、饥饿、困倦、怠惰、苍白、无精打采、面无血色、形容枯槁、行色匆匆等形容词来描绘的毫无生命迹象、但却在行走着的死者，一如所说的"行尸走肉"。于是，脸就扮演了两个完全不同的角色，但也是完全相同的角色，即生的世界中的人脸与死的世界中的鬼脸，也许二者本来就是没有分别的，因为诗人是把"人群中的这些脸"称作幽灵的，非常具体地反映了现代社会中人的千篇一律的面相。第二行意象突转，人群似乎被转喻为"枝条"，于是，那些面无血色、形容枯槁、行色匆匆的脸便被"湿漉漉黑色枝条"串联起来，成了一体，那阴冷潮湿的感觉恰恰是地狱般的情形，使本来就苍白得令人骇然的幽灵显得更加可怕，仿佛人的世界真的变成了鬼的世界。然而，最后一个意象"花瓣"的出现表面上似乎扭转了这个阴森黑暗的场面，把地铁车站里拥挤的人鬼难辨的脸，瞬间变成了（想象中色彩缤纷的）花瓣，给潮湿阴冷的幽冥界带来了一线明亮的生机，读者一下子就被从痛苦的、疲乏的、无望的感觉中拉了回来，回到了花的世界，脸也随之变成了拧在一个枝条上的花瓣。脸变成了花瓣。然而，我们大可不必如此乐观，因为这"花瓣"无论如何也不能帮助我们提炼出一系列表示欢乐的、艳丽的、色彩缤纷的形容词，来与上面的那个系列形成鲜明的对比，即使"花瓣"真的光鲜靓丽，也会因为它们结在"湿漉漉（的）黑色枝条"上而无法让观者高兴起来。进而可以结论说，诗人庞德在地铁车站的瞬间内捕捉到了生活的真实，即海德格尔所说的作为存在者之整体的真实，并把这个真实用复杂的印象、深远的修辞、明了的语言和极简的形式置入诗中，以诗人特有的意象表达了出来，但同时也借由此而用这印象把那真实遮蔽了起来。因为，我们还是不确知那些都是什么样的脸,哪些具体的人的具体的脸,或究竟是表现哪种表情的脸。(读者就仿佛但丁在维吉尔的引导下,游历了地狱和炼狱,最后在天堂的入口戛然止步。)

我们暂且放下庞德的诗,看看另一首也是描写人群中的人脸的诗:

> 在大街上徘徊,或者骑着马在乡村的小道上驰
> 过,看哪,这么多的人脸!
> ……
> 这样在大街上徘徊,或者横过不断来去的渡船,
> 这么多的脸呀,脸呀,脸呀。[1]

且不论庞德与惠特曼两人在时间维度和地域上的偏差,就空间而言,惠特曼带我们走出英国阴冷的地铁车站,在美国的大街上漫无目的地徘徊,或者在明亮的乡间小道上策马驰骋,又或在往来不断的渡轮上观看那"不断来去"的脸。所不同的是,庞德那毫无表情的印象式描述在惠特曼这里变成了一种真挚得甚至有些幼稚的惊叹:"看哪,这么多的人脸!""这么多的脸呀,脸呀,脸呀。"相较之下,惠特曼比庞德的高明之处在于他观察得非常仔细,即使脸拥挤不堪,也能够分辨出不同的表情的脸:"友爱的、严正的、深思的、和蔼

---

[1] 惠特曼:《草叶集》下册,楚图南、李野光译,人民文学出版社,1978年,第859—865页。

的、理想的脸；有精神预感的脸、总是受欢迎的普通的仁慈的脸"；甚至能识别出从事不同行业的人的脸：律师和法官的脸（他们后脑广阔）、猎人和渔人的脸（他们前额突出）、正教市民的脸（他们胡子剃得干净）、艺术家的脸（他们的表情是"纯洁的、夸张的、渴求的、疑问的"）、孩子的脸（圣洁的）、母亲的脸（发光的）、音乐家的脸和爱恋者的脸（样子未曾明确）。最重要的是，惠特曼甚至能分辨出"某些包藏着美丽的灵魂的丑陋的脸"和"漂亮得被憎恨或轻视的脸""表示尊敬的脸""如同梦一样的脸、如同坚定的岩石一样的脸、完全隐去了善与恶的脸、被阉割了的脸"。从空间场所上看，惠特曼把城市的、乡间的、水路上的脸尽收眼底，而且，在情感上，"所有这些脸都使我很满足"。

显然，在方法上，我们前面用来解读庞德诗的方式，即试图把诗打碎以见其根底，将瞬间呈现的永恒化为碎片，似乎不适合用于惠特曼的诗，因为惠特曼呈现了一幅不但完整而且细腻的人脸的图像，不但看到了脸的表象，还看到了这个表象的背后所隐藏的东西，如丑陋的脸包藏着美丽的灵魂，而漂亮的脸却遭到了憎恨或轻视。实际上，在看似完整的图像上，诗人已经把脸分割了、解构了，使其破碎了，甚至让读者看到了一反常态的现象：面目丑陋但心灵美丽；脸蛋漂亮但遭人憎恨。于是，我们对诗人在第一节中提出的"所有这些脸都使我很满足"这一说法不得不产生怀疑，也许正因如此，诗人才在第二节一开始就问："你想假使我以为这些脸就表示出它们本身的究竟，我对于它们还会满足么？"原来这些令他满足的脸仍然没有"表示出它们本身的究竟"！所以，所谓的满足只是表面上的、虚假的、并非真心的。脸纯然成了图像、面具，背后掩盖着不令人满足的东西！所以，他要费一番气力探个究竟。在庞德那里，"探个究竟"是留给了读者的；诗人只把那些脸组构成的一个画面，一个印象，而且是模糊的、隐喻式的，即用一连串的意象呈现出关于脸的印象，并未像惠特曼那样将其详述一一，尽管那个画面里一定藏有惠特曼所未曾看见过的脸。

可以说，庞德的诗以其浓郁的象征性隐藏起脸的个性和真实性；惠特曼的诗则以真挚的抒情性凸显出脸的个性和真实性。抑或可以说，惠特曼用在大街上、田野里和渡轮上看到的具体的脸弥补了庞德在地铁车站里看到的那些模糊的"花瓣"，虽然有时空的距离，但也完全可以在"穿越"的意义上说，庞德和惠特曼所看到的脸虽不完全一致，却也大同小异。其最大的共同点就在于，它们还都只是一般的呈现，还都只停留在作为以语言呈现的一般图像，如同已被置入存在者之整体真实的艺术品，因此仍有解蔽的可能性。于是也可以说，庞德的诗也是抒情的，只不过那抒情是抽象的、凝练的、寓言式的隐喻和印象式的意象；它考验人的智力，不像惠特曼的诗一下子就把读者引向了现实的具体，即使是被隐藏的"它们本身的究竟"，也是诗人自己拖曳出来加以去蔽的，即在那些不会令他满足的脸上，看到了"卑贱下流的虱子在上面苟且偷生，长着乳白色鼻子的蛆虫在上面蠕动蛀蚀"。那些脸上长着"一只嗅着垃圾的狗的突鼻，毒蛇在它口里面做窝"。那些脸是"比北极海更凄寒的冷雾，它的欲睡的摇摆的冰山走动时嘎吱作响"。此外,还有那些"苦刺丛的脸""呕吐者的脸""像药棚、毒剂、橡胶或猪油的脸""癫痫病者的脸""为恶鸟和毒虫咬伤了的脸""一种不停的"敲响丧钟的脸。而即使你"皱纹满面",面孔"和死尸一般苍白",那也"欺骗不了我"。因为"我"能看穿"那滚圆的永远抹不去的暗流""能看透你那张失智的鄙陋的伪装"。不管你怎样扭曲、虚晃,"我"都会揭开你的假面;"我"都能看见"疯人院里最污垢的满是唾沫的白痴的脸"。"我"还知道他们所不知道的东西,那就是十年、二十年后,这里的垃圾将被清除,这里的每一寸土地"都如同我自己一样的美好"。

即将被清除的垃圾和最近的将来的美好,这是在庞德的诗中所看不到的,甚至感觉不到的。拥挤的地铁车站、幽灵般的人脸和"湿漉漉黑色枝条",这无论如何也不会让庞德看到惠特曼心中的"旗帜和战马""先驱者的高冠",听不到那"凯旋的鼓声",更难以想象那"不论睡着醒着都证明是神自身的子孙"的"威严的长着浓髯的脸""健康的诚实的青年的脸""盛开的百合花的脸",以及"有很多孩子的母亲的年老的脸":

  这大地柔美的性格,

  这哲学不能超过也不愿超过的完美的境界,

  这人类的真正的母亲。[2]

---

[2] 惠特曼:《草叶集》下册,楚图南、李野光译,第859—865页。

大地的脸、母亲的脸、哲学不愿意逾越的完美的脸，这是惠特曼以其炽热的浪漫情怀和人文精神所极力歌唱的自然、民主和自由。无论如何，这些脸，即便是福柯所说的"沙滩上的脸"，即便是牛顿的沉默的数学的脸，或者异常平坦、宛如阳光下的满月、不曾为人与人之间的视线所捏塑、不曾见识过电石流火之力量的盲人的脸，[3] 也都与庞德笔下模糊的甚至无形的脸，或惠特曼笔下有形的甚至轮廓清晰的脸一样，都是具有无限的指涉、具有无限的生成性的意义组合，而这些组合总是指向一个更高的能指，那就是脸的实质性表达，德勒兹称其为"脸性"（faciality）。[4] 所谓"脸性"，就是马瑟所说的"藏于内心的"真正面容，我们从未曾见过的藏于假面背后的东西，[5] 或惠特曼所谓脸的"本身的究竟"。所谓"脸性"，就是海德格尔经过去蔽而展示的脸，或德勒兹所说的经过解域而延展的场域：意指符号从这里产生、释放，声音从这里发出、传播，但它也是解域的极限，有再度被辖域化的可能，因此也可能再度被遮蔽。然而，既然是能指发放的场所，它就能赋予能指以内容，引发阐释，并通过阐释赋予脸以本质，使脸的特征发生变化，显露出它们"本身的究竟"。这就是说，"脸性"控制着意义的生产，主宰着脸的变化，最终赋予脸以归属。庞德赋予地铁车站里的脸以"幽灵般的"或犹如"花

---

[3] 热拉尔·马瑟：《简单的思想》，黄蓓译，华东师范大学出版社，2013年，第162页。

[4] Gilles Deleuze and Felix Guattari, *A Thousand Plateaus: Capitalism and Schizophrenia*, Minneapolis and London: University of Minnesota Press, p.115.

[5] 热拉尔·马瑟：《简单的思想》，黄蓓译，第162页。

瓣"一样的"脸性",借着这"脸性",我们抹掉本来就模糊的"脸",改变面部特征或使其消失,然后进入另一个领域,"更令人哑言、更加不可识别的领域,那里在秘密地进行着生成的动物,生成的分子,夜间的解域从意指系统中溢出"[6]。这里最重要的是"夜"的意象。夜的领域是漆黑的、神秘的;生成性的解域在这里隐蔽地进行着,从已然的意义系统中创造出逃逸线,但这并不是一帆风顺的,因为在另一位倾心于描写脸的诗人里尔克看来,夜正"携满宇宙空间的风""耗蚀着我们的脸庞"。[7]

在里尔克的诗中,"夜"给脸秘密进行的解域运动提供了场所和空间,因此我们更难以面对"脸"。但是,诗人立意要保护脸,保护"自己流逝的美",用"明镜""重新汲回自己的脸庞";[8]他"十指交叉",用手掌庇护"被风蚀的脸",因为这样它会"给我一丝感觉";[9]他"等待着,我把我的脸的自愿观望/执入白日的风中,/不抱怨黑夜……/(因为我看见夜已知晓)"[10]。然而,即使黑夜已经过去、白昼已经到来,他仍然"不要这些半虚半实的假面,/宁愿要木偶。实心的木偶。/我愿意忍受填塞的身躯,牵引线,/给人看的脸。"[11]里尔

---

[6] Gilles Deleuze and Felix Guattari, *A Thousand Plateaus: Capitalism and Schizophrenia*, p.115.
[7] 里尔克:《杜伊诺哀歌》,林克译,同济大学出版社,2009年,第41页。
[8] 同上书,第44页。
[9] 同上书,第45页。
[10] 同上书,第126页。
[11] 同上书,第51页。

克宁愿做木偶,忍受被填塞、被牵引的痛苦,也宁愿把脸给人看,而不想要有表情的、能够虚掩着的,甚至可以"含羞试探的脸"。这是因为脸上的表情不是真实的,其内在是空洞的,形式是虚设的,最终将化入宇宙空间,将失身于母亲的躯体,并在那里被"蚀为平面"[12],或被化为乌有。有时,他真想让"流泪的脸庞""如花开放","增添我的光彩"[13],但问题是,他不知道脸究竟归属于谁:

> 脸,我的脸:
>
> 你是谁的?对什么样的物
>
> 你是脸?
>
> 你怎能是脸——对这样的内心,
>
> 那里面开始常与
>
> 逸散结成某物。
>
> 树林可有一张脸?
>
> 大山的玄武岩不是
>
> 无脸却依然屹立?
>
> 大海不是
>
> 没有脸
>
> 从海底升上来?
>
> 天空不是映在海上,

---

[12] 里尔克:《杜伊诺哀歌》,林克译,第 55 页。
[13] 同上书,第 75 页。

没有额，没有嘴，没有颏？

有时候动物给人一种感觉，
不是吗？似乎在请求：拿走我的脸！
它们觉得自己的脸太重，
并把自己渺小的灵魂
随脸一块太远地伸入
生命之中。而我们？
灵魂之动物，迷惘，
因心中的一切，还没准备好
趋向虚无，我们，吃草的
灵魂，
我们不是在夜里
向赐予者乞求非—脸，
它属于我们的幽暗？[14]

我的脸是我的吗？针对谁而言，针对外部还是内部，我的脸才是脸？树林、山峰、岩石、大海、天空，它们不都是没有脸吗？动物因着渺小的灵魂而不想要脸，因为它们进入了生命的内部，与生命合为一体，因此就不再需要脸的遮掩了。而人类因着灵魂反倒迷惘，没有准备好走向虚无，面向死亡，因而在夜里祈求属于"幽暗"

---

[14] 里尔克：《杜伊诺哀歌》，林克译，第 122—123 页。

的"非—脸"。更何况，脸的表现不是真实的，表情是虚假的，它们作为图像都在遮掩着真实的存在，于是，庞德笔下"湿漉漉黑色枝条上的花瓣"就自然而然地被里尔克夜里的宇宙的风蚀化为"非—脸"，而惠特曼的那些具体的脸也就成为遮掩其"本身的究竟"的图像了。

里尔克提出的一系列问题都是基于对死亡的深度思考的。当你看到医院里的人批量地死去，甚至不再拥有一个属于自己的死，因而也不再拥有一个属于自己的生，死亡已经变得"平淡无奇"，这时，脸也就随之而变得毫无意义；脸及其归属就将成为一种消逝的记忆。[15] 在里尔克看来，脸不是脸，脸是非—脸；而作为非—脸，脸可以是任何东西，唯独不是脸。之所以如此，是因为一个人拥有许多张脸。有些人始终戴着同一张脸，长年累月地使用，自然会变脏、变旧、变长，而把其余的储存起来，留给后代们使用；但另一些人却不断地变换，没有节约用脸的习惯，以不可思议的速度一张接一张地使用、变换，结果不到四十岁就只剩下最后一张了，连这一张也破旧了、出破洞了，连非—脸（马脚）都露出来了。于是，脸是非脸（脸不是脸）；脸是器物、是工具、是面具。你可以随时随意撕下一张脸，然后换上另一张。如同变换角色。人学会了换脸、变脸、扮脸（如同川剧中的变脸）；学会了用脸扮演角色，也因此学会了制造和使用脸，于是脸变成了面具（如同京剧中的脸谱）。在表演

---

[15] 汉斯·贝尔廷：《脸的历史》，史竞舟译，北京大学出版社，2017年，第120页。

中，面具与角色是浑然一体的。角色在，则面具在。而当角色不复存在时，面具也变得百无一用。当需要撕下面具时，脸也要一起撕下来，然后再换上另一张，于是，便有了描绘的肖像和雕塑的塑像。脸（图像）的艺术出现了。脸也便通过艺术作品留下了生命的痕迹："刻画在脸上的生命就像表盘上的指针一般清晰可辨，与时间的关联历历在目"，成了历史的组成部分。在其反面，是雕塑的身体；身体在抗拒着"人们期望它所扮演的角色"[16]。这意味着，脸"作为外在形式从不与身体浑然一致，而是试图呈现为一种不同于身体的东西"[17]。这是因为雕像上的脸一旦被固定下来，成为"僵滞的面具"[18]，它就是死亡的瞬间留下的模样。而"真实的脸上呈现生命的流动。在生命进程中，脸不是静止不动的，而是既指向它所走过的来路，又预示了死后将被戴上的那张面具"[19]。脸在历史或生命进程中担任许许多多的角色，只有死后才凝固成"僵滞的面具"。而与面具相当的是文学的语言，文学语言能够编织各式各样的群脸或千人一面的单脸，而它们所承载的却不是物，而是诗。[20]之所以是诗，是因为脸与语言一样具有遮蔽的功能。

那么，庞德诗中作为面具的"花瓣"都承担着或遮蔽着哪些角色呢？惠特曼诗中具体的脸扮演的众多角色是否也变成了掩盖真相的

---

[16] 汉斯·贝尔廷：《脸的历史》，史竞舟译，第 123 页。
[17] 同上书，第 125 页。
[18] 同上书，第 127 页。
[19] 同上。
[20] 热拉尔·马瑟：《简单的思想》，黄蓓译，第 140 页。

面具呢？它们与里尔克所说的"非－脸"又有什么关联呢？其诗性又在何处？如果我们把庞德诗中的群脸看作"现代人脸上那种屡见不鲜的千人一面"[21]，那么，惠特曼诗中的众多角色是否就是用来抗拒死亡以便还原真实的脸的"自我"再现，或是当代文化中刻意提倡而流行的"一人千面"呢？它们又与里尔克的"终结的脸""消溶的／包含夜的脸""逸散的脸""古老的上帝的古老的脸""惯于理解的脸"有什么区别呢？从庞德到惠特曼，从惠特曼到里尔克，"哦，从脸到脸／何等的提升"[22]。提升到哪里？我们迄今仍然只是在言说，我们在对诗人口中的脸进行各种描述和阐释时，不过是在进行一种器具的转换，即由生命的面具——脸（图像）——向生命的符号——语言（再现）——也即与面具相当的文学语言——的一种转换。于是，里尔克这一讽喻性的感叹所指的根本就不是真正的提升，不过是从面具到面具的转换而已，因为语言不过是与脸相同的另一种面具。

> 我们只是嘴。但就在一瞬间，
> 那巨大的心跳悄悄把我们突破，
> 令我们哭喊——
> 我们这才是本质，转折，脸。[23]

---

[21] 汉斯·贝尔廷：《脸的历史》，史竞舟译，第124页。
[22] 里尔克：《杜伊诺哀歌》，林克译，第146页。
[23] 同上书，第185页。

所不同的是，从脸向嘴（言说）的转换或许是一种突破，是从心的跳动到本质的呼喊（哭喊）。这是在瞬间内完成的。"心跳"突破了"脸"，突破了"嘴"，以"哭喊"的声音表达了"本质"，那不可见的"自我"，只有在这时，"脸"才能通过"哭喊"转化为"诗"，脸背后"本身的究竟"才有可能被接近，正如在对诗的语言的解码中，只有打破诗之"言"（像）的部分，我们才能进入其未言（意）的部分，进而揭示语言背后的存在本体，接近物之物性。

诚然，"自我"、存在本体以及物之物性是可以通过多种形式表现出来，以多种面貌呈现出来的，因此其所承载的"意"也必然不是固定同质的，而是异质多变的。这是因为语言中的词就如同"脸"一样，总是被摆置的。"脸"诉说；词言说。脸用表情、目光、形态即其变形作用于对象，与其他的"脸"发生交流。同理，词，任何一个鲜活的词，都必须在一个弹性语境里与其他许多相异的词相互作用，才能在偶然的碰撞中产生"心跳"，令人"哭喊"，发生灵魂碰撞。但脸的交流是极其有限的、肤浅的，甚至是虚假的。只有当"心跳"突破脸的外貌、从内心里发出"哭喊"的声音时，本质的交流才真正开始，因为脸作为易于腐朽的面具（即使上帝古老的脸也不例外）无法表达不可见的自我的灵魂，后者的不死性不会随着脸的僵滞而消亡，而且，哭喊或任何其他声音毕竟与语言是近邻。因此，肖像和雕像（脸和图像的艺术）不过是有限的交流手段，语言——以及由语言创造的文学作品（语言的艺术），"哭喊"，或是由心灵呼啸而出的召唤——即便能够表达思想，却也未必是真正的自我精神的流露。

于是，脸和声音的本质不在于交流，而在于阻碍交流；脸和声音的本质不在于感人，而在于阻塞内心的呼唤。

那么，脸、声音及其艺术（绘画和图像艺术）所遮蔽的、或诗歌中借以用作面具的语言所遮蔽的"本身的究竟"究竟是什么呢？按惠特曼的说法，这"究竟"要么是"丑陋的脸"遮掩的"美丽的灵魂"，要么是被脸"隐去了（的）善与恶"。它或可体现为庞德诗中隐喻般的幽暗印象所遮蔽的现实世界，或可在里尔克笔下被夜消融却又包含着夜的生命之流的涌动。脸之"脸性"就是这个被遮蔽的"本身的究竟"。它具有无限的生成性，因而其意义（如果有的话）也不是由其表面所能推断出来的。如是，脸的"意义"似乎也因此被分为两个维度：一为显在，指可被言说的脸的意义，即其物质存在。如果它是丑的，其"本身的究竟"却未必丑；二为隐在，指脸被遮蔽或不可言说的意义，必须深入内部才能见其"本身的究竟"。中国古代玄学曾有"相由心生"之说：所谓"心者貌之根，审心而善恶自见"（宋初陈希夷）。说的是"貌"之根在心，只有深入内心才能见其善恶，但未必是相丑心必恶（"相由心生"的另一种解释）。这意味着，善恶并非是泾渭分明的对立面。苏格拉底相如森林之神，但五官背后深藏着内在的理智美；伊索相貌丑陋，但其美丽的灵魂中还隐藏着高尚的智慧；《巴黎圣母院》中的卡西莫多相貌丑之又丑，但心灵中却深藏着世间最大的爱。

在巴塔耶看来，文学的本质在于交流，而其最高价值则是表现恶。[24] 这不是说诗人喜欢作恶、描写恶，或宣扬恶；而是说恶对于诗人具有魅力乃至魔力；他要通过呈现真正的恶实现他所向往的善，因为并非由于一味地宣传善、鼓励善、教育善，善就会普济众生，美就会自行到来，真理也会自动展示。善通过对恶的展示而被揭示；美通过对丑的展示而被显现；真理通过对虚幻的展示而被澄明。对于诗人来说，在思的某一阶段，美与丑、善与恶、生与死、真实与虚幻、言与不言、脸与心，都不是作为纯粹对立面出现的，而是作为一物对另一物的遮掩而存在的，而一物与另一物的关系却不必是西方传统形而上学的二元对立，而是东方哲学中生生相克的化解。这又一次证明我们对待事物的态度以及借由此而产生的思想无非是由习惯而养成。《爱丽丝漫游奇境》中的狮鹫曾说过：从来没听说过丑术！但我们都知道美术是什么！这是就西方人的认识方式而言的。古希腊哲学和艺术懂得高扬美、道说美、描摹美，但也并非置丑于不顾，在建构美的话语时用美遮掩了丑，或只以丑作为美的参照，将丑弃置于边缘，或将其遮盖，于是就有了惠特曼所描述的被美所遮盖的丑恶的灵魂，或霍桑笔下披着宗教外衣而内心黑暗（黑暗得十倍——麦尔维尔语）的牧师，或马克思所透析的被镀成金色但却使世界充满伪善和不幸的货币。换言之，被理性之美所遮蔽了的丑只有在被置入文艺作品时才有得以展示的机会，即在文艺作品敞开的世界里得以展示出来，并因之而存在。

---

[24] 乔治·巴塔耶：《文学与恶》，黄澄波译，北京燕山出版社，2006年，第135页。

"从中世纪怪兽滴水檐到玛丽·雪莱的由死尸拼凑成的怪物,从安徒生童话中的丑小鸭到纳粹的堕落艺术展,从日本的侘寂概念到粗犷的建筑,丑陋长期以来挑战着我们的审美和品味"[25]。这说明美丑、善恶之间除自古希腊就确立的对立关系外,还有一个广阔的中间地带,一个可以使对立得以转化的空间,能够打破美丑、善恶之间界限的一个空间。对不信基督教的人来说,被钉在十字架上的耶稣是畸形丑陋的,但对基督徒来说,那是遭受殴打后血迹斑斑的活生生的人,因替世人受苦而身体变得畸形的"救世主",而艺术家对其受难各个阶段的细腻刻画,尤其是其饱受折磨的面孔和身体,则既能引起观者的同情,又能颂扬基督的人性。(乔托《哀悼基督》等)按照黑格尔的说法,正是在基督降临后,"丑"才进入了审美的视野(黑格尔《美学》II,1)。但值得注意的是,基督耶稣首先是以丑的面孔出现的,甚至《以赛亚书》中的弥赛亚也因苦难而面目全非。直到1200年左右人们在罗马发现了"维罗尼卡面纱",才得见耶稣的"真实图像",那是"非人手绘制的神圣面容",在凡·艾克依此"真迹"绘制的耶稣肖像画中,人们才看到通过画面再现出来的一张据说是真实的、以生活为原型的耶稣的正面图像,标志着圣像进入了肖像画时代,即耶稣基督以正视观者的目光开始与观者交流了。

与圣像相同的是,魔鬼最初也是以极丑的形象出现的,而且丑相千变万化,大多出现在泥金抄本的页眉上。到了近代,丑陋的魔

---

[25] 格雷琴·亨德森:《美妙的丑陋》,白鸽译,中信出版集团,2018年,第1页。

鬼发生了质的变化：但丁对魔鬼（路济弗尔）的描写要优于对女人的描写；塔索笔下的普路同虽然恐怖，但恐怖得庄严；马利诺笔下的撒旦以忧郁和沮丧赢得了读者的同情心；莎士比亚能让魔鬼以美的形态出现，而弥尔顿甚至把魔鬼写得比上帝还要高尚。即使《浮士德》中的怪物墨菲斯特菲勒斯也经历了马洛笔下的丑相、卡佐特笔下的骆驼到歌德笔下衣着考究的绅士这一系列转化过程，当在陀思妥耶夫斯基、帕皮尼和托马斯·曼的作品中再度出现时，他反倒以貌似无辜的小资产阶级身份面诸于世。当然，现代的魔鬼比起凶相毕露的古代魔鬼来，似乎更阴险、更危险。

综上可见，艺术对人的刻画、对超自然物种的表现，是将外表"丑陋"与内在品质联系起来的，以便彻底地注入某一时代或社会的文化价值观。或者说，人们对外在面貌与内在品质的勾连是随着时代的变化而变化的，同时也依社会文化的不同而不同。当艺术家用魔鬼般的丑陋形象来表现人的内心丑恶时，这些丑陋形象并不是随意拼凑而成的，而是反映着特定民族根深蒂固的文化偏见和信仰。这种丑陋的魔鬼形象及其用以惩罚罪恶的阴森恐怖的地狱随使徒约翰的《启示录》（公元1世纪）而进入基督教世界，末日恐惧和地狱惩罚便接踵出现，导致了以千年运动为名的诸种神秘主义和启示录文学的问世。在基督教艺术中，异教徒、穆斯林或犹太人、刽子手、妓女、愚人和农民通常都被以丑陋图像图绘之，而用以惩罚这些丑陋之人的场所，则是由不同时代和不同文化想象出来的地狱，如《旧约》里的地狱、《福音书》里的地狱、穆罕默德的地狱、但丁的地狱、圣布伦丹的地狱、巴洛克时代的地狱，乃至萨特笔下的现代地狱（《密室》）。不同的也是非常值得注意的是，在现代地狱里，也即在萨特的"密室"里，没有秘密，"我"永远处于从未谋过面的他人的注视中，"我"永远逃不过他人的目光，那目光是燃烧着的、让人皮开肉绽的刑具，而旅馆房间里的三个人，所有人的面孔都被注视着，每一个都是另两个的行刑官。在这种情况下，他人是地狱。

然而，他人也未必是地狱。这所谓"互为地狱"的三个人都是戴着面具的，也就是说，他们都是演员，都同时扮演着两个角色——注视者与被注视者。在这个意义上，他们的注视和被注视其实都是被塑造的面具，仿佛与肖像一般的"角色脸"。在这个意义上，此三人与其说是相互注视，毋宁说是揽镜自照。他们每个人都有了用以注视的目光，这目光使其原有的被注视的客体化为主体，使原来真实的脸抛弃了作为演员而装扮成的"角色脸"，因而重又获得了个体的生命力。因为他们相互注视的目光中隐含着自我指涉，与对象目光中含有的自我指涉构成了沟通，于是，目光就成了通往外部世界（其中的每一个人）的窗口，也使三个相互注视的人建立了一种本质的相似性，正是这种相似性展示了他们在空间中的同时在场：这个空间是封闭的，灯永远是亮的，目光永远在轻蔑地注视着，这就是现代世界里被机器所注视／监视的人的世界，即萨特存在主义哲学意义上的地狱。

对丑的遮蔽或回避似乎已经成为一种文化习惯：亚当和夏娃初尝禁果后遮挡住裸体；珀尔修斯用盾牌遮住美杜莎扭动的蛇头；俄

狄浦斯宁愿挖去双眼也不愿看到自己乱伦过的身体。在某种意义上，这种遮蔽或掩盖既是对人们眼中的丑的掩盖，同时也是对美的追求；既是对可能的恶的逃避，同时也是对可能的善的一种实现。而且，这种追求和实现是与时代的进步、工具的完善和艺术水平的提高成正比的。女神维纳斯在不同时代的不同塑造就说明了这一点：维伦道夫的维纳斯（约公元前 24000 年）、米洛斯的维纳斯（又称断臂的维纳斯，公元前 150 年）、波提切利的《维纳斯的诞生》、提香的《乌尔诺的维纳斯》等。这就是说，由丑陋而引发的审美判断取决于文化环境和习俗，不同文化环境的人总是以自己的文化习俗来审视物品：墨西哥女人觉得扁平额是美的象征，但在法国人眼里却是丑陋的标志；法国巴士底日游行队伍中总会出现"破损的面孔"，如同惠特曼笔下"受伤的脸"（受伤的身体），它象征着法兰西民族精神、牺牲精神和悲剧精神，能够引起观众的怜悯、同情和崇敬。

在艺术和文学中，丑陋是一种积极因素，尤其是原创艺术品只作为先锋艺术出现时，一般都会被贬为丑陋的、恶毒的、不道德的。在音乐领域，勃拉姆斯的第一交响曲被认为充满刺激和不和谐的噪音；勋伯格的室内交响乐被说成太过丑恶；阿尔维德·克莱文的《葬礼序曲》被称为"恶魔的曲子"。在诗歌领域，波德莱尔在《恶之花》中把粪便与香水混杂，将诗与散文并用；让·热内在《小偷日记》中把鲜花与罪犯相提并论，认为前者的纤弱精致和后者的野蛮无情并无本质的区别；而巴塔耶则认为最令人倾倒的鲜花实际上是最肮脏俗丽的亵渎。在绘画领域，马奈的《奥林匹亚》像是停尸房；雷诺阿的《女性裸体像》就是一摊腐坏的人肉；此外还有德拉克洛瓦、克里姆特、毕加索等大师的画作，无不以丑陋为突出标志。所有这些都是建构的文化体验，既不是静止的，也不是呆滞的，而是生展的、进步的。从历史上说，文艺复兴以后，尤其是17世纪巴洛克艺术问世后，丑陋和畸形开始进入审美领域。如果说18世纪仍在美丽与畸形之间徘徊的话，那么，19世纪末丑陋崇拜就已经毫无愧色地立于文坛了（罗斯金，《威尼斯之石》），使得20世纪成了丑陋放纵的时代（野兽派、立体派、垃圾箱画派、媚俗、坎普等）。

诗人有时是梦幻者。诗人为了人性而幻想，把人性变成诗，把诗变成对恶的表达，进而在幻想中看到诗之思的创造。诗的真实性就在于它不与理性同流合污。真正的诗人看上去不成熟，但又不是没有长大的孩子；他处于疯狂的边缘，但又不是疯子；他喜欢把平凡的生活装在内心里揣摩，却又携着幻想和思想步入外部现实；他用语言加工感官材料，通过摧毁主客体间的界限而使语言成为语言存在；最重要的，诗不否定世界中的丑与恶，敢于直面丑与恶，并通过消除事物界限，也即丑与美、恶与善的界限而使世界神圣起来。诗人是面具的制造者。他敢于面对各种面孔，单一的、千面的；美丽的、丑陋的；善意的、邪恶的。因为一切面孔、脸和面具都富有诗意。没有诗，各种形象就没有意义，因此就不存在。诗的终极功能就是唤起不可能，就是让不存在存在。但是，诗并不建设什么；它只毁灭。萨德写作的实质就是要毁灭：他写作但注定不拥有自己的作品;他一生都在卑鄙中寻求高尚,在破坏中寻求伟大,在亢奋中体会身体的快乐。他懂得如何把监狱化作孤独的天地(布朗肖语)。布莱克亦然。他写作是为了在焦虑中放纵,只有这样他才能释放思想,才能描写夜晚的觉醒,描写人与痛苦和死亡的协调,才能举行天堂与地狱的婚礼。布莱克不是哲学家,但能准确有力地把握哲学的本质;他不是享乐主义者,但他生活的试金石就是感官快乐;他不是生态主义者,却在动物身上看到了世界永恒的部分。他的语言是运动的、开放的;他以诗意的语言表达了我们无法表达的东西。

通过脸、诗歌中的脸、文学中的脸和艺术中的脸,我们看到人的世界是想象的和虚构的,是图像的世界。它就像脸一样永远都在遮蔽、掩盖、躲避;但与此同时,也在解蔽、揭露、参与。这个发现既是令人惊奇的,也是令人不安的。脸本身无法解蔽、揭露、参与。它用目光穿透面孔、穿透面具而直视世界(正如萨特笔下三个互为地狱的人)。它用目光注视他者以消解我与他者(主体与客体)之间的界限。一句话,它用目光沟通。诗歌要么沟通,要么就什么都不是。信息时代的人沉浸在沟通之中;信息时代的人无时不在极端的孤独之中进行连续不断的沟通。于是,人成了语言。人存在就是为了沟通而使用语言,就是为了理解他人而注视外部的目光,而脸(图像)为着这种沟通和理解提供了令人痉挛和狂笑的场所,一个难以参透的世界,它本身就是由无数难以理解的甚至难以容忍的事物构成的。然而,人要掌握自己的命运,要享受自在的生存,要获得物的存在,就必须面对脸,面对那匆忙的、呆滞的、毫无表情的,甚至是丑陋的和恶毒的脸,还有庞德的群脸、惠特曼的无数个体的脸、里尔克的被夜消融的脸,或者圣像中的脸、肖像中的脸、魔鬼的脸、怪物的脸、男人的脸、女人的脸、雕刻的脸、描摹的脸以及各种被书写的脸。为了自在地生存,人必须面对自己的脸和他人的脸,并消解二者之间的界限。这样,生与死、实与虚、美与丑、善与恶、昔与今、高与低、言与不言,便都可能不再是矛盾的了。而图像则是所有这些二元对立最大的调解者。

第二编

翻译与世界文学

05
文学翻译与艺术精神

文学文化中翻译的语言与传统

在古代，或在文字出现之前，只有口译一种形式；口译者就成了处理部族间贸易和族际间事务的重要人物。文字出现之后，尤其是印刷术出现、航海技术越来越发达之后，语言交流的空间越来越大，人与人之间见面的机会越来越少，书面交往越来越频繁，口译工作也逐渐让位于书面翻译。而随着跨文化阅读的普及，文学的翻译传统就在各个民族之间形成了。（但是，当技术进入我们现在所生活的技术信息和生物控制时代，以及未来的 AI 时代，或许一种新的阅读形式将会再次取代这种持续了几千年的书面阅读形式，甚至完全取代之——我们只需有一个手机或类似的高科技就可以进行虚拟空间中的"距离谈话"或"距离阅读"了。）但在 AI 技术彻底取代一

> 阅读何为：
> 文本·翻译·图像

切其他技术之前，就目前信息的传播和阅读方式而言，以语言为媒介的书面翻译依然在文学、学问、思想传播和文化传承方面起到关键作用。仅就西方文学翻译的传统而言，可举荷马史诗、圣经、希腊戏剧、哲学和历史为例。而在人文社会学科，知识的跨国交流依然以书面翻译为主要媒介。

因此可以说，在每一种语言中，翻译都是写作和"文学文化"（literary culture）的重要构成性工具。或者说，没有翻译，国家间的文学阅读就是不可能的；正是文学翻译和文学阅读构成了这种文学文化，它是由创作、翻译、重译这一几乎在时间上不间断的生产链构成的。实际上，国际交往和文化发展的历史，无论在欧洲还是在世界其他地区，都可以顺着翻译的足迹去追溯。就西方文化来说，最典型的例子当然是《圣经》的翻译。《圣经》不仅是西方历史上和文化中翻译得最多和最重要的文本，而且还展示了由其翻译所导致的文化和语言进而是观念的多样性。《圣经》的源语言是希伯来语、阿拉米语和希腊语。在上千种译本中，至今尚有影响的有古希腊文的七十士译本、拉丁文的圣杰罗姆译本、德文的路德译本和英文的詹姆斯王钦定译本。随着时间的流逝和世界的变化，前两种古代译本虽然没有被遗忘，但一般情况下也只具有参考价值，而路德译本即便是现在也几乎是某些《圣经》译者的"原本"。在另一条也即"圣经文学"发展的脉络上，我们可以清楚地看到詹姆斯王钦定译本所起到的不可估量的作用，尤其是对英语世界乃至整个欧洲文学在语言风格和思想内容上的决定性作用。这验证了维特根斯坦关于文化发展受特定语言所控制的观点:"语言那种让一切都变得一模一样的力量最明显地体现在词典中,这力量使得将时间拟人化成为可能,它的奇特性一点也不逊色于我们将逻辑常项神化时的情形。"[1]

在当今世界事务中,从飞速发展的技术现代化,再到现在被合法地称作"全球化"的国际关系中,翻译仍然起着至关重要的作用。虽然这后一种发展并非平衡地影响着世界各个地区。事实是,科学、媒介、娱乐、商业和许多国际关系形式都涉及广泛,以至于翻译几乎成为一个压倒一切的研究课题(issue),实际上已经成为一个亟待解决的"问题"(problem),在世界文学和比较文学界尤其如此。许多人认为解决的办法就是采纳一种单一的全球语言,而英语似乎已经在担当这一角色了,正如中世纪末期和文艺复兴时期的拉丁语一样。这里涉及的一个重要问题是:英语是一种单一语言吗?或者语言是单一的吗?我们所说的单一语言是作为纯粹的单一民族的语言所存在的一种语言吗?回答显然是否定的。任何一种语言从本质上说都是多形态的,也就是多语的。(德里达说:"我们从来只讲一种语言。我们从未只讲一种语言。""我只有一种语言;这种语言不是我的。"[2])所以,当有人讲或试图拥有一种世界语言的时候(比如人

---

[1] 维特根斯坦:《论文化与价值》,楼巍译,上海人民出版社,2019年,第26页。他还说:"人们一再说哲学没有真正取得进步,我们仍然在解决希腊人早就在解决的相同问题。但说这话的人不明白为什么会这样。那是因为我们的语言没有变,仍然在引诱我们提出相同的问题。"(转引自爱德华·坎特里安,《维特根斯坦》,陈永国译,北京大学出版社,第229页。)

[2] Jacques Derrida, *Monolingualism, Or The Prosthesis of Origin*, trans. Patrick Mensah, Stanford University Press, 1998.

为创造的 esperanto，这种世界语是不可能流通的，因为它缺少文化根基，在西方世界尤其动摇不了"圣经语言"深厚的文化根基[3]），它指的不是一种"巴别塔"之前的、不需要翻译的语言，而恰恰是一种翻译的语言（a language of translation）。在某种意义上，翻译的语言所产生的一个必然结果就是文学的繁荣，而且是世界文学得以产生的首要条件。庞德在《论伊丽莎白时代的古典主义者》（1917）一文中曾说："文学的伟大时代也许总是出现在翻译的伟大时代；或在伟大的翻译时代过后的时代。"[4]

那么，什么才是一种"翻译的语言"？"翻译的语言"显然不同于"自然语言"（natural language）。如果我们可以依据对象的不同来界定"自然语言"的话，那么，相对于"世界语"这种人造语言，它就是人们在不同的文化中一出生就讲的、随文化的演进而发展的民族语言；如果相对于计算机语言等"机器语言"，它就是广义上的人类语言，不仅区别于机器的而且区别于其他任何动物的语言的一种语言；如果相对于"翻译的语言"，它就是在某一单一民族语言内部孤立发展、而不参与任何外来文化沟通的、因此也不吸收任何外来因素的封闭式语言（如果有的话）。与这后一种定义相反，"翻译的

---

[3] 维特根斯坦说："世界语。一种厌恶的感觉，我们用一些生造出来的派生音节来说一个生造出来的词。词是冰冷的，不带任何联想，却假装成了'语言'。一个纯粹的书写符号系统不会让我们这样厌恶。"（维特根斯坦：《论文化与价值》，楼巍译，第91页。）

[4] Ezra Pound, "Notes on Elizabeth Classicists", in *Literary Essays*, ed. and Intro. T. S. Eliot, New York: New Directions, 1968, p.227.

语言"恰恰是在与外来文化和外来语言的紧密接触和沟通中产生的。在严格的意义上，它恰恰是两种或多种不同语言在对译沟通的过程中共建的，因此兼具两种或更多种语言的特性，能鲜明地体现各种不同语言的共性。比如，在西方世界，《圣经》翻译以及古希腊罗马文学和历史经典的翻译所造就的就是一种反映多元文化因素的语言。在这个意义上，"翻译的语言"就祛除了"自然语言"的质朴性、人造语言的人为性、机器语言的机械实用性和民族语言或母语的文化单一性，而具有了文化融合的共性。

如此看来，任何一种民族语言只是共建翻译语言之诸多语言中的一种。作为一种跨文化的表达，翻译的语言是世界各种语言之间经过翻译的中介而达成的思想和情感的融合，同时又保持其各自语言的特点和内核，一种旨在探讨、理解、阐释、包容差异的语言。因此，翻译的语言并不具有一个单一独立的形式，而以一种民族语言为依托，以容纳来自各种不同语言之差异为特点。一种民族语言中渗入其他民族语言的因素，这对任何语言来说都是一个事实。如果试图掩盖这样一个事实，语言就势必会演变成为一种大国沙文主义，而一种翻译的语言恰恰是对这种大国沙文主义的最有力的抵制。在这个意义上，任何一种民族语言都只能是翻译语言的载体，但同时又不能成为一种翻译的语言。严格说来，翻译的语言是全球范围内实现文化融合的一条重要渠道。

从这个意义上，可以说，基于一种单一语言的全球单一文化这个观念并非前景光明，相反非常暗淡，甚至是根本不可能的。重要的文化表达总是涉及局部（国族）和全球（世界）；翻译的问题就内在于这些局部和全球的文化表达之中，因此也内在于其传播和历史的传承之中。任何以小代大、或以大欺小的做法都是不可行的。正因如此，在文学界，如同在许多其他知识和文化领域，翻译的需求才从未减弱。这是由不同语言表达的不同文化之间的理解渠道所决定的。这些理解渠道的出现不仅促进了文化间的理解，也促进了文化内部各分裂因素之间的理解。其实，一种文化内部的分裂或断裂是毋庸置疑的，因此也存在着翻译的必要性，即在我们自身内部（民族语言内部）发现他者，这是翻译的另一个副产品，或者说是翻译的另一项任务。比如古今之间时代和文化的差异，不同译本、不同译者之间的差异，讲述同一故事的不同媒介之间的差异，尤其是同一种语言中不同时代的文学表达的差异。从这些差异之间，我们得到的是语言与文学的发展史，因此也是一种文学考古学。这项任务只能通过追溯文学翻译的踪迹来完成。

　　这种文学考古学决定了文学翻译研究的几个不同视角：历史的和当代的视角，以及理论的和实践的视角。西方有着悠久的文学翻译史，不妨再以《荷马史诗》和《圣经》的翻译为例。不同时代有不同的译本和文本，不同译者也有不同的侧重和方法。西塞罗、阿尔弗雷德大帝、约翰·屈莱顿、乔治·艾略特以及当代一些重要作者、译者和思想家的批判性探讨都证明了这一点。就理论和实践而言，在文学翻译与其他文类的翻译之间并没有本质的区别，尽管在形式、技巧、学术研究上以及实践价值上仍有一些差别。文学翻译如同文学本身，依赖人类不同领域的经验，这在话语操作上似乎与其他文类的翻译相重合。文学作为一门语言艺术，它综合了文化和审美价值，这是文学翻译不同于其他文类翻译的地方。这一差别使文学翻译显得困难，具有挑战性，但同时也很迫切。诗歌由于特有的浓缩的语言表达，才成了文学翻译的试金石——甚至曾几度被认为是不可译的。然而，大量的诗歌曾经被译并继续被译。而且，诗歌翻译也与其他文类的翻译相关，其他文类所注重的文本和实践都有助于诗歌翻译。这是因为诗歌翻译与其他任何翻译活动一样，是在具体的社会文化环境内发生的，其充分的本质需要就是把一种语言产品从一种语言转换到另一种语言。因此，如乔治·斯坦纳所指出的，反对诗歌翻译就是反对所有翻译。[5]

文学文本当然也要求对语言本身特别注意，尤其是语言的共鸣和关联（resonance and references）。个人的相关性和历史维度给翻译的问题增加了新的面相。这显然不仅是狭义的文学翻译所要求的。就广义而言，也包括哲学、历史和其他人文学科的不同知识的介入，尤其是宗教、神话和语言学知识。翻译必须关注这些作品的语言和文化遗产，因为翻译本身的作用或用途也包括延续那份遗产，赋予它另一个历史深度，将其改造成一种跨文化的传统。

这涉及翻译（translation）与传统（tradition）之间的内在关联。"传统"的基本目的是 hand over 或 deliver；拉丁语中 tradere 的意思

---

[5] George Steiner, *After Babel: Aspects of Language and Translation,* 3rd edn. Oxford and New York: Oxford University Press, 1998, p.255.

包括：1. to deliver；2. to hand down knowledge；3. to pass a doctrine；4. surrender or betrayal。[6] 细观之，这恰恰也是翻译的任务。翻译的基本功能就是 hand over 和 deliver，就是要把有价值的东西传承下去。有趣的是，背叛的行为在传统和翻译中都是很重要的一个观念和事实。传统的延续中必定有背叛，否则就不会有创新；而翻译史所传达的一条箴言式的真理则是：译者就是背叛者；其隐含意思是说，译者本质上不可能完整地传达原文的原本意思，自然会有误译、错译甚至不可译因而付诸解释的东西。有人因此认为翻译不足以凭信，因为译者不能完整传达原文的意思。除了自然地丢失和增补外，遇到难处便诉诸解释，因此损害原文。这也与传统非常相似，因为我们只需要考虑一下传统所传给我们的，在传承过程中已经发生了多少变化、多少删减和补充，这本身既是叛逆也是屈服。[7]

传统总是有选择地传承，翻译亦然。文学的传统，实际上就是文学经典的形成。而文学经典的形成离不开翻译，其最重要的步骤就是选择。也就是说，经典的形成有赖于翻译文本的选择，而这种选择源自文学传统本身。只要作品跨越国界，进入世界文学经典的行列，就必须依赖翻译，必须经过翻译。只要作品想要被后代阅读，获得后世生命，就必须被翻译。这就是本雅明在《译者的任务》中所说的作品的"存活"和"成熟"的过程。如果没有翻译，"西方文

---

[6] Raymond Williams, *Keywords: A Vocabulary of Culture and Society*, London: Fontana, 1976, pp.268–269.

[7] Ibid., p.269.

学""欧洲文学""世界文学"等提法和观念都是不可想象的。实际上，所有这些提法都必须依赖翻译和传统的融合，是为一种"翻译的传统"（the tradition of translation）。无论在西方还是在东方，一个简单的事实是，世界优秀文学的读者基本上都是读译文，也即翻译成本族语的外国文学作品。在这个意义上，正是翻译给世界文学和比较文学的研究提供了便利。

文学翻译的历史和传统是一个非常值得研究的话题，或者说是一个几乎已经被遗忘的课题。在某种意义上，世界文学史是文学翻译的历史，世界思想史也是翻译的历史。但是，我们经常记得作者和作家的名字，而很少有人记得译者的名字。我们都知道柏拉图和他的著作，但很少有人记得柏拉图的不同译者，除非专门为了研究翻译版本的目的。而这又涉及经典作品重译的问题。只要翻开那些世界经典作品，我们就会看到其重译的频率：经典作品几乎每一个时代都被重译，都被注入译者自己时代的精神，或依据自己时代的"形体"和"神韵"（shape and texture）进行重译。由此体现出的不仅是一部经典作品自身穿越时代的旅行，它在不同时代留下的印记，而且还能看到不同时代给它本身渗入和规定的"形体"和"神韵"。而这正是现在的翻译研究所忽视的。

然而，这样一种翻译研究显然是非常具有挑战性的。因为它涉及的不仅是原作，还有不同的译作，其背后还有整个文学文化，包括文学的接受史，其重要性不言而喻。但它所导致的必然是一种文学史的杂交性，或者思想史的多元性。所以，在以民族为边界的文

> 阅读何为：
> 文本·翻译·图像

学史中更多的是被忽略，而即使偶有提及，也是一笔带过。然而，毋庸置疑的是，文学翻译的历史光谱上不仅仅是一个单一民族的文学，而是整个世界的文学。其研究焦点似乎应该是译入语的语言传统的改造和文化接受。而一旦走出这个传统，我们就会进入另一个更广阔的空间，一个大有作为的空间，这就是翻译传统内部的经典变化研究和遗失作品（译本）的发现。下面以英国文学为例。谈起英国文学，无人不提莎士比亚（或任何一种所谓"伟大的传统"：利维斯的、布鲁姆的，或托·斯·艾略特的）。但是一旦从当下视角来看待英国文学传统的话，即便莎士比亚也不是以前的莎士比亚了，至少不占据以前的核心位置了。在翻译思想史的背景下，莎士比亚是一位超验的天才作家，曾经在英语语言内部掀起过一股持续的创作浪潮，而他所创作的时代也恰恰是翻译作品开始进入盛期的一个时代（这印证了庞德的话），莎士比亚无疑在英国文学文化史上留下了不可磨灭的印记。但不能忽视的是，那个时代，甚至莎士比亚之前的时代，就已经开始把荷马、奥维德、维吉尔、但丁、贝奥武甫、《圣经》等经典文本引入英语这门活的语言了进而做出改造和丰富这种语言的努力。你越是熟悉这个传统，就越是清楚地看到英语作为一门语言而构筑的丰富悠久的翻译史，或可称作丰厚的翻译文化遗产。自中世纪以后，它始终保护和鼓励语言的创造活动。然而，在这个传统之中，仍有许多翻译作品遗失。发现这些作品，研究其对这个传统的构成性贡献，将有助于重新认识不同时代的经典作家。借用莫莱蒂的话说，这是一种"距离翻译"（distant translation）。

文学文化中的翻译理论与实践

在文学翻译的传统内部还有一种现象是非常值得注意的，那就是历史上重要的翻译论者本身都是译者。《牛津英语文学翻译指南》的主编彼得·法郎士（Peter France）说："几乎毫无例外，翻译理论都出自翻译实践者之手，有些甚至是杰出的译者。大部分最著名的翻译论并非是学术论文，而是译者个人的简短陈述。"[8] 这些陈述往往都是作者为译文提供的序跋，因此是个人的经验之谈。即使在 20 世纪涌现出的大批重要的理论家或批评家也都有丰富的翻译实践的经验，可以名正言顺地称其为"从事翻译的作家"（writers of translation）。瓦尔特·本雅明的《译者的任务》就是一例。这篇论翻译的经典文献是本雅明 1923 年为波德莱尔的《巴黎风貌》（*Tableaux parisiens*）德文译本撰写的前言，后来成为翻译研究的最重要的经典文本。类似的译者—理论家还有我们自己时代的劳伦斯·韦努蒂，他提出了颇有影响的后殖民翻译论；与韦努蒂同样多产且研究话题相同的还有道格拉斯·罗宾逊。他们都是著名的译者，前者从事意大利散文和诗歌的翻译，后者从事芬兰文学的翻译。而翻译研究领域的创始者之一詹姆斯·S. 霍尔姆斯则主要从事荷兰诗歌的翻译。这几个例子足以说明翻译理论与翻译实践是内在地紧密相关的，甚或可以说，没有充足的翻译实践经验，就不可能提出具有说服力的

---

[8] Peter France, "Theoretical Issues", in France (ed), *The Oxford Guide to Literature in English Translation*, Oxford: Oxford University Press, 2000, p.4.

阅读何为：
文本·翻译·图像

翻译理论。[9]

除了将理论与实践密切结合的译者－理论家这一现象之外，更有趣的是译者－诗人的现象。我在若干年前发表的一篇文章中相对详细地追溯过波德莱尔对爱伦·坡的翻译，以及他的翻译如何促成了他自己的《恶之花》的写作，并在很大程度上对他的主题和风格起到了构成性作用。另一个类似的例子是埃兹拉·庞德。庞德是20世纪英美翻译史上最重要的人物之一，也是使翻译（外译英）在20世纪的英国得以发展的关键人物。他也是英国现代主义文学的开创者之一（与托·斯·艾略特一起）。作为现代派作家，庞德没有忘记传统，而是专注于（他所选择的）传统，以便把自己从中解放出来。他的翻译主要是从古汉语和普罗旺斯语等古代语言译入现代英语，以服务于他自己的诗歌和散文创作，在这方面还应该提到他的重要文集《孔子到卡明斯》（与马赛拉·西班合作）。庞德的翻译成果并不算丰富，但影响深远，甚至有人认为英美的现代诗歌翻译可以分成"庞德前"与"庞德后"，成为英语文学翻译的分水岭。身为现代派，庞德依然没有摆脱维多利亚时代，他的许多翻译中都留有这个时代的印记，在翻译技巧上采纳一种古语化（archaicizing，与归化[naturalizing]和异化[foreignizing]构成三足鼎立）。庞德自觉地借用、甚至"挪用"世界文学中的各种因素来解决诗歌翻译中遇到的问题，有些甚至是不可考量的东西。在某种意义上，可以说他在自己的翻

---

[9] Astradur Eysteinsson and Daniel Weissbort, "General Introduction" to *Translation – Theory and Practice: A Historical Reader,* Oxford: Oxford University Press, 2006, p.6.

译作品和自己创作的作品中使用了一种自己创造的"翻译的语言",以便适应英语的结构和声音,这就是尽可能地接近原文的声音结构,如用 hath 或 methink 表示原文语言的年代。于是,他的文学翻译语言就成了现代英语与古代英语的一种混合。

庞德的文学翻译注重的是思想的吸收和重构,而不是忠实的词语对译。仅就忠实性而言,他的翻译最接近原文的灵魂,胜过了许多小心翼翼的古典主义者。他认为英国古典主义者用以翻译古代经典的语言是一种生硬的方言,一味模仿古人的习语而不探究意义,这样一种心态旨在教孩子们学习拉丁语、希腊语或其他什么,但绝不是为了捕捉原文的美和灵魂。这样的翻译或许只认为欣赏是必须的,而意义和内容仅仅是辅助的。在他看来,翻译的真正目的不是为了学习语言形式或掌握语言的应用技巧,而是通过语言的学习和挪用吸收原文的美和精神,以促进民族文学的发展。"当一个后来的诗人用一种后来的语言发明了一种新的风格之时,难道不是有一位优秀的诗人早已经被翻译过了吗?就我们自己而言,在发现戈尔丁(Arthur Golding)的作品中有奥维德的影子之前,我们会了解我们的奥维德吗?我们中曾有人如此熟悉他的拉丁语、其如此充溢的想象力,致使戈尔丁不会把原文中固有的、曾经为他所不知的那种微妙和魅力倾注于他的心扉吗?有哪一门外国语曾经是我们自己的语言,像我们的母语那样美(不管那母语究竟是什么)?当这种过度变化(overchange)完成后,难道那不是一种新的创造的美,一种被加倍的旧的美吗？"[10]

庞德意在说明，诗歌的新风格的出现有赖于外国优秀诗人的译入，或者，翻译的优秀诗歌影响了本国的诗歌创作，导致了新风格的出现。戈尔丁曾经翻译过奥维德的《变形记》，如果不是他的翻译，英国就不会有人了解奥维德的或戈尔丁的想象力，以及拉丁语的微妙和魅力，乃至戈尔丁对拉丁语的娴熟掌握。翻译使外语进入母语，融入了母语的美，而完成的译作不仅是一个新的创造，而且是对旧有的美的加倍再造。也许正是在这个意义上，庞德才认为伟大的翻译时代必定产生伟大的文学。

由翻译实践而成为著名翻译理论家的当然不止庞德一人，庞德也不是最重要的。实际上，在英国文学史上，不同时代都有译者—诗人出现，如乔治·查普曼、亚历山大·蒲柏、约翰·屈莱顿、萨缪尔·约翰逊、罗伯特·勃朗宁、埃兹拉·庞德、托·斯·艾略特和泰德·休斯等；他们不仅是译者—诗人，其实也是批评家。前面提到了法国译者—诗人—批评家波德莱尔，在创作之初把美国艾伦·坡的全部作品译入法文，写出了《恶之花》，成为名噪一时的艺术和文学理论家。有了波德莱尔，后来才有了把波德莱尔的《巴黎风貌》译入德文的本雅明——德国犹太裔的散文家、著名的文化和文学批评家、马克思主义者。他把马克思主义和唯物主义的批评方法与犹太教的救世论和希伯来神秘哲学融合在一起，形成了他对文学、艺术、

---

[10] Ezra Pound, "Notes on Elizabeth Classicists", in *Literary Essays,* p.235.

戏剧、技术、现代城市、历史以及语言的一系列别开生面的批评，是为当代"文化研究"的开创者。有趣的是，恰恰是本雅明为《巴黎风貌》德译本撰写的前言成了当代翻译理论的开创性文本，更为有趣的是，文中他从未提及波德莱尔，也未提及他亲手翻译的诗集中的几首诗。这反倒说明了他为什么开头就说了那句颇为令人费解的话："在欣赏一件艺术作品或一种艺术形式时，对接受者的考虑从来都不证明是有效的。"[11] 当你试图了解艺术作品或形式时，考虑接受者或读者几乎没有任何用处，因为你重点要考虑的是艺术本身，因为"任何一首诗都不是有意为读者而写的，任何一幅画都不是有意为观者而画的，任何一首交响乐都不是有意为听众而作的"[12]。艺术和文学是出于艺术家和文学家自身的情感需要而创造的。

由此推之，翻译也不是为不懂原文的读者而作的。翻译的本质不是交流或传达信息。在交流或传达信息的时候，你需要特别注意的是信息的清晰性、可信度，也就是准确性。但文学翻译不是商务、法律或国际政治文献的翻译；文学翻译的对象是文学、是艺术、是诗歌。一位译者，如果碰巧也是一位诗人的话，他所要翻译的、所要表现的、所要从语言中挖掘出来并从自己的灵魂中迸发出来的是真正的诗意，高深莫测的、神秘的、充满魅力的，甚至是庞德所说的不可考量的诗意，是文学和艺术的精神或灵魂。文学的翻译是一

---

[11] 瓦尔特·本雅明：《译者的任务》，见《翻译与后现代性》，陈永国主编，中国人民大学出版社，2005年，第3页。

[12] 同上。

种再生产,即艺术或文学的再生产,是一种比纯粹创作更为复杂的再创造。这种再创造要求译者在情感和艺术上以相当于原作者的审美经验来认识和理解所译的文本,这是文学翻译的雄心。优秀的文学译文总是要接近那个目标。而糟糕的译文,只注重意思的传达和信息的交流而不注重审美体验的译文,则从未离开过起点。在这个意义上说,文学翻译不是纯粹的交流;文学翻译不是对原文的还原,而是对原文的再创造,是译者自己的一种表达。如德里达所说,翻译作为一项任务,译者所承担的任务、使命、职责、责任,甚至是一次承诺,是必须要偿还的债务,必须要归还的意义。[13] 本质而言,这项任务是无法彻底履行的,这笔债务是无法真正偿还的,因此也就更无力将译本完美地归还给作者了。

那么,译者为什么还要承担这项任务呢?他之所以承担了这项不可能完成得漂亮的任务,甚至甘心情愿地等待着读者的误解、斥责、攻击、批判甚至谩骂,是因为翻译是一种很复杂的写作、是许多有价值的认识的组装、是多种语言(至少两种语言)的汇合。在这种汇合中,语言的基本因素作为人的一种才能、甚至作为一种人格而显示出来,作为一种始终潜藏着但在翻译过程中显露出来的一种纯语言(pure language)而被呈现(这里其实暗示着有一种翻译人格的存在)。这种显示或呈现不是故意的、刻意的捕捉,而是生命意义的充溢。"译文源出于原文——与其说源自其生命,毋宁说源自

---

[13] 雅克·德里达:《巴别塔》,见《翻译与后现代性》,陈永国主编,中国人民大学出版社,第21页。

其来世的生命"[14]。于是,从犹太教救世论的角度,翻译是一种拯救;是把已经生产出来的文学文本从一种语言中拯救出来,继而在另一种语言中获得"后世"生命(afterlife 或许不仅仅具有宗教意义上"来世"的意思)。在本雅明看来,艺术品的生命或后世生命并不是隐喻意义上的存在,而是客观存在。从历史唯物主义的角度看,伟大的艺术品创造它们自己的历史,并在历史中无限繁衍,历代艺术家在自己所处时代的艺术实践其实都离不开他之前的艺术(当然包括从外族文化中翻译过来的艺术),也离不开他之后的传承,也即他自己作品的被翻译。在翻译中,"原作的生命获得了最新的、继续更新的和最完整的展开"[15]。

德里达曾在他的《巴别塔》一文中专门论述了本雅明的《译者的任务》,并建议在阅读这篇文章时最好先读懂本雅明的另一篇文章《论语言本身和人的语言》。德里达承认那篇文章很难,所以不得不推迟对它的阅读。而《译者的任务》同样很难,但其逻辑较清晰、主题较突出。[16] 德里达之所以推荐阅读那篇文章,不仅仅因为他自己所说的翻译是语言的工作,而且是一种非常高级的语言工作,"有必要在语言学理论最深的层次上建立翻译的概念"[17]。更重要的是,只有在把每一种发展了的语言看作对所有其他事物的翻译时,翻译才

---

[14] 瓦尔特·本雅明:《译者的任务》,见《翻译与后现代性》,陈永国主编,第4页。
[15] 同上书,第5页。
[16] 雅克·德里达:《巴别塔》,见《翻译与后现代性》,陈永国主编,第20页。
[17] 瓦尔特·本雅明:《本雅明文选》,陈永国、马海良主编,中国社会科学出版社,2011年,第285页。

具有了全部的意义。没有纯粹的单纯的语言存在，语言必须与其他事物相关联，为其他事物命名，传达思想内容，表明物之间的关系。由于语言传达物的思想内容，因而成了物的语言存在，也就成了物的语言。由于人类通过命名所有其他事物来证实自己的存在，（正如上帝通过给他创造的物命名来证实他自己的存在），在语言中传达自己的思想存在，所以，人类的语言也就是人自己的语言，与上帝的语言一样，"人类的语言存在就是为物命名"[18]。语言作为物的思想存在，语言作为人类的思想存在。这说的是语言就是物和人类思想的表达，但是思想存在与语言存在并不是同一的。语言存在本身（无论是物的还是人类的）是表面的、现象的；思想存在（无论是物的还是人类的）是内在的、启示性的。这有两方面的理解：一方面，最易表达的思想就是纯粹的思想，如宗教的思想存在就是揭示不可侵犯的确定无疑的一种存在，即神的存在。而科学的最基本原理则是人人都懂得却又常常忽视的一些公理（如两点相接成为一条线，或两条平行线永不相交）。另一方面，思想越是深刻，就越是难以表达，甚至不可表达，而这种高深的思想存在只能依赖人和人类的语言。这是因为物的语言是无声的、沉默的，但却具有原始的也是终极的美；人类的语言是非物质的、纯精神的，其共性是具有可传达和交流的声音。于是，人类语言的有声就可以用来弥补物的语言的无声，这就是为什么最高深的思想表达，如艺术和诗歌的表达，往

---

[18] 瓦尔特·本雅明：《本雅明文选》，陈永国、马海良主编，第278页。

第二编
翻译与世界文学

往并不依靠语言的声音性质，而依靠臻于巅峰的语言的美的精神，即沉默。只有在语言的纯粹精神中，人的生活才是无限快乐的。[19]

然而，从无声到有声，从沉默到表达，也就是从物的语言到人类语言的这种转换或翻译中，存在着人类为物的语言滥加名称的现象，是为了准确甚或精确，这导致了糟糕的翻译，也导致了语言的悲剧。艺术的语言，雕塑、绘画、音乐和诗歌的语言，是建立在物的语言之上并包含着物的语言的，而且是被译成非常高级的物的语言，它往往是无声的、无名的，甚至是无言的，但却是由精神产生的、由本性而来的，发自自然的。而自然的最大悲哀就在于它的沉默。我们看到树木的婆娑听到夜莺的鸣唱触摸到沙土的松软、品尝到鲜果的美味，我们感到无比的快乐，感谢这生的伟大、活的光荣；但与此同时，我们也应该明白这快乐来自自然无言的痛惜和宇宙无声的怨诉，而这痛惜和怨诉也恰恰是人的语言的滥用造成的，之所以滥用是因为我们无以用有声的语言来表达这种发自精神、本性和自然的无声的情感。

情感为何物？在语言发展史上，它是语言存在和语言创造中隐藏在可传达的东西之中的难以完整交流的一种感受，往往体现为不可言性；在翻译史上，它是语言交流中活动在一切可转换的言辞之间的不可转换的因素，本雅明称之为"纯语言"（保罗·德曼将其类同于神圣语言，因而区别于诗歌语言），往往体现为不可译性；而在

---

[19] 瓦尔特·本雅明：《本雅明文选》，陈永国、马海良主编，第288页。

文学艺术中，它是艺术家和诗人努力在一切可表现的语言中自发地流露出来的一种灵魂的震颤，蕴含着无限的可能性，却往往体现为不可表现性。然而，艺术之所以为艺术，就在于把这些"不可"变成"可"；翻译之所以为翻译，就在于把这些"不可"转换为"可"。"译者的任务就是要解放他自身语言中被流放到陌生语言中的纯语言，在对作品的再创造中解放被囚禁在那部作品中的语言"。[20] 在本雅明看来，文学翻译中，译者的根本任务不完全是传达原文的信息，不完全是不同文化间的交流，不是把本族语暴露在外来语的光天化日之下而深受其影响；他的任务是探索语言的基本因素，在两种或多种语言中获得作品、形象和格调的趋同性，借助外来语发展和深化本族语。最终，他通过翻译所获得的是一种新的和谐的语言。"译文中，语言的和谐如此深邃以至于语言触及意义就好比风触及风琴一样"。[21] 毋宁说，这是一种情理至深而交融的一种表达。纯语言就是独属于某一作品内部的精神存在。

文学翻译的密钥：归化

对纯语言的这种解释在歌德那里得到了支持。在《诗与真》（*Dichtung und Wahrheit*）中，歌德在谈到维兰德的莎士比亚译文时，说莎士比亚的散文译文易懂，适合于普通读者。虽然他本人喜欢韵

---

[20] 瓦尔特·本雅明：《译者的任务》，见《翻译与后现代性》，陈永国主编，第10页。
[21] 同上书，第11页。

律和韵脚，因为只有有韵律和韵脚，才能称其为诗。但是，他又说，"真正深刻的和被认为有用的，真正起到构成性和改进作用的，是一首诗被译成散文之后所剩下的东西。所剩下的东西就是纯粹的完美的本质，它不在场的时候，一个炫目的外在因素就能成功地骗过我们；它在场的时候，也能成功地隐藏起来"[22]。把诗体翻译成散文体的前提是出于教育，尤其是儿童教育的目的，其好处是有益于孩子们掌握原文精神，不至于因为诗歌的节奏韵律或任何语言难点而令孩子们毁坏"最崇高作品中的深刻本质"。他建议以相同方式重译荷马，并高度赞扬了路德的圣经翻译有助于宗教的传播，因为他没有关照原文中具有独特性的那些细节，如各不相同的文体——诗歌、历史、训诫和教育等格调，而是统一律的散文式译法，这固然比纯诗体容易懂得多。就宗教传播而言，或就儿童教育而言，译文越简单就越能使读者领会其精神实质。这种精神实质也就是常常体现为不可译的东西。老年的歌德曾说过："翻译时，应该尽可能触及不可译的东西；只有在那时，你才能了解外来民族和外国语言。"这被认为是本雅明《译者的任务》的重要影响源之一。[23]

歌德这里所说的"纯粹的完美的本质"，能"骗过我们"并能成功地"隐藏起来"的东西，以及"不可译的东西"，或可真的就是本雅明所说的"纯语言"，这种"纯语言"是诗歌的要素，是语言的本质，也

---

[22] Astradur Eysteinsson and Daniel Weissbort, *Translation–Theory and Practice: A Historical Reader*, p.199.

[23] Ibid.

阅读何为：
文本·翻译·图像

是文化的精髓，一旦用散文将其转译出来，使其脱离诗歌结构的桎梏，其深刻本质，或作品之精神，也就能用白话传达出来了。如是，诗歌的翻译就似乎是不可取的；而散文的形式就是值得提倡的。那么，这是不是说诗歌这种艺术形式不能跨越文化而广泛传播了呢？绝非如此。首先，歌德不过是一面之词，并且是站在宗教传播和民族教育的立场上，就连他提倡的"世界文学"其实也是为了充实和丰富他认为当时已经"索然无味的"（unmeaning）的民族文学，即德国文学，才提倡除了当时已经译成德文的古希腊罗马诗人外，还要把波斯、印度和中国文学也译成德文，以便发展和丰富德国文学。在这个意义上，歌德的"世界文学"实际上是以民族主义或民族文学为基点和目标的所谓的"世界主义"。

其次，"将诗译成诗"的尝试和实践，而且是非常成功的实践，自17世纪以来就可谓层出不穷。在英国文学史上，荷马史诗的翻译是与《圣经》翻译并驾齐驱的，都为英国文学后来的蓬勃发展打下了坚实的基础。英国众多实践者中较为突出的是约翰·屈莱顿。他曾经断言："除了本人是诗歌艺术的天才，同时又是作者语言和自己语言的大师，否则就不能翻译诗歌。我们也不能仅仅理解诗人的语言，还要理解诗人思想和表达的特殊转变，正是这些转变使他区别于和独立于所有其他作家。做到了这一点，就该是回过头来看看我们自己的时候了，即让我们的才能顺应他的才能，给他的思想以相同的转变，如果我们的语言允许的话，否则就只改变其外貌，而不变动或破坏本质。"[24] 他在《奥维德书信集》的前言中把文学翻译分成三种：第一种是元述（metaphrase），译作"直译"，逐字逐句地翻译，如本·琼生翻译的贺拉斯的《诗艺》。第二种是复述（paraphrase），即"意译"，有一定自由度的翻译，译者始终不脱离作者，虽然不严格遵守词义的表达但不改变词义，如沃勒翻译的维吉尔的《埃涅阿斯纪》。第三种是模仿（imitation），译者可以自由地改变词义，可以自由地分段，如考利翻译的品达的两首颂歌。屈莱顿与查普曼一样，追求的不是平淡的准确，而是与原文相同的诗意。这种要"将诗译成诗"的翻译实践在亚历山大·蒲柏的荷马史诗翻译中得到了最大的发扬。他大胆地对原诗进行改造，变换原文中不断重复的形容词，祛除一切冒犯时代审美趣味的因素，以其对英雄对句的无人能比的熟练掌握，把他自己创作的活力、韵律的新颖和广博的学问，融入译诗之中，使其适合于奥古斯都时代新古典主义的美学和观念，使译诗达到了最大限度的"归化"。乔治·斯坦纳说，蒲柏"对景物精雕细琢，在道德上进行说教"[25]；而庞德则认为他的这种"自由"译法"至少具有对荷马进行某种实质性翻译的优点"。[26]

到了维多利亚时代，关于诗歌翻译的争论依然没有停止，而争论的焦点已经不是"诗歌是否能译"的问题，而是能否"以译诗当诗"

---

[24] Astradur Eysteinsson and Daniel Weissbort, *Translation—Theory and Practice: A Historical Reader*, p.146.

[25] Ibid., p.166.

[26] Ibid., p.167.

的问题了。所谓"以译诗当诗",是从读者的角度来说的。读者要尽量忘记这是译诗,而进入一种幻觉,即认为他所读的就是原诗。由此推知,译者必须尽一切努力抹除一切外来色彩,涂抹原文及其语言的每一特性,直至在精神上使原文的每一因素都成为译者的本族语读者所熟悉的。近似于今人所说的"归化"。这种观点恰恰是 F. W. 纽曼所不赞同的,甚至持完全相反的意见。作为荷马《伊利亚特》的英译者之一,他恰恰要保留原文中的每一个独特之处,而且尽可能使其显得陌生,让人看得出它是外来的(foreign)。近似于今人所说的"异化"。所以,对于纽曼来说,译者的"首要职责"是"忠实于原文",而关于这一点,争论的双方并无异议,但关键的问题在于究竟什么是忠实。纽曼显然是要使诗歌的每一个独属于原文的特性都尽量与译入语在精神上保持一致。而另一方面,对纽曼的做法横加指责的马修·阿诺德则认为,"忠实"并不体现为让《伊利亚特》像影响其本土听众那样影响英国读者,因为我们并不知道《伊利亚特》是如何影响荷马的听众的。但是,译者显然有一些较为实际的资源可以利用,那就是具有足够的诗歌鉴赏力和足够的诗歌感性的学者们。他们懂得希腊语,能深切体会到荷马对他们自身的影响;他们知道任何翻译都无法与原文相媲美,但他们能判断出哪个译文最接近于原文施与他们的影响。这些学者才是唯一胜任的译文的评判者。

然而,能够给出终审结果的还是阿诺德自己。据说阿诺德率先在《论翻译荷马》的讲座中批判了纽曼。纽曼接着写了一篇回应文章,详尽说明了他的理论和实践。阿诺德则报以《翻译荷马的定论》

("Last words on Translating Homer")一文。"定论"(Last words)显示出阿诺德作为文坛霸主的"霸道"。他认为"荷马的措辞和风格平实、思想素朴、风格高雅。考珀译的不到位是因为他动作缓慢,风格细腻;蒲柏译的不到位是因为他在风格和措辞上都刻意雕琢;查普曼译得不到位是因为他思想奇特;纽曼先生译得不到位是因为他用词怪异、风格低俗"[27]。这里,阿诺德几乎把英国极为重要的荷马译者都罗列出来了,而无一是优秀的。在对英语中适合《荷马史诗》的格律进行了一番讨论之后,他指出:"有一本英语书,只有这一本英语书,其完美的平实措辞与完美的高雅风格,能与《伊利亚特》相媲美,那就是《圣经》。"他还引用了蒲柏的话说:"这种纯粹的和高雅的素朴性只有在《圣经》和《荷马史诗》中才达到如此的完善。"[28]于是,《圣经》就成为翻译《荷马史诗》时译者所要采撷的矿井,不仅在措辞上,而且在风格上,都能给译者提供他所需要的、真正适合于文学翻译的东西。

于此,我们看到德国的歌德和英国的阿诺德走到了一起,他们所讨论的文学翻译之忠实性乃至翻译文学之于民族文学发展的重要性,最终都归结到《圣经》的翻译上来。对于歌德,是马丁·路德译本;对于阿诺德,是詹姆斯王钦定译本;而二者的共同之处则在于如何让译文被本族语读者所接受,进而发展自己的民族语言和民族

---

[27] Astradur Eysteinsson and Daniel Weissbort, *Translation–Theory and Practice: A Historical Reader*, p.228.

[28] Ibid., p.229.

文学（抛却宗教意义不谈）。路德译本与詹姆斯王钦定译本体现了两种不同译法，即现在译坛所说的"归化"和"异化"，它们最终在本雅明这里得到了纯理论的统一。在本雅明看来，翻译中的"信"不是指个别词语的"信"，不是单个词语的对译和直接转换，而是词语的情感内涵，或由情感内涵导致的所谓文学快感；不是再生产原文的意图，而是将原文的意图作为自身意图的和谐表达；不是让译文遮挡原文的光晕或掩盖原文的深意，而是要释放自身语言强烈的光并照射原文的深处；不是仅仅停留在可传达的层面，而是深入到深层的某些不可传达的东西，也即纯语言的内核；而翻译的根本任务，不是维护本族语的历史和现状，而是借助外来语来深化和发展本族语。[29]《圣经》的翻译，无论在德国还是英国，就如同古希腊罗马经典的翻译一样，其终极目的都是吸收外来语的精华以丰富自己的民族语言，促进民族文学的发展。

就上述德国和英国两个翻译传统来看，总体上，译作如同写作，抑或，译作就是写作。原文的可译性并不求得词语和风格的对等，而在于思想内容、作者意图的传达，这是促成《圣经》和《荷马史诗》在这两个国家之成功翻译的经验，这在中国的林纾译事、中国经典在日本、泰国、韩国乃至越南的翻译中也有成功的例子。这意味着，思想和意图是可传达、可表达的，意即，用并非忠实于原作的语言结构尽可能忠实地表达和传达原作的意图和思想，最终"得鱼

---

[29] 本雅明：《译者的任务》，见《翻译与后现代性》，陈永国主编，第10—11页。

忘筌""意足神完"。语言和风格之"硬译"不但不可取，且有句法结构挪移之嫌。真正的翻译着重"意态"之描画。翻译（尤其是文学翻译）是再创造、再阐释和再现，但这必以尊重原文、吃透原文精神、准确把握原文"光晕"和精髓为前提。只有对原文有了"化境"的阅读，才能有传达原文意蕴的"化境"的译文。然而，"化境"不等于屈从，不等于愚忠，也不等于刻意于语言的精准而忽视人文的思想。翻译是背叛，译者是叛逆者，只不过这里的"背叛"意味着创造，只有通过创造，原作的精华和文学的快感才能得以再现。

或许，真正的文学阅读、真正的文学翻译、真正的艺术欣赏，应该首先把握这种精华和快感，然后，通过两种乃至多种语言的完美融合，融合得恰如微风拨动风鸣琴，以至于在语言形式和思想内容两方面把原文的精神，即情感，尽可能完美地呈现给自己的心灵，进而呈献给本族语读者，但前提是，译者最好是位称职的语言艺术家。

06
翻译研究与世界文学的内在连接

在《译德里达论翻译：确切性与学科抵制》一文中，[1]劳伦斯·韦努蒂谈到翻译学科在美国的边缘性，现行的"文化制度限制了"那些"想要研究和从事翻译实践之人的机会"。由于美国的经济和政治霸权，英语已经获得并始终维持其同样"全球霸权"的地位，但同时也导致了"不平衡的文化交换"，意即英语语言成了"被翻译最多的语言"，但却相对"极少被译入"，而这或可成为美国"翻译学科边缘化"的理由（这似乎恰好与中文相反：自20世纪80年代以来，中文成为中国图书市场上被译出最少的语言）。[2] 韦努蒂所暗

---

[1] Lawrence Venuti, "Translating Derrida on Translation: Relevance and Disciplinary Resistance", *Yale Journal of Criticism*, 2003, 16 (2): 237–262.

[2] Ibid., p.237.

示的，[3] 如果我的理解正确的话，且如他的注释所说，是这样一个事实：越来越多的英文书，尤其是人文学科的名著，被译成其他语言，而非相反。从其他语言译入英文的实践在不同方面遇到了抵制：除了对被译入主体（如德里达）的专业了解外，最重要的是要有一种欲望，翻译的欲望和意志。按韦努蒂所说，翻译是一项艰苦的任务，不仅因为"确切的翻译"是不可能的，还因为翻译不可避免地遇到社会、文化、经济、政治、伦理、法律和制度上的障碍，这些还仅仅是一个译者可能面临的最明显的困难。这些"复杂的因素"使得本来就艰难的翻译愈发艰难，使得本来就难以完成的任务愈发难以完成。然而，翻译是必要的，也是必然的。

在另一篇题为《翻译研究与世界文学》的文章中，韦努蒂说"没有翻译，世界文学就不可能被概念化"。从读者的角度看，"世界文学包含的原著比不上译文多——也就是说，外文文本被译入读者所属的特定群体的语言，这种语言通常是标准方言或多语环境中的主导语言。翻译因此促进了文学文本的国际接受"[4]。不必说，对于民族文学而言，如果要摆脱单语制（monolinguilism）而进入多语和多文化环境，翻译是必不可少的，而这种多语和多文化环境正是世界文学诞生的条件。

---

[3] 他在"The Translator's Invisibility: A History of Translation"中表达了同样的观点："自第二次世界大战以来，英语成了世界上翻译最多的语言，但就每年出版的英文书的数量而言，却少有译入者。"(*Modern Language Review*, 2009, 104 (2): 811–812.)

[4] Lawrence Venuti, "Translation Studies and World Literature", in *Routledge Companion to World Literature*, London: Talor and Francis, 2012, pp.180–193.

韦努蒂至少有两点是正确的。首先，翻译艰难但我们不得已而为之，因为语言为一、且为多。韦努蒂引用德里达的话说："我们从来只讲一种语言——而且，由于这种语言回归他者，所以它的存在是非对称的，始终是为他者，来自他者，为他者而保存。来自他者，与他者共存，并回归他者。"[5] 韦努蒂把这个"他者"解释为文化制度或政治权威，但也可以是任何话语，学术的或殖民的，伦理的或法律的话语，试图把单语制强加于个人或"个人为其成员的群体"。[6] 这个"他者"与单语制之间的关系是权力与话语的关系，"作为文化制度或政治权威的他者总是要强加一种单语制，学术的或殖民的话语，以寻求同质化，限制语言的应用"[7]。他者和单语制政策都是语言的内嵌因素，是促成日常言语的因素，不仅是自行译入的途径，而且是将自己译入他者的手段。如多米尼克·泽沃利诺所言：

> 说话已经是翻译了（甚至在讲自己的民族语言或对自己说话时）；此外，你必须考虑到语言的多元性，这要求与不同他者比较确切地相遇。你会禁不住诱惑地说，存在着一种语言的多元性，因为我们本来就是多元的。与他者的相遇不可避免。如果你接受了这种相遇的必然本质，如巴别神话被阐释的那样，那么语言多元主义就不再是一个诅咒了，而是一个条件，要求我们放弃宏大

---

[5] Lawrence Venuti, "Translating Derrida on Translation: Relevance and Disciplinary Resistance", *Yale Journal of Criticism*, p.238.

[6] Ibid., p.239.

[7] Ibid.

的完美语言之梦（所谓的一点不丧失的全球翻译之梦）。个体语言的片面性和有限性就不被看作不可逾越的障碍，而成为个体间交流的条件了。[8]

你不可能避免与他者相遇，也不能避免翻译的问题，也就是为自己翻译和为他者翻译的问题。你说话的时候，或准备演讲的时候，你已经陷入了翻译的这些问题，如德里达或韦努蒂在准备他们各自的演讲时一样。德里达说："事实上，我用自己的语言，即法语，准备这个研讨课时，我明白必须用英文，而一旦译成英文，我就已经面对这些问题了。"这些问题不是"偶然事件或语言的外在局限，而揭示了事件的结构和错综复杂的关系"，[9] 比如，当你和别人说话时，或阅读一个他者时，或给一个他者写信时。对德里达和笛卡儿来说（如英语对韦努蒂来说），法语是许多自然语言中的一种，而这种自然语言，当被这两位哲学家使用时，或他们用来"证明可以用一种自然语言来谈论哲学"时，就笛卡儿的情况而言，这种哲学在他之前就已经用希腊文和拉丁文表达过了；而就德里达的情况看，这种哲学也涉及德语、英语和他自己的母语，即法语。这种自然语言（笛卡儿和德里达的法语，韦努蒂的英语和意大利语），即其哲学的单语表达，在他们使用之前就已经是多元的了，也就是说，已经被从苏

---

[8] Dominico Jervolino, "The Hermeneutics of the Self", See also Paul Zumthor, *Babel oul'inachèvemant*, Paris: Seuil, 1997.

[9] Derrida, *Eyes of the University: Right to Philosophy*, Stanford: Standford UP, 2004, p.1.

格拉底到当下的哲学家们所用过了。这种自然语言显然是"本土的或民族的";它也是"特殊的和历史的","是世界上最少具共性的东西"[10]。但这个"世界上最少具共性的东西"却是普遍的,是每一个所能谈论它的人所共享的,也就是说,一旦转向话语,或与话语相对立,如著名的"索绪尔式对立",即语言的共时系统与言语的事件相对立时,凡是交流的人都要使用它。这种对立,包括社会制度与个体的对立,已经提出了许多问题,也即抵制翻译的问题:一方面,这种自然语言,即主导的民族语言或在历史的特殊时刻作为国家的语言,对立于不同的"服从于同一国家权威、构成消散的或离心的力量的民族习语",冒着"分解甚或颠覆"的危险;另一方面,"这同一种主导的民族语言,国家的唯一语言,将与其他自然语言(无论'死的'或'活的')构成对立,出于技术的或历史的原因,对这些自然语言应该进行细致的分析,它们已经成为哲学或技术科学交流的特殊媒介:笛卡儿之前的拉丁语,今天的美国英语。"这些问题以其抵制翻译的众多含义变得特别复杂。我们只能说"它们是多元的,同时又是社会政治的、历史的、宗教的、技术科学的、教育的,如此等等"[11]。它们给译者造成极大的困难,使翻译成为一种"穿透性劳动"(弗洛伊德语),一种既是记忆又是悼念的劳动,一种共同经历的紧张、折磨、苛刻批评、默默无闻,等等。译者必须忍耐,尤其是在人文学科不受重视的社会里。

---

[10] Derrida, *Eyes of the University: Right to Philosophy*, p.2.

[11] Ibid., pp.5–6.

韦努蒂第二个正确的地方是对当下文化研究和翻译研究方向的评论："文化研究的理论指向已经把对特定文本的研究和翻译实践边缘化，而翻译研究的经验指向则把对哲学和文化政治问题的探讨边缘化。"[12] 这两个牢固并被严重制度化的领域目前正朝着不同方向迈进，造成了二者间发展的失衡："忽视对翻译物质性的文化研究；和……忽视伴随着每一种翻译实践的哲学内涵和社会效应的翻译研究。"[13] 韦努蒂能够合理地得出结论，说这种忽视造成了翻译的边缘化，而这种边缘化是双重的："文化研究中重要作品的理论影响"和"翻译研究中盛行语言学方法的经验主义。"[14] 正是这两个侧重面限制了对翻译的理解和发展。

韦努蒂所说的"翻译研究在美国的制度命运"似乎并不比在中国好多少，尽管中国和英国、德国、西班牙和意大利一样，也目睹了"译者能力训练的大幅度发展"。20 世纪 80 年代以来，教育部新增了翻译学研究生学位，2007 年再次新增笔译和口译硕士学位项目（MTI）。但是，当我们转向学术界对翻译研究的"学科抵制"时，情况并不比美国好，甚至更糟。"对创新和认识创造的秘密抵制，对思想和自由批判精神的反感"愈加强烈，"翻译的纯粹实践性"得到片面的强调，翻译理论研究的重心偏向语言学，或者或多或少偏向文化的方面（后者，即所谓的文化翻译研究，也仅仅始于 90 年代

---

[12] Lawrence Venuti, "Translating Derrida on Translation: Relevance and Disciplinary Resistance", *Yale Journal of Criticism*, p.241.

[13] Ibid.

[14] Ibid., p.250.

之后)。尽管克罗齐、本雅明、罗森茨威格、斯坦纳、奈达、德里达、德曼、利科等西方思想家论翻译与语言哲学的著作和文章被译成中文并进入大学课堂,但有关翻译的一般研究仍限于严复确立的"信达雅"的标准。只是近十几年来(进入21世纪以后)才听到文化翻译的声音。巴斯奈特、根兹勒、斯皮瓦克和韦努蒂等英美教授的著作也大量翻译过来,但翻译研究内部"学术的反思想主义"或学科抵制依然如韦努蒂所说,聚焦于"文本分析的数据而牺牲了翻译中出现的各种哲学、文化和政治问题","狭隘地聚焦于微小的语言材料和实践而排除决定性的社会考虑的经验主义,如译者责任和译文读者等问题"。专著和博士论文要么讨论莎士比亚、浪漫派诗歌、现实主义小说等外来资源的翻译,要么对比中国经典外译的优劣,大多就形式和主题展开讨论,包括语义、句法、风格和韵律,而极少涉及政治、伦理和哲学话语。举《水浒传》这部中国古典名著为例。1933年赛珍珠将其译为 *All Men are Brothers*,1937年J. H. 杰克逊将其译为 *Water Margin*,1960年沙皮罗将其译为 *Outlaws of the Marsh*。细节研究都用在了翻译策略、风格比较、语义层面的信与达等,而蛰伏在译文背后或三个不同题目之间的政治、意识形态、哲学或思想内涵却几乎无人问津。简言之,"翻译研究中盛行的经验主义倾向衍生于语言学的分析概念,且不管其解释力有多么狭窄或有限。"[15]

---

[15] Lawrence Venuti, "Translating Derrida on Translation: Relevance and Disciplinary Resistance", *Yale Journal of Criticism*, p.248.

韦努蒂就这种经验主义翻译研究提出了两个"严重局限":"首先,由于这个方法提出和采纳了如此复杂的分析概念,所得出的更多的是一些不必要的细节并以此来解决翻译问题,有把翻译研究与应用语言学合并的危险。"[16] 其次,"译者得到的是欺骗性观点,不仅认为这种分析描述公正,而且足以提出、解释和评价翻译的决定因素"[17]。因此,"从长远来看,翻译研究中的经验主义抵制那种思辨式思维,即鼓励译者就其翻译提出的文化、伦理、政治问题进行反思的思维"[18]。那么译者怎样才能设法逃出"翻译研究中这两种方法的不相容性,一种充斥着语言学知识,另一种充斥着文学和文化理论",而这种不相容的结果是不是就是翻译的边缘化呢?通过详尽阐述他自己经历的一种"介入性翻译"(翻译德里达以"翻译的相关性"为题的讲演),通过实施菲利普·刘易斯提出的"滥用的忠实",即"注重实验、篡改用法、创造符合原文的多价性、多声部或表达重点"的一种翻译,[19] 韦努蒂设法保留了德里达讲演中的多语主义。一方面,通过保留"relève"一词的原型而"迫使读者重复翻译的行为",或"把读者带给作者",而另一方面则尝试扩展性翻译,"厘清德里达演讲中积累的意义范畴",以便"揭示德里达演讲中体现和隐藏的阐释行

---

[16] Lawrence Venuti, "Translating Derrida on Translation: Relevance and Disciplinary Resistance", *Yale Journal of Criticism*, p.248.

[17] Ibid., p.249.

[18] Ibid.

[19] Ibid., p.252.

为，进而产生去魅的效果"[20]，实现"把作者带给读者"的目标。"把读者带给作者"和"把作者带给读者"之间的交换是施莱尔马赫提出的打破翻译之悖论的一个方法，按罗森茨威格的说法，"翻译……就是服侍两个主人：外国人和他的作品，读者及其挪用的欲望，外国作者、读者与译者同时寓于同一种语言之中"[21]。这或许就是"滥用翻译"的手段可能导致的一种变化；这或许就是介入性策略所能减少的译者的不可见性；这或许是一种"相关性翻译"所能要求和给予的，即对英语的全球统治在文化和社会上予以地缘政治意识的反应。

然而，译者以及翻译自身的不可见性和默默无闻并没有减弱，正如英语的全球统治仍未减弱一样。"relève"依然是"relève"；它作为一个词是"不可译的"（德里达语），而实际上也确实未译（韦努蒂的做法）。但这并非什么出新的做法。比较文学的创始人之一、语文学家列奥·施皮策在20世纪30年代就已经实践过了；当时他在伊斯坦布尔从事语文学研究，提出了一种"全球翻译"的方法，一种不译的裸语状态，一种被视为神圣的干扰"单语制"之得意姿态的原则，因此是"多语相遇时舞台上发出的不谐和音"[22]。施皮策试图介入的单语制指的是完美翻译中的一种统一语言，旨在实现译文中

---

[20] Ibid., pp.255–256.

[21] Paul Ricoeur, *On Translation,* London: Routledge, 2006, pp.4, 23.

[22] Emile Apter, "Global Translatio: The Invention of Comparative Literature, Istanbul 1933", *Critical Inquiry* Vol. 29 No. 2 Winter 2003: 253–281. Translated and published in Turkish and republished in *Debating World Literature* edited by Christopher Prendergast, Verso, 2004, p.256.

的"绝对相关性,最适当的、充足的、单声的透明性"[23]。但是,这样的与原文毫无差别的完美译文只是一个神话,是巴别塔塌倒之前的一种语言的理想化和幻想。按阿普特所说,当时受过高等教育的欧洲文学学者通常"不去管一些段落和短语,使其处于不译的裸语状态"。对于掌握二十几种语言的施皮策来说,未译的词、短语或段落造成了多种语言的不谐和音,因为"诗人的用词""我的独特结论的说服力和力度"以及"原文中微小的语言细节"是不可译的。[24]他坚持让读者直接面对语言的怪异性,从而散发出原文的洋味儿以便达到尽可能接近的"要点,几乎与未译一样"[25]。这种完美的翻译模式把施皮策与本雅明、阿多诺和保罗·德曼等文化批评家、理论家和思想家联系起来,他们都把译文中的洋味儿描述为"把外来词的银制肋骨插入语言的身体之中",并用这肋骨表达语言中和翻译现实中的"痛苦"。[26]在翻译中,这肋骨就是"原文之痛","语言的无底洞,存在于语言自身的破坏性本质"。[27]对本雅明来说,它造成"原文的疼痛""历史创伤的语言,弥赛亚的语言,流亡的伤痛等",所有这些都相关于"结构的不充分性,而这最好要根据非人的、语言学的非人

---

[23] Derrida, What is a "Relevant Translation"? Venuti, p.179.
[24] Apter, p.278.
[25] Ibid., p.278.
[26] Adorno, "Words from Abroad", *Notes to Literature*, trans. Shierry Weber Nicholsen, 2 vols, New York, 1991, 2:187–188; Apter, 278.
[27] De Man, "Conclusions: Walter Benjamin's 'The Task of the Translator'", *The Resistance to Theory*, Minneaplois, 1986, p.84. Apter, 278.

化语言来分析,而不是进入形象的、转义的、创伤的或戏剧的语言之中"[28]。在施皮策的"语言的洋味儿"和德曼的"语言的非人文主义"背后是对语言本身的热爱,在译者、批评家和读者统统投身于语言的时刻,始终存在着对那种语言、那首诗的无条件的爱。[29]

因此,据阿普特所说,施皮策开创了关于原文语言的一种伦理学,这种伦理学不让原文屈服于翻译,并据此把"全球翻译"定义为"据不可译的情感差异构型的翻译,无法追踪的语义差异的结点,激烈的文化传输和反传输,以及预料之外的艳遇等插曲"[30]。这种世界范围内的语言交流含有跨国人文主义的种子,即"全球翻译"或我们现在意欲称之为世界文学的种子。它表明"语文学人文主义的遗产不是、而且从来不是西方对立于非西方的问题框架;它是而且始终是思想进出口的历史,其中,起源的标签已经被撕掉"[31]。甚至施皮策曾教授过语文学、奥尔巴赫曾寻求并获得了教职的那座城市现在也带有了世界文学学科形式的痕迹,那里,"东西的文化疆界已经模糊,殖民历史的层次涂抹了本土文化的轮廓"[32]。疆界的消失意味着"翻译的运动"和对翻译运动的研究。"translatio"一词本身就有运动的意思,如"translation studii"这个术语所示,它的意思是知识或学问从一个地方向另一个地方的传输,从一个历史时间向另一个历史

---

[28] De Man, *The Resistance to Theory*, p.96.

[29] Ibid., Apter, p.279.

[30] Ibid.

[31] Ibid., p.258.

[32] Ibid., p.271.

时间的传输。有趣的是，(按阿普特所说)传输的路线随着太阳转动的路线，从伊甸园到耶路撒冷到巴比伦，从知识的诞生地雅典，到罗马到巴黎到伦敦，直到18世纪俄国人的介入，这条路线才被打断。这个概念从根本上说是关于文本的，也即阅读、翻译、评论、阐释和重写的文本内活动，有趣的是，知识和学问这种传输始终先于并主导着"translation imperii"，即帮助文化传输的统治或权力的传输，或相反。

在《如果有翻译的理由》一文中，德里达说："一本译文从一个语言场所走到另一个语言场所，从起源到非起源，这个非起源将不得不是、或据权利而应该是、并在权利或律法的语言中就是起源。"[33] 这里，知识、学问或者权力和文化的传输是在语言中进行的，"从一个语言场所到另一个语言场所"的运动，即从希伯来语和阿拉姆语到希腊语、拉丁语、德语和英语，而这就是翻译的历史。上帝之言《圣经》的传输，从起源，即希伯来语（如果我们不追溯希伯来《圣经》在多大程度上取决于它之前的传奇式历史的话），到非起源即七十士译本，而这个非起源，《圣经》的希腊文译本，却又成为圣哲罗姆的拉丁文译本的起源，后者反过来又成为路德的德文译本和詹姆斯王钦定的英文译本的起源。《圣经》翻译的这些功绩，语内翻译史上的这些里程碑，证实了德里达所说的翻译的运动，即从一个起源希伯来文《圣经》到一个非起源七十士译本的《圣经》，后者又成

---

[33] Derrida, *Eyes of the University: Right to Philosophy*, p.22.

为另一个非起源的起源,依此类推……按德里达所说,这个非起源"将不得不是"起源,而且"应该是、且有权"成为一个起源。他认为在这个运动中所运输的或传输的已经在翻译中发挥了作用,而运动的路线"就口语表达的常识而言,并不遵循语言之间流通的一条直线,而在书面语言的严格意义上,是文本"[34]。

翻译一个文本,如把笛卡儿的《方法论》译成另一种语言,即拉丁文,就等于"以书面语言传达书的信息,或使其在某些条件下对某读者是可读的——为某些地区所有有能力的主体,即便就语言而言他们没有能力读法语"。早些时候,德里达曾问:笛卡儿为什么同意将其译成拉丁文,一种已死的语言?哪里会有人认为有理由把一种活的语言译成一种已死的语言?一种没有人说的语言?回答是:"翻译就是书面语的翻译,是把一种可能的言语译成书面语。"[35]这种可能的言语就是笛卡儿1637年写《方法论》时用的言语,"一种庸俗化的语言",即法语。《方法论》是一部哲学著作,根据当时的写作方式,应该用一种正式的规范的语言——拉丁文来写,但笛卡儿"偶然地由于某种偏离甚至僭越""开始使用了某种庸俗的语言",因此他有充分的理由和原因再将其译回拉丁文,那是"规范的源语言"。此外,据德里达所说,《方法论》根本不是起源,而不过是写于1626—1628年的《指导哲理之原则》(*Regulaead Direction emIingenii, Rules for the Direction of the Mind*)的法文译本,"那是用拉丁文撰写的,比

---

[34] Derrida, *Eyes of the University: Right to Philosophy*, pp.22–23.
[35] Ibid., p.22.

《方法论》早八年",是在《方法论》书写之前的"一本隐藏的原文"。

这里,书写和翻译的界限模糊了,也就是说,起源或原文(法文版的《方法论》)成了自己的译文(拉丁文的《方法论》),而后者才是起源或规范语言中的原文。但是,这个原文/起源(法文或拉丁文的《方法论》)或译文/非起源(分别为法文和拉丁文的《方法论》)却又是另一个原文的译文,即用拉丁文撰写的《指导哲理之原则》。于是,我们不得不问:《指导哲理之原则》是否也是另一个原文的译文?一个起源的非起源,或一种非译文的译文?我们是否应该把译文或翻译视为某种漂浮物,像漂浮的能指,不管有没有超验能指(上帝、理性、精神或大写的语言等等),在意指过程中始终漂浮,意义始终被延宕?译和重译的这种无休止的运动是否在某方面说明了世界文学的内在本质,即作为一种人文主义活动,没有翻译它就是不可能的?

大卫·达姆罗什在《什么是世界文学?》一书中给世界文学下了一个三分定义:"1. 世界文学是民族文学的椭圆形折射。2. 世界文学是在翻译中获得的书写。3. 世界文学不是固定的正典而是一种阅读方式:对我们所处地方和时代之外的诸多世界的一种无利害关系的献身。"[36] 世界文学不是民族文学的组装,而是民族文学的椭圆形折射,尽管它始终在民族文学之中。民族文学一旦成了世界文学,它

---

[36] David Damrosch, *What Is World Literature?* NJ: Princeton University Press, 2003, p.281.

就必然在外国文化中占据一个位置，在两种不同文化和两个不同传统之间、也即在源头和寄主之间协商。它携带着源头文化的标记，当这标记离家越来越远时，其踪迹将"越来越被冲淡""越来越被明显地折射"。这种双重折射创造了一个椭圆形空间，这便是世界文学得以存在的空间："与两种文化相连接，又不单独为其一种文化所局限。"[37] 这个隐喻承载着翻译的形象，即翻译作为两种文化连接的结点。尽管在翻译中，语言经历了根本的改变，这不同于民族文学在世界文学中的改变。本族文化试图用以界定自身的那种"根本他性"现在已不仅是外语中的他性，也成了目标语中的他性。这里提出的问题仍然是译文中的他性或洋味儿。"译文何以反映了原文的洋味儿？它该在何种程度上符合寄主国家的文学规范？太多洋味儿的文本会令新的读者迷惑不解或厌烦，太多的同化会失去差异，而这差异恰恰是作品值得翻译的价值所在。"[38]

暂且不论语言难点、不可能性甚或丧失，在翻译中获得的世界文学正是通过顺应读者的私人经验而强化了"读者与文本之间自然的创造性互动"。这是一个非常苛刻的读者，而文本的字里行间也"充满了历史和文化的共鸣"[39]。它立于语言森林之外，面朝"长满树木的山脉"，读者以及作为作者的译者会在自己的语言中聆听从山里传来的回音，即"作品在异族语言中的震颤"[40]。而当山脉上的树木

---

[37]　David Damrosch, *What Is World Literature?* p.283.

[38]　Ibid., p.75.

[39]　Ibid., p.293.

[40]　Ibid. p.297.

越来越密，越来越多的外来作品在我们心中产生共鸣，使那震颤越来越强烈时，我们对世界文学的阅读就变成了"一种更加超然的参与模式，进入了与作品的一种不同的对话，不是涉及认同或控制的对话，而是关于距离和差异的学科。我们不是把作品作为其源文化的核心来相遇，而是参与可能来自非常不同的文化和时代的作品产生的力场"[41]。

这种双重的椭圆形折射清楚地表明，世界文学不是对单一源文化的再现，而是许多源文化的融合；它不是不同民族文学的简单或纯粹组装，而是所有民族文学进行改造、重构和综合的一种文学。经历了这种双重折射之后，民族文学经过了改造，并在"翻译中、在新的语境中得以重构"[42]。正是在这个意义上，达姆罗什才说"世界文学是在翻译中获得的书写"；正是在这个意义上，韦努蒂才说"没有翻译，世界文学便无法被概念化"；也正是在这个意义上，我们才得以按照达姆罗什的解释把世界文学视为"一种阅读模式"，借助这种模式，我们才能以客观的眼光和"无利害关系的参与"观察其他地方和其他时代的"世界"。世界文学的再现、生产和接受都或多或少由译者的任务所界定，这项任务虽然艰巨，但却使译和重译构成了一个意指链，其中，一个非原文从原文中生产出来，而原文的可译性或不可译性并不是它自身的属性，而是在其"后世生命"中实现并获得的一种潜能。因此以新的形象和新的形状获得了新的生命。

---

[41] David Damrosch, *What Is World Literature?* p.300.

[42] Ibid., p.24.

在《论翻译》一文中,保尔·利科开拓了一种新方法,以解决"重要作品不断重译的较一般的问题,包括全球文化中的伟大经典,《圣经》、莎士比亚、但丁、塞万提斯、莫里哀"(后来他又在这个名单上加上了荷马)。他指出,从柏拉图到尼采到海德格尔的伟大哲学家们都把译文和重译融合到世界文学中来,或者说,把译文和重译看作世界文学。他甚至提出颇具建设性的主张:"正是在重译中我们最清楚地看到翻译的冲动,即由于对现存译文的不满而促发的冲动。"又:"仅就我们文化中的伟大文本而言,我们实际上仰仗一遍又一遍重译的译文。"[43] 从译者的角度看,译与重译的过程,翻译的冲动和欲望,要攻克外来文本对翻译的抵制、攻克时常出现的不可译性的意志,"担负'众口皆批'的忠实和背叛问题的勇气"[44],以及对完美翻译的弥赛亚式的期待,所有这些全都聚敛在"我们所仰仗的"这些伟大作品之上。

那么,是什么促成了这种聚敛或"全能翻译"?拉库-拉巴斯和让-卢克·南希将此归在"文学绝对值"的项下,它控制着以不同名称标识的德国浪漫派的事业:"歌德的目标语的'再生',诺瓦利斯的源语言的'潜能',和洪堡特论这两方面时提出的二部教育过程的聚合。"[45] 在此,这三位德国浪漫派都把译者的任务看作恢复目标语的生命,无论是德文与否,同时增进源语言的力量,也不论是德文与

---

[43] Paul Ricoeur, *On Translation*, pp.7, 22.

[44] Ibid., p.8.

[45] Ibid.

否,而且,这种聚敛"翻译作品和'关于教学和想象的某种思考'",最后以"教育"结束:"建立完整图书馆的梦想,即通过积累而使图书馆成为书,所有语言的全部作品之译文的无限分支的网络,具化为一种普世的图书馆,一切不可译性都将在此抹除。"[46]

在阅读世界文学过程中将被抹除的不可译性不过是译者在翻译行为之内和之外所遇到的不同抵制:充斥着刺鼻洋味儿的外国作品的高大塔楼,每一个译者都为之努力的毫无丢失的完美翻译,以及担心不能获得纯语言的恐惧——在每一种翻译行为中产生共鸣的弥赛亚回音,每一个译者注定要在孤独的默默无闻中忍受的忧郁和背叛感。但是,所有这些的抹除并不意味着完美翻译所能获得的对原文的抹除。如本雅明在《译者的任务》中所解释的:忧郁的译文使原文获得了后世生命,使原文进入了一种关系(这实际上就是可译性这个术语的意思),但这种关系不必是人类关系,比如,我们需要理解用外语写成的著作,但在关系概念上,各种语言相互关联并不是为了满足人类传递信息和意义的需要,而是揭示语言意指方式相互作用中产生的纯语言。

译与重译构成了语言意指的运动,其结果是意义的储存。语言不是由其指涉来区别的,而是由指涉的不同方式,即指意的模式来区别。"构成翻译媒介的是各种意指方式的差异性的相互作用,而'译者的任务'是揭示每一个自治的意义单位总是被其意指方式所超

---

[46] Paul Ricoeur, *On Translation*, p.9.

越,从而使这些相互作用为人所理解。"[47] 与他之后的许多批评家和思想家一样,本雅明是在研究德国浪漫派和德国巴洛克戏剧时提出语言和翻译思想的,试图表明在艺术品和救赎作品中,表面上稳定的自治意义状态仍隐藏着动力和机制。在他的研究中,翻译和可译性是一个范式,表明一件作品不是自治的或持久的,而只是不断运动的一个停泊地,所以,翻译的任务不仅是交流意义,而且是意指象征化的运动。这种运动首先已经存在于原文之中,然后在原文与其替代物之间、在接受与错位之间运动。"可译性是一种从来不可能实现其意义的潜能,既如此,它就构成了一种方法——意指的方法——而不是内容。"[48](也就是达姆罗什所说的"一种阅读方式"。)

在1984年做的一次演讲《翻译的神学》中,德里达试图使翻译的问题"尽可能地最接近于浪漫主义的问题"。他说:"大体上说,我们所说的德国浪漫主义同时也是紧张、不安、被折磨的时刻,对翻译及其可能性、必要性、对德国语言和文学的意义的执迷进行反思的时刻,而且是关于修养(Bildung)、想象(Einbildung)和教育(bilden)的全部变体进行某种思考的时刻,这三个词都可以准确地称作翻译的冲动、译者的任务、翻译的职责。"[49] 不管德里达如何界定德国浪漫主义,术语还是运动,它本身始终都已经是一种翻译了(而且在引申意义上,一切文学、一切哲学、一切知识都已经是翻译

---

[47] Samuel Weber, *Benjamin's–abilities*, MA: Harvard University Press, 2010, p.91.

[48] Ibid., p.92.

[49] Derrida, *Eyes of the University: Right to Philosophy*, p.170.

了)。浪漫派运用自己的语言,自己的母语,即德语,但思想和词汇都带有洋味儿,为这种特定语言划定边界,将其分隔力量纠结起来,干扰了这种想象的民族方言的纯洁性。如德里达和达姆罗什以及一些翻译批评家所阐明的,洋味儿总是有的,语言之外的东西,已经是他者的东西,总是有的。利科说:"在每一个他者中总有外来的东西。就好比我们几个人同时界定、重构、解释,我们用另一种方式说同一件事情。""总是有可能用另一种方式说同一件事情。"[50] 其理由在于,在翻译中如在写作中一样,从一种语言到另一种语言的转换,即所谓的翻译,涉及词、句和文本。词是"我们在词汇中发现的符号",其内涵"并不都是思想,而有情感;并不都是公开的,而特属于某一团体、某一阶级、某一群体,甚或某一秘密社团"。所以,词的意思都由其应用所界定。句是词的序列,话语的第一个单位还不只是话语,它们与所指、与指涉、与世界处于含混的关系之中,我们永远看不到完整的、清晰的、终极的关系。而文本,"只有文本",那些了不起的叙事,了不起的句子序列,它们关系到讲故事的方式、情节的改变、论证的策略,也关系到诸如转义、隐喻等风格手法,以及哲学、法律和政治等领域中的道德教育,这些才是有待于翻译的。文本,而不是词,不是句子,才是译者要最先面对的。

太初有词,有词就有文本。文本是"文化群体的组成部分,通过这个群体,关于世界的不同看法才能表达出来",之所以不同,不

---

[50] Paul Ricoeur, *On Translation*, p.25.

仅因为民族的与外来的相对立,还因为在民族或群体文化内部存在着看世界的一个网络,秘密的或是竞争的网络。"我们只来看看西方及其连续不断的贡献者吧,希腊语、拉丁语、希伯来语,西方那些竞争性的自觉时期,从中世纪到文艺复兴和宗教改良到启蒙运动到浪漫主义。"[51] 这些运动都是意指运动的不同的停泊地,译和重译的链条,它给西方文明以后世生命,新的生命和延续的生命。正是在这个意义上,有些翻译理论家才说翻译就是理解舶来品;翻译就是考验对舶来品的态度;翻译就是创造舶来品(鲍曼、利科、德里达)。

最好把这种舶来品看作一种需要,那些需要翻译的人们要把人类交流扩展到自己的语言群体之外,那些商人、旅游者、大使,甚至间谍们。但对翻译怀有最大欲望和最有激情的、因此也对世界文学有最大需求的译者,是德国浪漫派。他们在面对译文的同时思考学问和想象,也就是把翻译与修养和想象、最终与教育联系起来了。他们不仅是论翻译的思想家,也是翻译的实践者,从伟大的作家歌德到伟大的语言学家洪堡特,到诺瓦利斯、施莱格尔兄弟、施莱尔马赫、荷尔德林以及荷尔德林的后裔瓦尔特·本雅明。他们感到了翻译的冲动,翻译的职责。在他们之前,还有路德,被圣哲罗姆的拉丁文所迷惑却又要直面它的路德,对他来说,把《圣经》译成德文的冲动和职责结果证明是同类物的建构(可与圣哲罗姆《圣经》相媲

---

[51] Paul Ricoeur, *On Translation*, p.31.

美的东西),可以与起源或非起源相媲美的东西,而更重要的则是德语语言的创造。德国浪漫派从康德那里学会了如何过一种理性的生活,本质上是一种开放的、偶然的生活,一种要履行其翻译职责的翻译的生活。而这种职责,作为一种职责,是为另一种冲动所驱使的,驱使他们去别样思考和别样行动,去充当不同于其父兄、令其父兄闻到洋味儿的浪漫派。

迂回但却回味无穷,难以忍耐但却魅力无限,翻译的任务自有其向心力,吸引了感到有冲动、有欲望、有义务把伟大的作品从文明的废墟中解救出来的人们。他们要通过翻译赋予这些伟大作品以新生。其好客的旅店既是粗暴的又是慷慨的,能容纳绝对可译和绝对不可译、忠实和背叛、获得和丧失等悖论。"翻译意味着欢迎。"[52] 欢迎的对象是语言中的他者,文化中的他者,以及人性中的他者。单一语言无法表达任何思想,尤其是哲学的语言、文学的语言,以及地球上可以想象得到的任何群体的语言,因此必须向其他语言敞开,吸收其精华和力量。翻译的好客和译者的好客也是语言的好客。这种好客既含有忠实的许诺,也含有不忠实的威胁。它含有忠实与背叛、对等与不足以及内部翻译与外部翻译之间的全部悖论。这些悖论使译者既感到悲伤又感到快乐,因而给翻译增加了衍生于翻译自身的另一个悖论。他们感到悲伤,是因为完美翻译的目标永远不能达到,所以他们悲悼丧失,纯语言的丧失、语言绝对值的丧失和

---

[52] Derrida, *Eyes of the University: Right to Philosophy*, p.170.

完美翻译的丧失。而他们也恰恰因为这些丧失而感到高兴，因为语言恰恰由于这些丧失而更新和发展。事实上，使翻译成为可能的正是这些丧失，因为在翻译中起重要作用的是文学的绝对值、文化的绝对值以及这样一个简单的信念——既然翻译存在，那就是可能的。最终，译者对丧失的悲悼令译者幸福，正因如此，丧失也便自相矛盾地变成了获得。语言的好客是译者待客的家园，在那里，"居于他者语言中的快乐与在家接受外来词的快乐达到了平衡。"[53]

---

[53] Paul Ricoeur, *On Translation*, p.10.

07
翻译与中外文学关系的关系

陈思和在《中国文学中的世界性因素》一书中是这样界定"世界性因素"的:

> 所谓中国文学中的世界性因素是指20世纪中外文学关系研究中的一种新的理论视野。它认为:既然中国文学的发展已经被纳入了世界格局,那么它与世界的关系就不可能完全是被动接受,它已经成为世界体系中的一个单元,在其自身的运动中形成某种特有的审美意识,不管其与外来文化是否存在着直接的影响关系,都是以独特面貌加入世界文化的行列,并丰富了世界文化的内容。在这种研究视野里,中国文学与其他国家的文学在对等的地位上共同建构起"世界"文学的复杂模式。[1]

---

[1] 陈思和:《中国文学中的世界性因素》,复旦大学出版社,2011年,第100页。

在另一处，他又说："'世界性'是一种人类相关联的同一体，即我们同在一个地球上生活，'世界性'就是这个地球上人类相沟通的对话平台。"[2]"人类相关联的同一体"和"人类相沟通的对话平台"，这似乎道出了"世界性"的本质内涵，而文学的"世界性"也就成了人类同一性或世界范围内人之归属的最好见证。这种同一性或人之归属只存在于人与人之间；世界上各个民族只要意识到人与人之间的共性，就必然会意识到除了自身民族的特性外，就一定还有民族性之外的特性。这种特性通常是以各民族语言之间的可译性、人类情感结构的一致性以及人类思维方式的相通性为体现的。正是这些特性使得单个民族的语言、文化、历史、科学乃至其整个民族性超越了单个民族的限阈，进入了世界文化的总体化格局，促成了一种文化的世界共同体，就文学而言，乃是一种世界文学的形成。但在20世纪之前，作为文学共同体的世界文学并没有出现；歌德和马克思关于"世界文学"的提法不过是基于当时及以前世界少数地区的文化传播和欧洲资本主义经济的飞速发展而提出的预见，准确地说，他们的预见标志着"世界文学"概念的诞生，但并不就是"世界文学"自身的形成。后者要在经济"大同"导致文化"大同"的时代里才能实现，也即人类物质生产的"世界性"导致文化生产的"世界性"，在各民族文化的交融和冲撞中，"世界文学"才有可能作为总体而诞生。

就21世纪的今天而言，我们还不能说"世界文学"已经全身而

---

[2] 陈思和：《中国文学中的世界性因素》，第311页。

出。当今世界的"全球化"并不是真正意义上的"世界大同"的全球化，而隐藏着政治、经济、文化、军事、种族等方面的不平等，这些不平等在人文地理的状貌上体现为发展的不平衡、地位的不对等和权力分配的不均匀。当然，这不是本文所能讨论的话题，但也恰恰是在"世界文学"尚未全身出现、民族文学仍有坚实的立足之地时，我们才能提出民族文学中之世界性这个命题。换言之，在20世纪中外文学的关系史上，虽然中国文学已经作为"世界体系的一个单元"堂而皇之地进入了文学的"世界格局"，形成并掺进了中国文学的"审美意识"，"丰富了世界文化的内容"，但严格说来，这些还都仅仅限于中国文学与世界其他各国文学之间的影响与接受的层面，因此，关于"20世纪中国文学中世界性因素"的研究就必然是"以中国文学史上可供置于世界文学背景下考察、比较、分析的因素为对象的研究，其方法上必然是跨越语言、国别和民族的比较研究"[3]。

那么，哪些因素才是"可供置于世界文学背景下考察、比较、分析的因素"呢？当提出"中国文学中之世界性因素"这个问题的时候，我们指的不仅仅是中国文学中的外来因素，而涉及一系列复杂的问题。第一，中国文学中固有的世界性因素。第二，中国文学中外来的世界性因素。第三，这两种世界性因素在中国文学中得以共存的方式。如果就这三个方面提出问题的话，首先必须界定"世界性"的基本含义。什么是世界性？如果说中国文学中固有一种世界

---

[3] 陈思和：《中国文学中的世界性因素》，第107页。

性，那就意味着在民族性中本身就含有他族性。那么，这种他族性是否就是世界性？这种世界性如何区别于民族性？又如何区别于他族性？民族文化中固有的世界性与外来的世界性之间是否处于共谋的关系？能在何种程度上达到冲突、交锋、融通，促成民族身份的裂变或缝合？外来的世界性在进入中国文学的过程中，在经过以翻译为主导的文化交往中得到了何种程度的改造，进而融入中国的语言、文化和思维方式之中？

固有的世界性

众所周知，文学的主体是人。文学是人学，而人并非生活在虚空之中。艺术和文学也并非产生于没有人的生活的虚空之中。艺术家和作家通过对人的发现、对人的生活进而对人性的发现而赋予其个性化的创造，将严肃深沉的思想和强烈深切的情感赋予卓有成效的表现形式，并因此而创造了艺术。然而，由于人受制于他所生活于其中的社会，所以关于人的观念也就随着社会的发展而变化。在欧洲受制于中世纪宗教神学制约的人，在中国受制于封建礼教束缚的人，其关系和行为规范都是以一种伦理道德的价值为标准的，其在文学中的表现也就成了承载着道德观念、终极标准和政治意识形态的人。在现代社会里，人的观念发生了根本的变化，旧的道德规范和伦理价值被彻底地否定，文学中的人也随之而成了具体的、历史的、社会中的人，确立了人在生活与艺术中的人性、个性和自由的地位。作为文学之主体的人也随之在不同民族的文学中以不同的审美形式分享着人的共性。

那么，这种共性是否就是我们所说的属于民族特性之内同时又为不同民族所共享的世界性因素呢？答案当然是肯定的。我们在两万到三万年前的洞穴墙壁上看到的动物图画不但呈现了现代绘画的光影、线条、运动和几何图形，而且还展示了以点、线、数或形状体现的符号意义和价值，其传递的资讯不亚于当代的语言、姿态、手势、漫画、广告、建筑、信号灯和图腾。在人类发展史上的"轴心"或"圣贤"时代，中国的孔子和老庄、希腊的苏格拉底和柏拉图、印度的佛陀和吠陀哲人，无不在没有通讯往来的异地进行着相同的关于人的思考的活动，他们思考的结晶无不对世界范围内的文学和艺术发挥着巨大的影响，至今未衰。中国古代的许多民间传说，无论讲述方式、情节内容还是道德寓意，都与《一千零一夜》中的故事几乎雷同到无以复加的程度。而在中国现代文学史上，许地山的创作深受泰戈尔和印度佛教的影响，其作品中体现了印度宗教、哲学和文学的完美融合，但他通过描写"无欲""不争"而要表现的却并不就是佛教的"出世"观，而恰恰是索福克勒斯悲剧中人类抗争命运的向上精神："人类的命运是被限定的，但在这限定的范围里当有向上的意志。所谓向上是求全知全能的意志，能否得到且不管它，只是人应当去追求。"[4]这正是俄狄浦斯为改变自己的命运而奋力追求的

---

[4] 许地山：《造成伟大民族的条件》，见《杂感集》，商务印书馆，1946年。

目标，但却在许地山的作品中得到了完美的诠释。文学艺术中这些并非偶然却又实属偶然的共性，文学中不同民族的作家的思想的相互认证，许地山、泰戈尔和索福克勒斯在不同时代、不同地域和不同文化中体现的同一种精神，都说明"凡人之心，无不有诗"[5]。而诗人者，则"无不刚健不饶，抱诚守真；不取媚于群，以随顺旧俗；发为雄声，以起其国人之新生，而大其国于天下"。[6]

"人"是文学艺术的根本，因此也是文学之世界性的根本。欧洲自文艺复兴始，人就以承载理性精神和自身认知能力的个体而成为宇宙的中心，成为具有独立自由人格的大写的人，关于"人"的文学也随之出现。而这种具有独立自由精神的个体的人在中国要等到五四运动之时才出现。中国的关于"人"的文学，描写中国社会中人之人性的、个性的、审美的文学，也只有经过五四运动的洗礼，具有了清醒的个体意识和世界文学意识的五四作家群才能创造出来。他们所肩负的使命，"就（他）本国而言，便是发展本国的国民文学，民族的文学；就世界而言，便是要联合促进世界的文学"[7]。在这种被称作"人的文学"的世界文学中，"不管时代与民族的歧异，人类的最崇高的情思，却竟是能够互相了解的。在文学作品上，是没有'人种'与

---

[5] 赵瑞蕻：《鲁迅〈摩罗诗力说〉注释·今译·解说》，天津人民出版社，1982年，第197页。

[6] 同上书，第240页。

[7] 茅盾：《文学和人的关系及中国古来对于文学者身份的误认》，载《小说月报》第12卷第1期，1921年。

'时代'的隔膜的"[8]。而这些没有"人种"和"时代"隔膜的因素也许就是我们所说的各个民族文学中固有的世界性。它为世界各民族文学所共享，也为总体世界文学的形成奠定了坚实的基础。

民族性与世界性的交锋

艺术史批评家安德烈·马尔罗说："在虚空中，我们寸步难行。"[9] 马尔罗想用这句话说明的是，艺术源自艺术家与外界成熟艺术的冲突之中，来自其他艺术家加诸这个世界的形式斗争中。只要能在文献中看到一个艺术家的作品，我们就会从中发现另一个艺术家或另一些艺术家的梦想、呼唤或沉默，众多的梦想、呼唤或沉默。真正的艺术家首先是在与其他艺术家交锋的经历中发现自己的艺术的。艺术如此，文学亦如此。歌德在德国文学中看到了哥尔斯密、菲尔丁和莎士比亚。我们在庞德、乔伊斯、克劳岱尔、马尔罗、海斯、布莱希特等作家的作品中看到了重涂浓抹的东方色彩。我们在鲁迅的《狂人日记》中看到了果戈理笔下的狂人、尼采笔下的超人，或许还可加上阿西斯笔下的疯人。艾略特说："任何诗人，任何艺术家，都不能单独有他自己的完全的意义。他的意义，他的评价，就是对他与已故的诗人和艺术家关系的评价。"[10] 诗人"与已故的诗人和

---

[8] 周作人：《人的文学》，载《新青年》第5卷第6期，1918年。

[9] 安德烈·马尔罗（André Malreaux）：《寂静的声音》，巴黎加力马尔出版社。

[10] 托·斯·艾略特：《传统与个人才能》，曹庸译，载《外国文艺》1980年第三期。

艺术家的关系"就是马尔罗所说的一个艺术家与其他艺术家们的交锋，而且不单单是与传统的交锋，也包括与外来的和现世的艺术家们的交锋。这种交锋也不单单体现在个体的层面上，而且体现在集体的层面上。古巴比伦、希伯来和埃及文化不同程度地哺育了古希腊文化。魏晋六朝时期梵文的语法和音韵促进了中国诗律学和音韵学的成熟，经过佛经的广泛唱读，而奠定了唐诗宋词得以繁荣的基础。就连刘勰的《文心雕龙》也不乏印度因明逻辑之学和佛经的议论文体。这意味着，文学艺术的交锋是思想和技艺的交流，既体现在单个作家/艺术家的层面上，也体现在民族文化的层面上，而最终以思想的融合和文明的更高境界为结晶。

之所以谓之为"交锋"，是因为文学艺术中外来的世界性因素并非都是被动接受的，尽管殖民地文学中泛滥着被动的因素。"世界性因素的主题可能来自西方的影响，也可能是各个国家的知识分子在完全没有交流的状况下面对同一类现象所进行的思想和写作，但关键在于它并非是指一般地接受外来影响，而是指作家如何在一种世界性的生存环境下思考和表达，并且如何构成与世界的对话。"[11] 这意味着，对外来影响的吸纳是主动的、平等的、对话性的，它必须是在"世界性的生存环境"中才能实现。如果说这种世界性的生存环境在民族缺乏自信或闭关锁国之时不可求，那么，在国门开放、民族自信心亟待确立并进而拯救民族于危亡之中的时候便不是难事了。

---

[11] 陈思和：《中国文学中的世界性因素》，第156页。

就中华民族而言，1840年的鸦片战争以中国割地赔款结束，中国从此沦为半殖民地半封建社会，封闭已久的门户被迫打开，使得世界文化通过不同渠道渗透进来。虽然此时中国人对外来影响的接受是被动的、非自觉的，但一些进步知识分子已经认识到中国封建制度的落后。国民性中旧有的陋习，因而大胆地译介和引进外来思想和文化予以补漏，更"从文学里明白了一件大事，是世界上有两种人：压迫者和被压迫者！"[12] 这在当时不亚于古人发现了火、建造了城市和发明了印刷术一样伟大。鲁迅和五四作家群的伟大功绩就在于以积极主动的态度迎接和占有世界文化财富，使得中国文化由单一自存的民族文化转而成为与世界文化融合共存的文化，中国现代文学也就在这个转变中得以诞生。

如果说鲁迅和五四作家群对外国文学因素的吸纳不仅是主动的、批判的和创新的，而且还反映了一个民族的整体意识，是一个时代的必然，那么，在被誉为中国抒情诗第一人的李金发这样的个体诗人那里，在他所与之交锋的众多影响源中，我们看到的是以感伤主义为基调的西方诗歌总体性的混成效果，其中交织着诗人自己的悲愤，为一个落后民族感到的自尊，其内心世界对外部世界的反叛，以及对西方资本主义罪恶的切肤之痛。于是，我们在这样一位被称作东方的波德莱尔的诗人身上看到的却不是法国象征派的纯粹模仿者，除了法国象征派感伤的迷蒙和忧郁美之外，更多的是其作为弱

---

[12] 鲁迅：《热风·圣武》。

国子民被强权大国欺负时的痛苦落寞,作为"化外顽民"而身在垄断资本主义国度里感到的经济和精神逆差,作为孤寂游子的思乡情怀与浪漫派、象征派诗人气质的赫然碰撞,致使他歌颂的每一种美都是丑的,每一种快感都是不幸的,每一个灵魂都是忧郁的、孤独的和病态的。在这种浓缩和融合了的诗歌表达中,除了波德莱尔、魏尔兰和马拉美等诸多"自我"之外,最不可动摇的就是坚守民族情愫的同时借助艺术手法外化的诗人自己的"自我"。

20世纪40年代,李金发代表的象征诗派出风头的时代已经过去,但象征诗并没有消失,而继续萦留于中国诗坛,并对中国新诗的发展发挥着不可估量的作用。它的最大功绩是使中国诗歌告别了"古典时代",促发了此后几十年中国新诗的探索和发展,并在20世纪80年代国门再次开放以拯救中华民族于经济危难、实现"四个现代化"、赶超世界先进水平时,形成了一股中国式的现代主义诗潮,其"崛起者是要承袭西方现代主义的世界观和艺术观,是要让我们的诗歌走现代主义的道路"[13]。这可以说是中国诗歌向西方现代主义格局的又一次自觉参与,在几次历史断裂之后,中国诗歌为进入文学现代化前沿、走向世界的现实需要而实现的又一次缝合。"它对不合理的断裂的'修复',以及在'修复'过程中的合理的倾斜,鼓涌着的是艺术更新的野性的力量。这种力量目前已在艺术的各个领域展开。

---

[13] 郑伯农:《在"崛起"的声浪面前——对一种文艺思潮的剖析》,载《诗刊》1983年第6期。

新诗潮预示的是中国艺术悄悄开始的革命的最初信息。"[14] 如果说 20 年代象征派诗人是中国诗歌的第一次现代化追求,那么,80 年代中期的新诗潮便标志着这一时期中国诗歌乃至中国文学之艺术革新和现代性理念的形成,是为恢复和重建中国文学多样化传统的另一次集体尝试。由于 20 世纪中国文学史上几次不合理的"断裂",加之西方文学在 20 世纪的持续发展给中国文学带来的"影响的焦虑",西方文学就必然在这次复兴中扮演着外来的世界性的角色。

多种世界性因素的共存

那么,民族性中固有的世界性与外来的世界性是如何共存的呢?被鲁迅誉为"中国最为杰出的抒情诗人"[15]的冯至或许能为这个问题提供最好的答案。冯至的文学活动始于 20 世纪 20 年代初,终于 80 年代末,以写诗、研究诗、译诗铸成了"博古通今、融会中西的品格",哺育和影响了几代人的文学创作、文学研究和文学翻译,是"中国现代文学乃至当代文学"历史发展中"不可或缺的重要一环"。[16] 他不仅深受中国文学传统的熏陶,尤其有先秦诸子、汉代辞赋和唐宋古文的坚实根基,[17] 还在"坚守民族文学的根基"的同时,

---

[14] 谢冕:《断裂与倾斜:蜕变期的投影——论新诗潮》,载《文学评论》1985 年第 5 期。
[15] 鲁迅:《中国新文学大系》小说二集"导言",良友出版社,1935 年,第 5 页。
[16] 蒋勤国:《冯至评传》,光明日报出版社,2015 年,第 2 页。
[17] 於仁涵:《冯至:诗国的哲人》,见曾逸主编《走向世界文学:中国现代作家与外国文学》,湖南文艺出版社,1986 年,第 438 页。

"放眼拿来"。[18] 在他 1931 年制订的研究计划中,歌德位于榜首;接着是 19 世纪的克莱斯特、荷尔德林和诺瓦利斯,他们分别代表"倔犟""高尚"和"优美",是精神生活的三个方面;然后是 20 世纪初的三位诗人,乔治、霍夫曼斯塔尔和里尔克;最后是在哲学和宗教领域均发生巨大影响的三个伟人,尼采、陀思妥耶夫斯基和克尔凯郭尔。[19] 在这些西方文人中,批评家和评传家一致认为,对冯至诗歌创作影响最大的是里尔克。他自己对此也直言不讳。[20]

为了更清楚地说明冯至文学创作活动中多种世界性因素的共存,我们不妨借用冯至传记家描述的里尔克生平,来看看这两位诗人之间影响的复杂纠葛。"里尔克是现代德语文学史上最有影响的诗人之一。……曾在布拉格大学等校学习哲学、文学史和艺术史。他先后去过俄国、意大利、法国、丹麦、瑞典以及埃及、西班牙等地。其中在巴黎侨居达十二年之久。在俄国,他会见过托尔斯泰。在巴黎,曾为他敬仰的雕刻家罗丹当过八个月的秘书,这对他的创作影响很大。……里尔克的母语是德语,但他也用法语、俄语写作,并译过英、法、意、俄国的文学作品,堪称一个全欧性的作家。"[21] 显

---

[18] 於仁涵:《冯至:诗国的哲人》,见曾逸主编《走向世界文学:中国现代作家与外国文学》,第 4 页。

[19] 冯至:《冯至全集》(第 12 卷),河北教育出版社,1999 年,第 131 页。

[20] "在鲁迅译完了法捷耶夫的《毁灭》的时期,我却遇见了里尔克。在里尔克的影响下。我过了十几年……后来我费了很大的力气都没有能够完全摆脱开他的影响。"(《东欧杂记·爱情诗与战斗诗》,见蒋勤国《冯至评传》,第 110 页)

[21] 蒋勤国:《冯至评传》,第 110 页。

然，里尔克把哲学、文学和艺术等相近领域的思想融会贯通。用对法、意、俄、德等国文化的观察丰富自己的阅历，由于通晓多种语言，并用这些语言从事文学翻译而具有了多语种创作的能力，这不能不说是在文化交锋中经过里尔克内化和升华过的"全欧性"。而当冯至在主动接受这样一位"全欧性的作家"的影响时，他也必定把这种"全欧性"兼收并蓄，内化到他自己的民族精神中来。

我们且继续沿着传记家的指引看看"冯至对里尔克的认识过程"。冯至于1926年秋通过叔父冯文潜得知里尔克的存在；1931年春在德国接触到里尔克成熟时期的作品，认为他"超前提出并回答了后来在存在主义哲学家和广泛流传的'存在主义'各流派那里再度出现的问题"。在德国留学期间，冯至译出了里尔克的多部作品。在冯至感到生活无助而极度痛苦的时候，里尔克给冯至端正了生活态度："艰难而孤单，这就是人的命运"。当冯至致力于寻求做人之原则的时候，里尔克让冯至认识到"忍耐与工作""大半做人要从这里开始"。冯至一向以为诗是情感的抒发，而里尔克告诉他"诗是经验"。冯至写过很多脍炙人口的爱情诗，里尔克则告诫说"不要写爱情诗""要避开那些常见的主题。"里尔克还告诉他"作一首诗，像是雕刻家雕塑一座石像"。就这样，里尔克成了冯至"十年来随时都要打开来读的一个诗人"，是他"最寂寞、最彷徨时候的伴侣"。[22] 所有这些决定了冯至与里尔克之间心理结构、情绪表征和审美趣味的融通。二者间最

---

[22] 蒋勤国：《冯至评传》，第110—114页。

相同的特点是把瞬间的思想、情绪、感受呈现出具象的雕塑美，用形象的造型艺术的语言表达抽象的概念和内在的情感，再通过视觉效果把主观的"我"转化为经过仔细观察后的客观事物的形象，并赋予其领悟宇宙万物之本质和人生奥秘的哲理性。

有论者说，"冯至在接受里尔克影响的同时，并没有丧失自己独立的风格，《十四行集》是属于冯至自己的，并不是里尔克的影子。"[23] 说冯至在接受里尔克的"全欧性"影响时没有丧失自己独立的风格是对的，但说《十四行集》中没有里尔克的影子则未免失之偏颇。仅就《十四行集》创作的时间（20世纪40年代）和地点（"距离昆明城七点五公里的一处林场"）而言，[24] 创作《十四行集》时里尔克的影响已经存在了，或许已经融化在他的诗风之中了；而在人面对宇宙万物、静听其有声和无语、在不知不觉中与宇宙之无限融为一体的"自然与精神的类比"方面，却又是他经过十年的沉淀而对诺瓦利斯美学的研究的扬弃。[25] 除此之外，歌德、里尔克乃至海德格尔等存在主义哲学家的诗歌观，即重经验、状景物等与中国传统诗学和道家思想极为相近的诗学，也必然参与了冯至此时诗歌创作的世界性星座。作为学者型诗人，"冯至把外来文艺养料的有益择取和民族文学传统的自觉继承结合起来，在借鉴的过程中推陈出新，从而使《十四行集》成为融合中西文化和中西诗学的宁馨儿。"里尔克、歌

---

[23] 於仁涵：《冯至：诗国的哲人》，第452页。
[24] 张辉：《冯至：未完成的自我》，北京出版社，2005年，第96页。
[25] 同上书，第84页。

德等外来影响不过是催化剂,而"冯至所置身其中的深厚的古典诗歌传统则是不可忽视的内在依据"。[26]

世界性精神与文学间的契合

世界性之多元因素通过翻译而进入民族语言、文化和思维方式,进而改变国民性,这是鲁迅和五四作家群的理想。然而,我们不能也无法用简单的加法把民族性、民族性中固有的世界性和外来的世界性加在一起,就等于是达到了中西融合,或把古今加在一起就算是古今贯通了。一国精神之多元并非如此简单。它不是各种水果搅拌在一只碗里的沙拉,而是水果搅碎之后天然混成而无以分别的果汁。辜鸿铭在谈到中国人的精神时说:"真正的中国人有着成年人的智能和纯真的赤子之心;中国人的精神是心灵与理智完美结合的产物。"又说:"中国人的精神是一种心灵状态,一种灵魂趋向,你无法像学习速记或世界语那样去把握它——简而言之,它是一种心境,或用诗的语言来说,一种恬静如沐天恩的心境。……中国式人之类型那心灵与理性的绝妙结合,是那种恬静、如沐天恩的心境赋予真正的中国人难以言状的温良。"[27] 这种"温良"乃是同情和智能结合的产物,而"绝不意味着懦弱或是软弱的服从"。[28] "温良"是中国人的品

---

[26] 蒋勤国:《冯至评传》,第 150 页。
[27] 辜鸿铭:《中国人的精神》,见曾逸主编《走向世界文学:中国现代作家与外国文学》,第 56 页。
[28] 同上书,第 18 页。

格,[29] 不是"懦弱"和"软弱"。而"懦弱"和"软弱"却是鲁迅和五四作家群想要通过翻译而改善的那种"国民性"中的劣性。康有为、严复、梁启超等早期启蒙者都曾大声疾呼"不变革必亡国",而变革救国之路则是"参西法以救中国"。他们认为文学有改良社会救国救民的功效,因而提倡外国文学作品的翻译和输入,尤其是描写"弱国"惨烈实情的文学,论及他们如何沦为"弱国"之原因的文学,以及其国民如何奋起斗争实现民族独立的文学,以此唤醒国人。鲁迅就是以翻译弱国文学而参与到这种启蒙救国的运动中来的,他的翻译也因此而被称为"鲁迅模式"或"弱国模式"。[30]

然而,仅仅通过翻译弱国文学,以此陶冶国民性情,使其在精神上祛除"懦弱"和"软弱",就能使久受封建思想束缚而不坚强的民众坚强起来吗?抑或,中国百年多来对西方文化的输入,倡导西方科学、技术、民主、自由,以求"利用夷人之术以制夷人之心",或学习其"声光化电等格致之学",均偏重其强民富国之功利性或使用价值,而终"未能真正直接肯定西方科学、民主、自由、宗教之

---

[29] 就字面意义而言,"温良"也与耶稣在创立基督教之前所欲改造的新的犹太子民相类似:"虚心的人""哀恸的人""温柔的人""饥渴慕义的人""怜恤人的人""清心的人""使人和睦的人"和"为义首逼迫的人"。见《圣经·马可福音》。

[30] 王友贵:《翻译家鲁迅》,南开大学出版社,2005年,第139—140页。"'被侮辱被压迫民族模式',因其主要的翻译对象、翻译目的,乃是译介东欧、北欧等若干所谓被侮辱被压迫民族的文学作品;……因此也可以称为'弱国模式'。'弱国模式'以鲁迅为其主要代表。……这些弱国包括俄国、波兰、捷克、塞尔维亚、保加利亚、芬兰、匈牙利、罗马尼亚、希腊、丹麦、挪威、瑞典、荷兰等。"

本身价值，正面承担西方科学、民主、自由或宗教之精神"。[31] 就翻译而言，梁启超早在其《变法通议》之《论译书》中就对此有过精辟论述："居今日之天下，而欲参西法以救中国，又必非徒通西文、肄西籍遂可以从事也，必其人固尝邃于经术，熟于史，明于律，习于天下郡国利病，于吾中国所以治天下之道，靡不挈枢振领而深知其意；其于西书亦然，深究其所谓迭相牵引、互为本原者，而得其立法之所自，通变之所由，而合之以吾中国古今政俗之异而会通之，以求其可行，夫是之谓真知。"[32] 要想不败于西方，就得懂西方之所以强大的原因；而要利用西方之法而救中国，仅仅阅读西方经典远远不够，而且还必须将西方经典与中国国学、国情结合起来，所谓"拿西洋的文明来扩充我的文明，又拿我的文明去补助西洋的文明"，以建构一种新的文明。[33] 可见，译书非常重要，文学翻译非常重要，而将所译之内容与中国文学达到完美结合则更为重要。"外来文学，只有与中国本土因素相沟通，才能对中国文学产生实质性的影响。"[34]

这沟通，实不应为简单的沟通。使一国之精神与另一国或多国之精神达到那种"心灵与理智的绝妙结合"，必以翻译为渠道，必经翻译以及翻译所及的语言活动而达到互补。如科学家和哲学家所说，

---

[31] 唐君毅：《中国文化之创造》，见曾逸主编《走向世界文学：中国现代作家与外国文学》，湖南文艺出版社，第389—390页。
[32] 梁启超：《饮冰室文集点校》，云南教育出版社，2001年，第3460页。
[33] 同上书，第3495页。
[34] 赵小琪：《西方话语与中国新诗现代化》，中国社会科学出版社，2012年，第93页。

西洋文明为动的文明,中国文明为静的文明(杜亚泉);西方人是知者,中国人是仁者(冯友兰);然后再用孔子的话套用:"知者乐水,仁者乐山;知者动,仁者静;知者乐,仁者寿。"[35]那么,中西之一水一山、一动一静、一乐一寿,便可"互证"中西文化之特征,"互补"中西文化之价值了。而在以"天人合一"为中心的中国道家思想里,在纳天地于山水之中的中国艺术中,以及在以淡墨数行就能穷尽宇宙无限之奥妙的中国古典诗歌中,这种"互证"和"互补"其实早已屡见不鲜了。抑或说,在中国现代诗歌所要扬弃的中国古典诗歌中就已经深藏着他们所要吸纳的世界性因素了。当译者在翻译过程中感觉到原诗中心灵的微妙,并于译者心中搅起了个体隐秘意念和内在思想的共鸣时,中国文化中那些长期被压抑的因素就会被勾引出来,哪怕是薄薄的云纱和袅袅的烟丝,哪怕是微风中明澈的微笑和花园里灿烂的枝条,都会搅动诗人心里激荡的波浪,引发出超乎日常生活的浪漫情怀。梁宗岱在译诗集的序言中说:现代主义诗歌"在译者心中引起深沉隽永的共鸣,译者和作者的心灵达到融洽无间"。[36]译者就是作者的再生。毋宁说,这种再生恰恰是作者与译者精神的溟和。在这种溟和中,作者的精神和译者的精神已经水乳交融,密不可分,构成了"绝对自由,比现世更纯粹,更不朽的宇

---

[35] 单纯:《中国精神》前言,见单纯、张合运主编《中国精神——百年回声》,海天出版社,1998年,第6页。

[36] 梁宗岱:《译事琐话》,见王寿兰《当代文学翻译百家谈》,北京大学出版社,1989年,第775页。

宙"[37]。这或许就是王佐良先生所说的"文学间的契合"[38]。

这种契合，在鲁迅，就是硬译，通过打碎中文句法来拆掉禁锢民族魂的藩篱；在冯至，就是用"把不住的事体"和"无法说出的话"营造"饱含感情的沉思气氛"，进而"把十四行当作中国的律诗来写"；在穆旦，就是把"不灵活的中国字"和"白话俗套"放进别人"所想不到的排列和组合"中，以他对中国古代经典的彻底无知展示他那些非中国的最好的品质；在戴望舒，就是把译诗当作写诗的一种延长和再证实，殚精竭虑地寻找"恰当的感知和恰当的语言"，反过来又练就自己的感知和语言，使语言（源语言和译入语）处于一种活跃状态，构成一种前所未有的双语性或多语性，使之具有真正的世界性意蕴。[39] 以上种种，足以见出文学翻译，尤其是现代诗的翻译，是在中国文学中融入世界性因素的重要手段，不仅"促进了中国语言的进步，而且促成了中国语言思维的转换"[40]。

在某种意义上，这种语言思维的转换是包括文学翻译在内的任何交流的最终结果。语言的改造和接受包含着思想的接受和情感的陶冶，因而必然导致思维认知和情感结构的参与，最终是一种新的世界认知的形成。就当代世界的文学而言，这势必预示着融会民族意识和世界意识的一种新诗学，预示着尼罗河、莱茵河、泰晤士河、

---

[37] 梁宗岱：《谈诗》，载《人世间》1934年第15期。
[38] 王佐良：《论契合——比较文学研究集》，梁颖译，外语教学与研究出版社，2015年，第3—17页。
[39] 同上书，第55、119、123、149、171、205页。
[40] 赵小琪：《西方话语与中国新诗现代化》，第140页。

恒河、多瑙河、密西西比河等诸多异邦之河在黄河中的集体汇流，也预示着人类整体于中进行平等对话的一个世界的文学共同体。

作为褶子的翻译：世界文学的"一与多"

如果说中外文学处于一种借鉴融合、参与渗透、挪用创造的关系，那么，在这种关系中，我们所要学习的就是一种最有效的构成知识的方式，也就是构成文学语言和话语的方式，这就是翻译。然而，按歌德的说法，翻译在世界文学中扮演着至关重要的作用，但如果世界文学终有一天取代了民族文学，其更重要的品质乃是普遍人性，也即至善、至德和尽美。换言之，翻译不是最终目的，只是手段，而真善美才是连接和融合各民族文化和精神的本质。歌德的说法固然是对的，但问题是：翻译作为手段/方式是如何达到融合各民族文化和精神之目的的？利科在《论翻译》中提出了一个可用于实现这一目的的方法："建构可比较因素。"[41] 这个方法的提出显然是建立在这样一个前提之下的：即各民族和文化中固存着可比较的因素。利科举法国汉学家弗朗索瓦·于连为例，后者"把这个方法用在了对古代中国与古代和古典希腊之间关系的阐释上"。利科认为："古汉语是古希腊文的绝对他者——对古汉语内部的了解相当于对其外部的解构，对外在之物也就是用作思考和言说的希腊语的解构。"[42] 古

---

[41] Paul Ricoeur, *On Translation*, Trans. Eileen Brennan, London and New York: Routledge, 2004, p.37.

[42] Ibid., p.36.

汉语与古希腊语之间构成了一种互为他者的关系，了解古汉语意味着对古希腊语的解构，反之，了解古希腊语对中国人而言也是对本民族语言也即古汉语的解构。歌德对此的解释是："不了解外语的人也无法真正了解自己的语言。"维特根斯坦的说法是："语言的限制就是对我的世界的限制。"查理曼的说法是："掌握第二种语言，拥有第二个灵魂。"第一种说法说的是了解他者的语言能帮助主体了解自己民族的语言；第二种说法是打破语言的限制就是对他者文化的解构以致进入那种文化；第三种说法可以解释为通过他者语言可以与他者文化进行心灵的沟通。所有这三种说法的实现都离不开翻译。但翻译是如何达到这样一个目的的呢？按利科的说法，这是通过古汉语与希腊文之间的"一个最初的褶子"实现的。"这个褶子存在于可思考的和可经验的东西之中，这是超越它我们就无处可走的一个'褶子'。因此，在最后一部著作《论时间》中，[43] 于连坚持认为汉语动词没有时态，因为汉语中并没有亚里士多德在《物理学》中算出的、康德在'超验美学'中重构的，最后由黑格尔通过否定和扬弃观念加以普遍化的时间概念。"[44] 显然，古汉语和希腊文都部分地包含在这个"最初的褶子"中。虽然汉语中并不含有从亚里士多德到黑格尔的西方形而上学传统所发展的时间概念，但这两种语言在"褶子"中的相切致使二者产生了本质的联系，进而达到两种语言中核心因素的融合。那么，这个"最初的褶子"究竟是什么呢？

---

[43] François Jullien, *Du temps,* Paris: Grassetet Faquele, 2001.

[44] Paul Ricoeur, *On Translation,* p.36.

德勒兹从后结构主义视角出发探讨了莱布尼茨的"单子论",进而解构了西方形而上学中的经典命题——一与多的关系问题。按莱布尼茨所说,"易弯曲或有弹性的物体也还有着结构紧密的部分,它们形成了一个褶子,这些部分不能再被分为更小的部分,而是无穷尽地被划分得愈来愈小、但始终保持某些粘合的褶子"[45]。包含既是褶子的最大特征,又是它的目的因。"包含"与"固有"密切相关。有弹性的物体通过弯曲构成了褶子,褶子通过展开而打开一个包含的世界,而这种包含又规定着灵魂或主体。这个"用包含规定着那个包裹褶子、包裹它的目的因及其完成的现实的东西",就是单子。[46] 单子表示一的状态,是包裹着多的一个统一体,而且,这个多以"级数"的形式展开。[47] 单子无窗无门,就像一个斗室、密室、圣器室,或者像单人囚室、地下室、教堂、剧院、阅览室或图片收藏室,其一切活动都是在内部进行的。[48] 单子也是最简单的数,无穷大的倒数∞,其特性在于它是无穷的,无穷小的,是世界之镜。这面镜子仿佛因陀罗的大网,上面缀满了宝石,每一颗都光明璀璨,同时又与其他宝石遥相辉映,构成了一个辉煌灿烂的世界。世界由这些无穷的宝石构成,而任何一粒宝石又都映照出世界之一,或上帝之"唯一"。单子如是构成了一与多的和谐关系,也即一种美的和谐。在追

---

[45] 吉尔·德勒兹:《福柯褶子》,于奇智、杨洁译,湖南文艺出版社,2001年,第153页。
[46] 同上书,第180页。
[47] 同上书,第181页。
[48] 同上书,第189页。

问巴洛克风格时，德勒兹说：

> 如果说巴洛克风格创立了一种完整的艺术或艺术的统一性，则首先是因为每种艺术都在广延上具有延伸的趋势，甚至具有在紧随其后的、超越界限的艺术中被实现的趋势。我们发现，巴洛克风格常常将绘画缩小并置于祭坛后的装饰屏里，这更多地是因为绘画超出了它的界限并且在多彩大理石的雕塑里被实现；而雕塑又越出它自己的界限，并在建筑里被实现；然后，轮到建筑在其表面找到一个界限，但这个界限是自行与内部脱离的，并且置身在与周围环境的联系之中，以便在城市的规划中使建筑得以实现。[49]

我们只需经过一种简单的替换，把"完整的艺术或艺术的统一性"替换为世界文学，把"绘画""雕塑"和"建筑"等"单子"艺术替换为国别文学，我们就会清楚地看到，作为褶子的翻译是如何通过"包含"和"展开"而相互关联、相互影响、相互包裹，最终构成了融合众多国别因素的"唯一"之文学的，也即完整的城市规划的。事实上，于连在他的法文著作中只用了一个中文词"阴阳"，但他却用季节、时令、根与叶、春与潮代替了西方形而上学中的时间概念，并通过对这些替代物的讨论建构起了中国文化与西方文化的可比性。就翻译而言，尤其是就翻译对中外文学关系之影响而言，我们看到：

---

[49] 吉尔·德勒兹：《福柯 褶子》，于奇智、杨洁译，第339页。

当七十士把希伯来文《圣经》译成希腊文,我们称之为七十士译本,只有希伯来语专家能在消闲时对其品头论足。圣杰罗姆又将其译成拉丁译本,建构了一种拉丁文的可比因素。但在杰罗姆之前,拉丁人就已经创造了可比性,为我们所有人决定了下面的译法:把 arete 译成 virtus,polis 译成 urbs,polites 译成 civis。在《圣经》翻译领域,我们可以说路德不仅建构了把《圣经》译成德语的一个可比因素,使其"德语化"了,他敢于面对圣杰罗姆的拉丁译本如是说,但也创造了德语,使其成为拉丁语、七十士子的希腊语和《圣经》的希伯来语的可比较因素。[50]

这些可比较因素中自然包含了"对原文的创造性背叛和接受语的同样创造性的挪用"。在这个意义上,作为褶子的翻译就是一种生产性的言语行为。它所承载的是语言中蕴含的多民族元素;它所连接的是多民族之间的历史和未来;它所包裹和展开的是以语言为表现形式的各民族的精神遗产。最终,它是以单子形式表现的"世界文学"中的一与多。

---

[50] Paul Ricoeur, *On Translation*, p.37.

08
身份认同与文学的政治

身份认同（identification）是西方文学中从古至今常见的主题，其表现形式多种多样，其理论维度多元多变，其学科跨度更是广泛而无界限。20世纪上半叶妇女的解放斗争、殖民地人民的解殖斗争，以及世界各地黑人和少数族裔的民权斗争，使得身份问题走出文学，成为各个人文和社会学科共同关注的话题，尤其社会学、民族学、人类学、哲学、历史学以及政治科学对人的身份的关注，又使得身份与政治关联起来，于是便有了"身份政治"这一概念。在弄清楚什么是身份政治之前，有必要说明什么是"身份"？关于"身份"，有一个比较完整的现成的定义可供使用：

> 身份（identity）是社会成员在社会中的位置，其核心内容包括特定的权利、义务、责任、忠诚对象、认同和行事规则，还包

括该权利、责任和忠诚存在的合法化理由。如果这些理由发生了变化，社会成员的忠诚和归属就会发生变化，一些权利、责任就会被排除在行为效法之外，人们就开始尝试新的行动规则。所有这些方面都隐含在对社会身份的认识当中，被社会成员接受、承认、效法和（对他人的行为形式）期待。[1]

这个定义主要针对"社会成员"而言，其身份按其社会中的"位置"而定，也即人在社会中的等级、地位、特权等。这种身份的确定是不平等的、先赋的、具有鲜明的阶级性。但随着社会的发展，这种"先赋地位"逐渐被社会成员间的契约关系所取代，于是，"平等""流动""自致地位"等便成为"身份"的主要特征。进入现代公民社会，社会成员确立了新的身份，即"公民"。"公民"的主要认同对象是现代社会的新的政治单位，即国家，因此，其权利、责任和忠诚的合法化均依赖于国家的集中化权威。但是，在接受一种新的身份、形成身份认同的时候，公民或社会中人要经历与自身历史文化的复杂的互动过程，即是说，对新的流动性身份的接受、吸纳和拒斥都必然经过历史文化的过滤，要经过新与旧的矛盾转化，最终落脚于身份归属问题。[2] 这种身份归属是由社会归属、文化归属、民族归属、群体归属等政治倾向来决定的，因此身份归属不能不涉及

---

[1] 张静：《身份：公民权利的社会配置与认同》，见《身份认同研究：观念、态度、理据》，上海人民出版社，2006年，第4页。

[2] 同上书，第4—9页。

政治问题。

显然,"身份政治"(Identity politics)即关于身份的政治。身份政治主要有以下几个特点:第一,身份政治涉及个人与集体的认同关系,这种关系依据个人利益与某一社会群体利益的一致性建立起来,在这个意义上,它接近于关于社会或文化的定义:即个人依据与某一社会或文化群体利益的一致性而建立的认同关系。第二,这种认同关系是通过相关社会组织塑造的,从大的方面说,这些组织形式包括种族、民族、阶级、宗教信仰、性别、族群、文化、意识形态等;从小的方面说,可包括性取向、信息爱好、历史背景、音乐或文学爱好、医疗条件、职业甚或习惯。但是,并不是在文化或族群上达到认同的人都承认身份政治。第三,身份政治主要与20世纪后半叶发生的一些运动相关,如新左派、女性主义、文化主义、族群运动、后殖民主义等。

从理论上说,身份政治的基础是"认同",也即从身份的不同角度对主体自身进行的一种认知和描述。这种说法本身又涉及关于主体的理论,因此身份认同首先是与主体自身的认同。这种认同是对主体自身的一种认知和描述,如文化的认知和描述、国族的认知和描述、思想和意识形态的认知和描述。这种认知和描述是根据认同主体的不同而变化的,如文化的认同涉及认同主体或文化主体之间的相互作用,即所谓的主体间性作用,进而在认同过程中导致身份的嬗变,决定了个体的身份认同度和身份确认度。就文化认同而言,认同过程涉及权力的运作,也即社会组织或文化结构对个体身份的塑造。这种运作决定个体是否积极或消极地参与各种相关的、能促使其实现文化认同的文化实践活动。因此,这种认同也可根据主体不同的认同过程而呈现不同的认同形式:如主体在两个不同群体或亚群体之间进行以文化自我为核心的认同活动,强调的是受不同文化(尤其是他者文化)的影响,这便是"文化身份认同";如果以自我为核心,强调是自我的心理和身体体验,这便是"自我身份认同";如果以社会为核心,强调的是人的社会归属,这便是"社会身份认同";如果以性别为核心,强调的是性别的社会建构,这便是"性别身份认同"。这些身份认同的共同特点是动态性,或建构性,而其最终目标是达到身份的一种理想状态,即自由状态。

　　身份认同过程中最重要的一个环节是"身份塑造"。"身份塑造"除了包括主体自我选择的各种塑造外,就其政治意义而言,主要体现为强势群体对弱势群体的强制性塑造或规训。弗朗茨·法侬在1952年出版的《黑皮肤,白面具》一书中分析了法国殖民者对黑人被殖民者的塑造和规训,其手法之恶劣以至于法侬称之为"文化的暴力"。这个塑造过程是漫长而阴险的,殖民者对被殖民的黑人儿童从小就灌输一种自卑意识,不仅意识到自己生来就有的黑皮肤,而且由于黑皮肤而导致的天生的语言劣势、人种劣势、文化劣势、社会和政治地位劣势,甚至智力劣势。黑人儿童从小就接受白人殖民者的这种精神灌输,使其在主体性形成过程中就酿成了自卑意识,厌恶自己的种族身份,缺乏民族自信,进而失去了自我认同的能力。其结果必然是屈服于白人殖民者。

这种塑造之所以是"文化暴力",是因为它并未给黑人进行文化认同的机会,而只是从殖民者的"自我"出发,强制"他者"(被殖民者)接受某种被指定的身份。在赛义德看来,这就是从18世纪末到20世纪末这200年中整个西方对伊斯兰世界、对于东方采取的文化殖民策略,这已成为一种固定的极端简化的思维模式,即把野蛮、落后和邪恶(与其相对照的是属于西方的开化、进步和博爱)与伊斯兰世界和东方世界等同起来,并以不同方式、采取不同手段打造、宣传这个形象,致使穆斯林人和东方人自身都像黑人一样接受了这种描述,进而接受了这个身份,致使在西方世界受过教育的穆斯林知识分子和东方知识分子也和黑人一样,厌恶自己、痛恨自己,找不到归属,进而失去了其应有的文化身份。

正如奈保尔所描写的:

> 我在非阿拉伯的穆斯林中间旅行时,发现自己置身于一个已被殖民化的民族当中,他们的信仰从他们身上剥夺了所有能够不断扩展智识生活的东西,剥夺了心智和感官的多彩生活,还有对世界文化和历史的深刻了解,而我在世界另一端的成长所带给我的,正是这些东西。我所置身的这个民族,他们的身份多少已经蕴含在他们的信仰之中。这是一个希望自身能够变得纯净的民族。[3]

---

[3] 参见 V. S. 奈保尔:《我们的普世文明》,马维达等译,南海出版公司,2014年,第603页。

奈保尔还说，这些被殖民化的穆斯林，比如马来穆斯林，"不顾一切地消除自己的过去，清除人民的部落习俗或万物有灵论的宗教活动；清除承载着过往的潜意识生活，正是这些事物把人们与他们行走的大地联系在一起；清除那些丰富的民间生活，正是这样的生活让别处的人们苏醒，去培育和采撷其中的诗意"。而这种努力，这种对自己施行的暴政，是"一种通过信仰进行的殖民化，没有哪一种殖民化能够比这一种更彻底"。[4]

如果说法侬所担心的被殖民者形象的内化在奈保尔所描写的穆斯林身上得以实现的话，那么，托尼·莫里森笔下的黑人人物就是黑人内化自我身份的典型。莫里森1970年发表的《最蓝的眼睛》表现的就是在种族主义不可抵御的心理攻坚战中，黑人（受害者）何以把白人种族优越论内化的心理效果。作品中许多黑人人物相信美国白人所描述的黑人的劣性，相信他们由于具有非洲人特征因而就是丑陋的（the Breedloves），不惜抛弃自己的家庭而做白人的佣人（Mrs Breedlove），黑人男孩由于恨自己的黑皮肤而欺负黑皮肤的女孩（Pecola），他们甚至认为黑白混血儿（Maureen Peal）无论在哪方面都强似纯黑人女孩；在黑人女孩眼中，白皮肤、蓝眼睛是世界上最美的事物。小说表明，种族主义的内化导致了黑人的自恨，并把这种自恨投射到其他黑人身上，其结果，必然是整个黑人种族的自恨、自嘲和自灭，进而放弃自己的民族之根。

---

[4] 参见 V. S. 奈保尔：《我们的普世文明》，马维达等译，第603页。

第二编
翻译与世界文学

法侬的亲身经历也是说明这种"文化暴力"的最好例子。法侬（1925—1961）出生于法属安的列斯群岛中的马提尼克岛的一个黑人中产阶级家庭，与岛上甘蔗庄园里非洲奴隶的后裔一起长大，十几岁时就接触到殖民主义和种族主义的问题。他积极参与政治活动，曾参加过游击战，反对法国维希政府的支持者（法西斯主义者）。1943 年，自由法国的军队控制了马提尼克岛时，他自愿到欧洲战斗。战后，他留在法国接受教育，先后在巴黎和里昂当过精神分析医生。正是在这时，他发现尽管他尽心尽力地为法国服务，但周围的白人仍然没有改变对黑人的看法。在白人眼里，黑人仍然是低贱的、外来的、危险可怕的他者。他明白尽管他智力过人，受过高等教育，讲一口流利的法语，仍然不被看作白人、不被看作正当的人，而是野蛮民族的一员。于是，他放弃精神分析职业，开始从事写作，发表了两部传世之作《黑皮肤，白面具》（1952）和《地球上苦难的人们》（1963）。萨特曾为后一部书撰写了前言，这本书奠定了他作为20 世纪重要革命思想家的地位。作为马克思主义者，他认为第三世界的社会、经济和政治压迫归根结底是阶级问题。他认为，如果非洲的后殖民国家只满足于用非洲的黑人后殖民资产阶级代替白人殖民主义者，而不改变社会的基本阶级结构，结果仍然是灾难性的。

在分析非洲知识分子如何建立自己的民族身份时，他指出：当本土知识分子（被殖民知识分子）创造自己的文化产品时，没有意识到他所使用的技术和语言都是从外来者手中借来的；他希望给这些工具打上民族的印记，但却总是带有外来的（洋化的）味道。当

> 阅读何为：
> 文本·翻译·图像

本土知识分子通过文化途径回到民族怀抱的时候，他实际上像个外来者。他想用方言表达他要接近人民的意愿，但所表达的思想和所从事的事业却无法衡量他的族人所熟悉的真实环境。这就是后殖民状况下本土知识分子面对的困境：回到自己的人民中去就等于当一个"肮脏的外国佬"[5]，尽可能和本土人一样，却又得不到承认；因此，只能生活在一种既是本土人又是外来者、既接近又远离本土的状况，在思想、语言和整个文化上都表现为一种杂交的特点。在这种状况下，决定表现民族之真实状况的艺术家就必须自相矛盾地转向过去。他最终想要吸收的东西实际上是他已经丢弃的东西。他现在所拥有的是思想的外壳和尸体，一种不再变化的已死的知识。但这不是真正的艺术家或本土作家想要表现的。真实可靠的艺术品首先必须面对民族的现实。本土知识分子必须面对现实而不是过去，不是经历过的已然经验，而是要在现实沸腾的坩埚里描画未来的图景。对于后殖民知识分子来说，这个沸腾的现实就是"一个迷失的民族"（德勒兹语），就是作家自身的"被边缘化"，被自己的民族和被他者的民族视为"他者"，从而处于一种孤独的状态。

斯图亚特·霍尔在《谁需要身份？》一文中从精神分析学的角度分析了身份认同丰富的语义内涵。[6]他提出两个非常重要的意见。一

---

[5] 参见 Frantz Fanon, *The Wretched of the Earth*, Constance Farrington, trans. New York: Grove, 1963, p.221.

[6] 参见斯图亚特·霍尔等主编：《文化身份问题研究》，庞璃译，河南大学出版社，2010年，第1—21页。

是：身份认同是一种建构，一个未完成的过程，也就是说，身份认同总是在建构的过程之中。另一个是：身份认同必须建立在共同的起源或共享的特点这一认知基础之上，即与另一个人群、团体、理念或群体共享某些特征。这从根本上颠覆了上述殖民主义者和种族主义者通过"文化暴力"求得文化或种族认同的做法。作为一种建构，身份认同应该是一种运动，它趋于身份流动的动态而不是趋于身份固定的静态。在消亡之前，我们不可能只有一个不变的身份。身份永远是变化的。即使殖民者，即使白人，即使当权者，其身份终归要发生变化。同样，从一种身份向另一种身份的转变并不是强迫的，不是毫无基础的，而必须基于共享的历史、共享的情感、共享的存在。身份从来不是同一的或统一的，而是多元的或破碎的；身份从来不是处于一个不变的状态，而是处于一个持续变化的历史进程之中。族群或文化原有的"固定"特征在全球化进程中会发生变化，由这些特征决定的身份也将发生变化。换句话说，身份始终在生成过程之中。因此，按照霍尔的说法，我们不应该问"我们是谁？"或"我们从何来？"而应该问"我们将成为什么样的人？"或"我们是怎样表现自己的？如何在压力下表现自己的？"因此，身份认同不是"寻根"，而是与我们的"历程"达成妥协。而这种妥协源自叙述，即身份叙述。

但是，对身份的叙述并不总是自我叙述。也就是说，身份叙述包括自我叙述和被叙述，后者显然来自他者的叙述。这种叙述的原型并不是现代的殖民历史或当代的解殖历史，而是古代人孕育心中

阅读何为：
文本·翻译·图像

的对自由的一种渴求；不是荷马笔下奥德修斯摆脱神的桎梏或由神控制的人与人的征战而归家的渴求，而是索福克勒斯悲剧中人靠智慧摆脱神的秩序、靠技艺摆脱自然的束缚、进而靠人自身的意志抗争命运而趋向自由、共建人类共同体的一种渴求。如果我们把奥德修斯的归家视为"寻根"的话，那么，俄狄浦斯逃避神谕、用自己的力量战胜神谕、拯救了自己和忒拜城，但最终仍没有逃离神谕所规定的命运，这一悲剧进程就可以说是人要证明自我身份的一种尝试。如同黑人、少数族裔和被殖民者一样，俄狄浦斯的身份或命运首先是被叙述的、被设定的：他真正的身份是王子，国王的继承人；他的命运是注定要弑父娶母，与母亲生下丑陋的女儿，最后弄瞎自己的双眼，流落他乡。这是他被叙述的身份和命运。其中最具讽刺意味的是，只有在弄瞎双眼之后，他才看得最清楚，这是人的悲剧的真正所在。但是，俄狄浦斯的确可以避免王子的身份和弑父娶母的命运，即是说，他可以避免被叙述。他还因此进行了艰苦卓绝的自我叙述：重写自己的命运，重建自己的身份。这是他（作为人）达到自救的唯一出路，但终究没有逃脱悲剧命运的摆布。

俄狄浦斯的悲剧命运起因于他要逃避命运，逃避被神叙述的身份，而去追求他自己叙述的身份，实现自我认同，即他所认同的命运，与神的预言相反的命运。但这种逃避的起因是他相信了神谕。这决定了无论怎样抗争，他都无法摆脱神谕的控制。虽然他本可以远离命运的魔掌，即弑父娶母的厄运，但他由于没有克服人的弱点而又落入了命运的魔掌。这些弱点就是人的胆大妄为和权力欲。他战胜了斯芬克斯,不仅代表他战胜了神,也代表他从此将被人类的弱点所征服。他的胜利给他带来的是傲慢,人的傲慢,人在神面前表现的无知的傲慢。这傲慢继而使他杀死了亲生父亲,令他滋生了权力欲,当了忒拜国王。这傲慢导致了他的乱伦,致使他娶母为后,生下了神所预言的丑陋的孩子们。他离开科林斯去忒拜,并不是"寻根",而是寻找自我身份;但在寻找的过程中所建构的恰恰是命运为他规定的身份。这意味着他所要抛弃的身份、由神所叙述的身份始终没有离开过他,他始终被叙述;他由于人类自身的弱点,即傲慢、无知、愤怒和权力欲而重又陷入了这种身份认同。这从另一角度说明,如果人真要摆脱神而确立自己的身份,就必须首先拥有人自身的智慧,相信人自身的智慧,然后获得超乎于神、能智胜于神的智慧,同时克服人类的弱点,建造自己的自由秩序,才能真正确立自己的身份。

这从另一侧面说明,被殖民者、女性、少数族裔、黑人等被叙述者(被规训者)要想摆脱被塑造的身份而真正建构自己的身份,就必须首先争得叙述权(话语权),在叙述自我和叙述他者的过程中弄清楚继而祛除致使他们成为被殖民者、女性、少数族裔或黑人的那些弱点,尤其是被内化的那些叙述范式,从被叙述而转入自我叙述,进而叙述他者,才有希望确立真正属于自己的文化身份,进而获得自由。如果说,俄狄浦斯并不是由于丧失了某种身份,而是由于躲避某种身份而去寻找和建构新的身份的话,那么,被殖民者、女性、少数族裔、黑人等就是由于丧失了某种身份而想要"恢复"

它，从"现在的真正的我们"变回到"过去的真正的我们"。对黑人来说，"过去的真正的我们"是非洲；对加勒比海人来说，是现代性之前的加勒比海地区；对女性来说，则是刚刚出生时的那种天赋性别，也即作为人的生存权利。这意味着身份，尤其是文化身份，有源头，有历史，存在于过去之中。但这个过去是可以物质地回归的吗？即使黑人能够像奈保尔那样三度回到印度，但所回归的印度/原始非洲真的会是他（们）所期待回归的印度/原始非洲吗？他们本身会不会像法侬所描述的后殖民知识分子一样，感到彷徨无措呢？如前所述，身份是变化的、动态的，并非永恒地固定在某一不变的过去，而始终在历史、权力和文化的游戏中脱离本质化的过去，而趋向于新的非本质化的现在和未来。在这个意义上，身份不过是我们在文化历史的游戏中占据但又不断变换的一个位置。就个体而言，俄狄浦斯在追逐权力的游戏中也在不断地变换位置，即变换身份：由王子而为英雄，由英雄而为王；由弑父而为父，由娶母而为夫和为父；最后由于傲慢、无知、愤怒和权力欲等一切人类弱点而成为盲目者。在建构这些身份的过程中，他始终未变的一个本质身份，如果有的话，就是"人"。

俄狄浦斯的悲剧也许从人的角度有助于我们理解"殖民经验"或"黑人经历"那些被定位、被叙述的痛苦而令人难忘的性质。法侬担心的被后殖民知识分子内化的殖民意识其实就是赛义德所说的被西方主导话语建构的"东方学"，或者是福柯所说的主导"权力/知识"构建的一个权力关系网络。在这个网络中，主体被迫将自身视作或体验为他者，或被叙述为他者。这种他者叙述反倒使被叙述者意识到文化身份根本就不是固定的本质，而是由神话、故事、记忆甚至幻想建构的，因此它没有固定的源头，不是一成不变的；所谓"实际的过去"充其量不过是文化话语所叙述的一个认同时刻，无数的历史断裂中一个被缝合的时刻，因此也是主体在与他者的差异性游离中被定位的一个时刻。我们无法把自己固定在某一不变的本源，因为那个本源本来就是建构的，在历史的发展中那个本源总是被切断，因此离我们自己的现实越来越远。在这个意义上，身份认同总是服务于当下的。

身份认同的这种当下性或非历史性标志着它的不稳定性、差异性和多元性。斯图亚特·霍尔在谈到加勒比海黑人的身份时，说它是"由两个同时发生作用的轴心或向量'构架'的：一个是相似性和连续性的向量，另一个是差异和断裂的向量"[7]。第一个向量显然指主体与过去的联系，本源的根基、过去的踪迹、历史的记忆、均在其中。这些并不是所有民族所共有的，因为不同的民族有自己各自的历史。但是，就被殖民的经验来说，被殖民者所共有的是其历史的断裂和缝合：他们被殖民的经验是相同的，他们的解放斗争是相同的，他们的最终独立和胜利也是相同的。对黑人来说，非洲是他们共同的本源，但为欧洲提供奴隶的却不仅仅是黑色的非洲，还有黄色的亚洲、红色的美洲，甚至白色的拉丁美洲。这些民族共同的

---

[7] 参见斯图亚特·霍尔：《文化身份与族裔散居》，见罗钢等主编《文化研究读本》，中国社会科学出版社，2000年，第213页。

被奴役的经历构成了他们作为奴隶的身份。正是这种统一的身份使他们跨越了民族界限，消除了民族差异，并通过废除奴隶制的伟大斗争而统一起来，切断了与过去的联系，甚至切断了与本源的联系。但是，这些共同点无法也不能掩盖奴隶/黑人作为一种身份的差异性，不能掩盖他们以不同方式协商的经济、政治和文化差异，这些差异不可避免地刻写在他们作为奴隶/黑人的文化身份之中。

霍尔用三种"在场"阐述了这种差异观。这三种在场是：非洲的在场、欧洲的在场和美洲的在场。"非洲的在场"显然指加勒比海地区黑人/奴隶的过去，是"在奴隶制社会里不能得到直接再现的能指，过去是，现在仍然是加勒比海文化中未被言说的、不可言说的'在场'"。如同在美国尤其是美国南方的黑人社区里一样，非洲的符号通常以音乐、节奏和劳动体现出来；而在当代，艺术、文学乃至经济和政治地位也常常是以非洲的精神、文化和政治隐喻为基础而成为当代黑人的能指的，并体现为作为"本源"的非洲的符号。这就是说，非洲的在场恰恰是以古老非洲、作为本源的非洲的缺场为代价的。向古老非洲的回归是不可能的，但它仍然具有"想象和比喻的价值"（赛义德语），仍然可以作为"一个想象的共同体"（安德森语）而存在，并通过政治、记忆和欲望来重述之。[8]

"欧洲的在场"涉及权力和权力关系问题。在殖民主义和帝国主义历史中，欧洲无疑代表权力，在殖民和帝国的权力游戏中担当主

---

[8] 参见斯图亚特·霍尔：《文化身份与族裔散居》，见罗钢等主编《文化研究读本》，第229页。

导角色，因此是规定殖民话语，帝国话语，甚至文学、艺术、旅游、电影等媒体话语的制定者。它采用的手段是暴力、侵略和占领，它是加勒比海地区黑人的他者，因此，在黑人对欧洲殖民者的抵抗、拒绝和承认的对话中，它始终存在，无时不与黑人的音乐、戏剧、舞蹈、日常生活和宗教信仰交叉和交融，其影响是不可颠覆的，其对黑人的内化教育是不可逆转的，因此对"新黑人"的身份构成起到了不可估量的作用。换句话说，"欧洲的在场"使加勒比海地区的黑人种族走上了一条不归路，除非通过"想象的地理和历史"，否则便不可能回归原始非洲的身份。

"美洲的在场"对于加勒比海地区的黑人来说就如同对于美国的黑人社群一样，这是一个多种文化交汇的地方，是人口聚集、但又极少有属于原住民的多民族散居地，是多样性、混杂性和差异性的始源，是各种文化混合、同化和汇通之地。这里是迁徙的能指，是移民的能指，是西方与非洲（以及其他文化）灾难性的、致命的遭遇以及连续不断的置换发生的地方。我们在此使用的一系列词汇（交汇、聚集、散居、多样、混杂、差异、汇通、迁徙、移民、遭遇和置换）说明"非洲的在场"和"欧洲的在场"在这种奇特的置换叙事中，经过切拌、混煮和调味的烹饪过程，已经被消解了。用霍尔引用莫塞尔的话说："这种杂交倾向的颠覆力量在语言自身的层面上表现得最明显，在这个层面上，混合语、方言和黑人英语，通过战略变音、重新规定重音和在语义、句法和词汇符码方面的其他述行步骤，对'英语'——民族语言的宏大话语——的语言控制加以解中心、非稳定化和狂欢化。"[9] 这种解中心、非稳定化和狂欢化正是进行"想象的地理和历史"建构进而重拾"丢失的源头"的必要基础。

这里所说的对民族语言或宏大话语的语言控制加以解中心，使其非稳定化和狂欢化，并非确指巴赫金提出的语言之复调性，而指的是德勒兹后来据巴赫金理论发展而来的少数族裔语言对主导语言的解构。这对于解殖运动和黑人民权运动以及妇女的解放斗争具有重大意义，因此，对于个体身份的构成也十分重要。对于个体而言，这种由杂语或多语现象造成的是一种新的言语行为，一个阐述空间，一个协商空间。之所以是协商，是因为这个空间拒绝对抗性的二元表达，不寻求以辨证的关系使霸权妥协，而是要调动其中积极的因素，更多地叙述少数族裔文化的未来，同时追思它的过去。在这种情况下，由霸权阶层所代表的主导话语仅仅以他者的身份出现。这个他者只代表语言和能指所处的场所，是主体赖以建构自身、生产自身的结构，也是语言和社会关系的差异性结构。他者是针对主体而言的，针对"我"而言的。任何一种主体的建构，任何一种主体间性的形成，任何一种身份建构的行为，都不能不涉及他者，都不能不借助他者，没有他者，主体建构就是不可能的，就不可能有主体。因此，当你说"我是犹太人"或"我是中国人"时，你是在设定一个他者，面对一个他者。如果他也是一个犹太人、一个中国人，那么，你是他者，他也是他者。这两个他者对于双方而言表示相互确立说

---

[9] 参见斯图亚特·霍尔：《文化身份与族裔散居》，见罗钢等主编《文化研究读本》，第222页。

话主体所必然指称的语言的场所,也就是意义流通的场所,任何一个语言单位的意义都必须靠另一个语言单位的指涉来确定。因此自我和他者在语言的建构中是不可分离的。

那么,如果我们回到本文开头提出的"身份"问题时,情形又是怎样的呢?当我说"我"的时候,我显然是在假定一个身份,内在于我的主体性之中的一个基本身份,一个区别于你、区别于他的独立的身份。但是,当我说"我"的时候,当我问"我是谁?"的时候,必然会有一个"你"或一个"他"的存在。即便是一个完全封闭的、孤独中的我在自言自语地提出这个问题时,我也在设定一个他者,一个可能给予回答的他者,一个与我共存、但又不是一体的他者。这就是中国古代的嫘母在野山坡上发现第一面镜子并照见自己的脸时所提出的问题,或者西方的那喀索斯在水中见到自己倒影时所提出的问题,也是拉康所提到的6—18个月的儿童在镜子中看到自己影像时(如果可能)提出的问题。对于西苏来说,他们所看到的脸或影像是一个复杂的场所。这场所/脸"镌刻着所有的神秘:我站在它面前,感觉到远处那个没有界限的地方,但我无法进入。那表情诱惑着我,但也拒绝我……有种急于寻求归属的愿望。我就是那种愿望。我就是那个问题。这个问题有着奇怪的命运:寻找、追求着答案,这个答案可以安抚但又可以毁灭它。"[10] 或许西苏想要做的是通过那张脸知道"我是谁?"通过那张脸认识"我"自己,找到"我"的

---

[10] 参见郭乙瑶:《性别差异的诗意书写:埃莱娜·西苏理论研究》,北京师范大学出版社,2013年,第219页。

归属，进而揭示那张脸掩盖其后的一切神秘。于是，那张脸也就成了一切叙述的源头。

西苏接着说："我崇拜脸。这微笑。我白天与夜晚的表情。这微笑使我敬畏，让我陶醉，也令我恐惧。面部的颤动决定了世界的建构、辉煌和毁灭。这张脸不是一个隐喻。脸、空间、结构。由所有的脸所构成的描述给予了我生命，组成了我的生活。我阅读脸。我看见它、思考它，直至忘我的境地。这张脸到底有多少副脸孔？不止一副。三副、四副，但只有那唯一的一副总是具有一个含义。"[11] 这张脸凝聚着白天与黑夜的表情，凝聚着崇拜和微笑，敬畏和恐惧，辉煌和毁灭，因此它是矛盾的，复杂的，也是多元的。它不仅仅是张脸，还是一个空间，一个结构，一个生活世界，因此是值得花费毕生精力去阅读、思考、最终领悟其内在含义的。

然而，这张脸绝不是身体的一个部位，不是一个隐喻，也并不具有列维纳斯所说的作为面孔的象征意义。脸是一个场所，是自我与他者得以共存的地方。抑或就是他者本身。脸体现的是我与他者的一种辩证关系。在这种关系中，我与他者在相互共存中消解自己。这是哲学的任务，思考的任务，甚或是耽于冥想的宗教的任务。在思考中，主体是针对他者的，是属于他者的主体。在思考中，主体立足于自我而化简他者的他性，并在这种化简中挪用他性，同时也成为他性的载体。这里没有单一的认同，也没有单一的他性。这不

---

[11] 参见郭乙瑶：《性别差异的诗意书写：埃莱娜·西苏理论研究》，第220页。

是两个对立而最终一个被另一个吞并的小岛,而是由无数岛屿构成的群岛,仿佛加勒比海地区,仿佛美洲,仿佛任何一个多元文化社区。这里的话语关系或权力关系也不是单向的,而是双向的,包括包容和排除、吸引和拒斥、接受和拒绝。西苏就是要在这样一个复杂多元的空间里进行一种新的叙述,建立一个新的秩序,一个"女性书写"的王国。这种"女性书写"不以谋杀作为他者的男性为目的,而是要书写他者,书写曾经被男性经济压抑的他者,书写男性他者所展现的差异,并在这个过程中消解男性与女性之间的差异。[12]

把男性作为他者,叙述男性他者所体现的差异,这是因为在西方主导话语中,妇女常常被置于他者的位置上,即对立于男性中心主体的边缘位置。在这个位置上,女性的话语表现常常是多样的。弗里德曼在谈到"女性社会身份疆界"时,总结出六种话语表现形式。[13]

第一种称作"多重压迫论"或"双重苦难论"。这里的"双重"主要指黑人女性、被殖民女性或少数族裔女性等遭受的双重压迫。作为黑人,黑人女性受到白人的压迫;作为女性,黑人女性又受到男性的压迫,包括黑人男性,因此是双重的或多重的。这种身份描述把重点放在压迫上,因此涉及种族、阶级、宗教、性别、族裔、身体、心智等方面。第二种是"多重主体位置论"。这是派生于"多重压迫论"的一种话语表现形式。它强调自我不是单一的,而是复合

---

[12] 参见郭乙瑶:《性别差异的诗意书写:埃莱娜·西苏理论研究》,第205—227页。
[13] 参见苏珊·斯坦福·弗里德曼:《超越女作家批评和女性文学批评》,见《西方女性主义文学文化译文集》,马元曦等译,广西师范大学出版社,2008年,第82—100页。

的，因此也在社会中占据多个位置。其中每一个位置都与其他位置相交叉或接触，因此其重点不是压迫，而是众多差异。这些差异构成的是一个变化的系统，其中涉及的范畴包括有色人种女性、白人女性、华裔女性、同性恋女性、中产阶级女性、社会底层女性、第三世界女性等。第三种是派生于第二种的话语表现形式，称作"主体矛盾位置论"。指女性的主体性构成是复杂的，甚至是矛盾的，说明一个女人在受到社会性别压迫的同时，也能够从种族、民族、族裔、阶级、宗教、性别等方面获得益处，成为强者，而一个男性可能占据性别优势，但在其他方面可能处于劣势。第四种是"社会关系论"。这种理论强调人的社会身份取决于社会关系。在这种社会关系中，社会身份的任何一个坐标轴都必须与其他坐标轴联系起来，如生理性别与种族的联系，种族与性取向的联系，性取向与职业的联系，等等。这些联系导致了社会身份之主要参照系的变化，进而影响了整个社会身份变化的轨迹，因此最终对所谓固定的身份，如男性和女性，白人和黑人，异性恋和同性恋等提出了质疑。第五种是"社会地位情境论"。这种理论也强调社会身份不是固定不变的，认为社会身份在从一个位置转向另一个位置时可以发生变化。也就是说，社会情境决定人的社会身份。当身处某一特定情境时，一个人的身份可能由于生理性别、阶级、宗教信仰等而特别重要，但在另一个情境里，他的身份就可能完全不重要了。第六种是"主体的异体合并与杂交"。这种理论产生于少数族裔、后殖民主义和移民问题的研究，强调地理迁徙造成的文化移植。这种迁徙或文化移植把重点放在人及其所携带的文化从一地到另一地的空间流动上,这种流动促成了不同文化的亲密交流,因而使身份成为不同文化嫁接的产物。

所有这六种理论都涉及一个共同的问题,即其核心轴都是权力的问题,有权和无权的问题。这意味着决定人的社会身份或任何一种身份的是权力关系。这种权力关系并不仅仅指白人对黑人、殖民者对被殖民者、男性对女性的权威,而且指散落于社会生活各个角落的权力关系,如家庭内部、团体内部、民族内部等等。这是因为一个人的思想感情可以是个人的,具有强烈的个性,但身份政治是"建立在一个群体的需要和权利的肯定之上,这些需要和权利是依据……性别、阶级和性征来决定的。这种肯定的核心是建构与社会群体的同一感。"[14] 这再次说明,个人的身份取决于社会群体的价值,取决于与社会群体价值的认同,任何个人的需要和利益都必须服从于群体的需要和利益。因此,尽管有欲望这种个人的内在心理驱动力,但决定身份的还是外在力量,即个人所处社会的权力关系网络。社会群体价值的改变决定社会成员身份的改变。

女性社会身份的六种话语表现形式再次证明了身份的流动性、可变性和差异性。身份不是固定不变的;一个人也并不只有一种身份。而一种身份与另一种身份之间都是不同的。在最普通的情况下,身份只是指某一时间内或空间内的"自我",也即当下的场所。我们都生活在当下,我们都生活在某个场所之中。这个当下场所中的"身

---

[14] 参见于连·沃尔夫莱:《批评关键词:文学与文化理论》,陈永国译,北京大学出版社,2015年,第123页。

阅读何为：
文本·翻译·图像

份政治"所要解决的是"身份危机"。身份危机是自然而然的、随时都可以发生的、经常是出乎意料的。一个生活在温馨家庭里的孩子，有一天突然发现他无比热爱的父母却不是亲生的；或者，像《少年神探狄仁杰》中的杜静秋（杜明义之女），突然发现比亲爹还爱她的义父竟然是杀害她亲生父亲的凶手，比亲妈还爱她的奶妈竟然是杀害她亲生母亲的凶手，这样的身份危机当然会令她不知道自己是谁了，甚至不知道怎样活下去了。俄狄浦斯逃避身份是出于一种身份危机；奈保尔三次印度之行是出于一种身份危机；汤婷婷的小说创作也是出于一种身份危机。在某种意义上，文学艺术的创作本身，无论是出于某种内在欲望的驱使，还是受某种外在力量的胁迫，但归根结底都是由于某种身份危机。上述三个例子说明身份危机的出现可能会导致悲剧的诞生，如俄狄浦斯；但也可能是人生的转折点，也即由生产力的"匮乏"转向生产力的"丰饶"，进而取得更大的成功，如奈保尔和汤婷婷。这种身份危机可以是个人的，也可以是群体的；可以是身体的，也可以是心理的；可以是人类社会的，也可以是宇宙自然的。因此，身份危机是文学艺术乃至哲学思考的恒定主题。从果戈理笔下的狂人，到阿西斯的精神病医生，从卡夫卡形变的甲虫，到博尔赫斯虚构的但却极具现实意义的"宇宙"，无不充分体现了人在不同世界中感受到的身份危机。

身份危机是进行身份建构或重建身份的唯一原因。但身份建构或重建是一个长期的过程，因此也是流动的、可变的过程。但这并不说明身份并没有稳定性。一个人的身份并不每天都发生巨大的实质性的变化,而只是处于一种缓慢的变化过程之中,这个缓慢的变化表明身份建构的自律性,这就是身份的叙事。身份叙事是由不断重复的、可识别的记号和踪迹构成的,这些记号和踪迹表明身份的属性,如肤色、社会地位、阶级、性别、性征、年代等。它们加在一起构成了衡量身份的标尺,即衡量你是否属于某个政党,属于某个民族,属于某个社团的标尺。"身份在人类行为中起着决定性作用:人从某一特定的位置开始,根据某种世界观或价值观,依据某些特殊的标准来阐释数据——所有这些都深嵌于身份之中。同时,身份从来不是'完整的':它总是在建构中。说得再清楚一点,身份不是一个客体,而是一个过程。此外,这个过程不是平稳的——危机或过渡时期通常是特别强调的身份建构时期……身份是(一种)再现,而身份的再现,无论是对个体还是对别人,实际上都是身份自身的建构。"[15]

这里所说的"再现"指的是某种形式的再现。"再现"(representation)这个词在现代和后现代文化批评中有其特殊的意义。从原意上说,它指对过去事物的重新表现,或过去发生过的事件的再次发生,因此常常指过去的重现。但重现的方式却千变万化。梦是一种重现。文学艺术是一种重现。某些事物的差异性重复也是一种重现。就身份政治或身份认同而言,所谓身份的再现不必非得是物质的,看得见的,可以识别的。主体的价值观和信仰,他的文化和教育背景,他对社

---

[15] 参见于连·沃尔夫莱:《批评关键词:文学与文化理论》,陈永国译,第126页。

会和自然的认识,都不是物质的,而是精神上往往难以识别的因素。不管你建构什么身份,性身份、民族身份、文化身份、历史身份、政治身份等,在建构的过程中,这些精神上和心理上长期积蓄而又不断变化的东西,都必然起着重要的作用,而且在建构不同身份的过程中不断重复。但这种重复不是完全重合的重复,而是差异性重复,即每一次重复都与其他重复有所区别,有所不同,因此使得每一次的身份认同不同于前一次。那么,这些精神因素靠什么表现出来,从而成为可以识别身份的标记的呢?靠的就是这里所说的再现。

再现,在这个意义上,就是以可见的形式进行叙述。这种叙述说到底是重建历史、重现本源的一种行为。这种叙述就是以不同方式讲故事。但每一次叙述,每一种方式,讲的故事都有所不同,都有多元异质因素的参与,都有虚构的讲述和阐释的讲述,都有渊博的知识和用以判明是非的真知,因此,叙述总是参与阅读的行为。这就是前面所说的建构的基本内涵,而这个内涵也就是"身份政治"这个术语中所谓"政治"的基本内容。这等于在叙述与政治之间画了等号。何以如此呢?"身份政治"最初是围绕性、性别、种族、民族的本源和权利问题发展起来的运动,后来与女性主义、后殖民主义、少数族裔等斗争结合起来,准确说是在理论上为后者所利用,其基本口号是"个人的就是政治的";其基本表达方式是"生成政治"。因此,理论家们把身份政治或与身份认同相关的一切问题都归结为后现代政治。

后现代政治的两大轴心是同一性和差异性。同一性政治试图通过信仰和斗争来确立政治与文化的认同；差异性政治试图围绕种族、性别、性征（性取向）等被现行政治所忽视或压制的范畴来建立新的团体，进而求得解放。概言之，同一性和差异性二者的结合界定了当代身份政治的总体。总体来说，是通过叙述发现和重新发现已经有过的身份；通过认同对个体的多重身份进行解构和建构，进而抵抗和削弱作为主导的权力及其权力关系，尤其是消解维护权力关系的那些神话意识。由于这种身份政治与个体的生活关系密切，因此也被称作"生活政治"，以解决我们在后传统秩序中"应该怎样生活"的问题。[16] 大体上说，所谓"后传统秩序"是随全球化的全面到来导致的传统情境的撤离；它可能意味着现代性的终结，因此也意味着新的开端；它在社会秩序上是一个全球社会，但并不是空间界限清晰的世界秩序；在这个社会秩序中，社会纽带不是继承的，而是被制造出来的；在权力关系上，它是无中心的，但也产生新型的依赖关系。因此，在传统不复存在但又十分重要的新的社会秩序中，以认同为核心的身份政治便显得尤其重要，涉及我们的日常生活。[17] 尽管照我看来，我们目前所生活的仍然是世界秩序（民族国家的并存）与后传统秩序（以网络世界或虚拟世界为明显标志）并存的一个世界。

但是，在这个"后传统社会"里，本质主义的社会身份，即自然

---

[16] 参见吉登斯：《现代性与自我认同：现代晚期的自我与社会》，赵旭芳等译，生活·读书·新知三联书店，1998年。

[17] 参见张静：《身份：公民权利的社会配置与认同》，载《光明日报》2009年10月27日。

拥有的、根据个人意志和理性而生成的身份，已经不存在了。就个体而言，古典哲学中的"自然人"，内在的、统一的、确定的、整体的、有边界的、可清晰识别的身份也不会存在了。就集体而言，现代政治以群体方式进行斗争、寻求解放、或改变现存制度、以获得个体人的尊严的斗争已经不适合新的政治情境，因此也不会从群体认同的角度来看待人的社会身份。也就是说，不从同一性的角度，而从差异性的角度来看待这个问题。这就是所谓建构主义的观点。建构主义认为，人的社会身份是社会建构的；男人之所以是男人，女人之所以是女人，是因为社会用一套知识教化机制和权力惩罚机制强行建构的。这就是波伏娃所说"女人不是天生的，而是后天制造的"的基本意思。

有些理论家把本质主义和建构主义对立起来，认为二者针锋相对。其实这种看法本身就是本质主义的，如美国一些女性主义者批评朱迪斯·巴特勒缺乏物质性一样，即认为巴特勒的女性主义、性别研究和文化批判没有对阶级斗争、女权斗争，乃至争取同性恋权益的斗争产生具体有效的影响，没有物质的、可见的效益。一句话，脱离现实斗争。从后现代的建构主义观点来看，受萨特、福柯、德里达、拉康和德勒兹等法国后结构主义哲学家影响的几代理论家和批评家，所从事的是一种新的人文教育，所用的是一种新的描述或叙述方式，但在身份问题上，讨论的核心问题仍然是主体和主体性，只不过传统的本质主义从现代视角出发，关注身份如何形成，如何寻找，并如何稳固下来；而建构主义则恰恰要避免这种确定化或固定性,其重点是要给主体提供更多的选择,看到身份的多样性和多元构成,以及身份的建构性而非天赋性。[18] 究其实,他们不过是在不同境遇下以不同方式追问一个相同的问题,即"我是谁?""我们是谁?"

在这个意义上,一切理论,一切批评,一切文学,其实都离不开身份的问题,包括身份危机、身份认同、身份建构以及关于身份的叙述。而如果说身份本身就是与社会、文化、民族、种族等重大问题不可分割,与人的精神生活和物质生活不可分割,简单说,与人性不可分割,因此本身就具有政治性,那么,与人的身份密切相关的文学及一切人文科学,便也就都具有政治性了。从这个意义上说,"身份政治"这个提法并非现代和后现代社会的一个发明,而实则自古有之。即是说,既然人是政治动物,那么,描写人的文学便必然是政治的了。

---

[18] 参见张静:《身份:公民权利的社会配置与认同》,载《光明日报》2009年10月27日。

第三编

阅读文艺批评

09
爱默生与惠特曼时代的艺术与表现

如果说从14世纪到16世纪的欧洲文艺复兴"再生"了在古希腊罗马时代高度繁荣,但在漫长的中世纪陷入了"黑暗"的古典文学和艺术,并由此振兴了近现代的科学和艺术革命,那么,19世纪中叶美国的"文艺复兴"就不怎么名副其实。这是因为在"复兴"的严格意义上,此时美国的思想文化非但没有从过往存在的价值中"再生"什么,反倒证明了从美国大革命之后就一直实验着的民主文化和浪漫主义文学的成功,是"美国整个艺术和文化业已成熟并证实其合法遗产"的标志;而所谓"再生"不过是这一时期活跃在新英格兰的作家群的自己的判断。[1] 在约翰·德林瓦特的《世界文学史》中,这个作家群被归为具有或不具有清教精神的"新英格兰作家",在沃侬·路易·帕灵

---

[1] F. O. Matthiessen, *American Renaissance: Art and Expression in the Age of Emerson and Whitman*, London, Oxford, New York: Oxford University Press, 1941, p.iii.

阅读何为：
文本·翻译·图像

顿的《美国思想史》中，他们都被归结在"超验主义"或"新英格兰精神"的内容下，而在罗伯特·斯皮勒的《美国文学的周期》中，他们都属于"第一边疆"，同时又标志着美国历史上的"一个时代"。由于他们的出现，美国文学活动的中心从纽约转移到波士顿或波士顿附近的小镇康科德，即超验主义的实验基地，美国的浪漫主义也随之成为"一种成熟的思想和感情体系"而深深扎根于美国大地。[2]

《美国的文艺复兴》（以下简称《复兴》）既是一部文学史，也是一部文化和思想断代史。在《批评家与社会：1900—1950》一文中，莫里斯·迪克斯坦称《复兴》运用"神话的、心理学的、语言的和社会的分析方法"分析了五位重要的经典作家——爱默生、梭罗、霍桑、麦尔维尔和惠特曼，"极大地推动了美国文学的学院派研究"，其影响不是政治的，而是教育的。按迪克斯坦的说法，"以前的批评家没有一个像马蒂厄森那样进行细致的分析解读"，但他的取向并不完全是形式的，而包含了文化史、政治分析、传记批评以及文学与绘画的比较研究，把"新批评"的文本细读演化为一种历史的和文化的批评。然而，他同时也由于过于重视文本细节的分析，如"爱默生句子段落的结构，梭罗或麦尔维尔的意象，惠特曼的措辞，霍桑的悲剧观和虚构的结构"，而把砝码放在了文学的一边，因此背离了他所帮助创建的另一相关学科——美国学——的初衷，即便他给了美国学一种批评方法，但也同样使这门学科"脱离了履行文化使命的正

---

[2] F. O. Matthiessen, *American Renaissance: Art and Expression in the Age of Emerson and Whitman*, London, Oxford, New York: Oxford University Press, 1941, p.38.

常轨道",这就是"聚焦于单一文化的各种复杂性,克服文学与历史、文学与政治、文学与其他艺术之间越来越宽的鸿沟"[3]。

实际上,作者本人已经在"方法与规模"的介绍中指出研究的重点是"文学的功能和性质",以及这五位作家"把理论应用于实践的程度",[4] 如爱默生、梭罗和惠特曼注重语言和表现,而霍桑和麦尔维尔则凸显其创作的意图。在方法上,是既要依据作家作品自己的时代,同时又要"依照我们自己的发展中的文学概念",这意味着要对他们进行过往时代与当今时代的双重审视。所谓"过往时代"指的是派里·米勒的《新英格兰精神》和格兰维尔·希克斯的《伟大的传统:内战以来的美国文学的阐释》这两部书所涉及的时代,爱默生在1854年将其誉为"斯维登堡时代",那是"灵魂自主"的主观哲学盛行的时代;马蒂厄森把这个时代称作"傅立叶时代",那是傅立叶的空想社会主义,以及各种激进的社会改良运动得以发生的时代。所谓"当今时代"当然指爱默生和麦尔维尔自己的时代,也是霍桑和惠特曼的时代,其"公分母"是"民主的可能性"。这是一个新时代。它标志着美国农业经济的结束,工业剥削的兴起,以及18世纪自由精神的最后搏击,预示了即将到来的"镀金时代"[5]。

---

[3]　参见 A. Walton Litz, Louis Menand and Lawrence Rainey, eds., *The Cambridge History of Literary Criticism, Vol. VII, Modernism and the New Criticism,* Cambridge University Press, 2000.

[4]　F. O. Matthiessen, *American Renaissance: Art and Expression in the Age of Emerson and Whitman*, p.vii.

[5]　Ibid., p.ix.

阅读何为：
文本·翻译·图像

这个旧的自由传统是帕灵顿所关注的，他讨论父辈们之所思和所想。马蒂厄森恰好相反，他关注这五位作家本身，即他们对文学自身的理解和实践。虽然他赞赏帕灵顿对这个自由传统的精辟分析，但也认为这位历史学家及其追随者们"仅仅是出于研究的目的而利用艺术"，"文学反映时代，也照亮自身"。[6] 无论过去还是现在，普通读者都有自己的生活，因此，文学也照亮普通人的生活："先读最好的书，否则你就可能没有机会读了"（梭罗）。"好书"指的是"艺术的历史"和"杰作的历史"，不是"败笔和平庸之作"（庞德）。"好书"内嵌微妙的生活原则，需要直接经验才能获得，而对作品的直接经验就是对单个作家作品的细读和慎思，继而将其相互关联起来。因此，本书的目的就是"追溯作品的含义，视其为作家才能的极致发挥，据其相互关系以及此后的文学潮流加以评估，并尽可能地根据伟大艺术的恒定标准加以评价"[7]。

《复兴》全书共分四部：第一部，"从爱默生到梭罗"；第二部，霍桑；第三部，麦尔维尔；第四部，惠特曼。如此的安排表面看来是按年代顺序（最年长者爱默生生于1803年，最年轻者惠特曼生于1819年）。但爱默生作为超验主义者之"教父"和"让他人吮吸奶水的母牛"（爱默生眼中的歌德），其"智囊"的地位是毋庸置疑的。"爱默生的表现论是梭罗所建构的，惠特曼所延展的，霍桑和麦尔维

---

[6] F. O. Matthiessen, *American Renaissance: Art and Expression in the Age of Emerson and Whitman*, pp.ix、x.

[7] Ibid., p.xi.

尔由于被迫反叛其哲学前提而深深负债的。"[8] 有学者认为，把浪漫主义想象的抽象观念与 19 世纪中叶美国生活的现实统一起来的，正是爱默生。但是，这五位作家的相互关系是水乳交融的，其主题也是循环复现的。主要有：个体与社会的关系；善恶的本性；词与物的统一；对视觉观看的强调；诗人与先知的认同；表象与表象所遮蔽事物的融合；以及艺术与社群、劳动与文化之间的有机结合。所有这些主题都是服务于美国民主的，也就是说，这五位作家都为民主而写，但却是在双重意义上"充分发挥大革命释放出来的潜力，提供与美国政治机会相称的一种文化"[9]。

爱默生

在马蒂厄森眼里，爱默生是最难"相见"的一个，主要是由于其"从对立面陈述事物的顽固不化的习惯"[10]。这可以追溯到在思想的两极之间筑起桥梁的柏拉图，爱默生称这些两极为"双重意识"，包括事实与抽象、多与一、社会与独处。其次是康德对理性与理解的区分；"超灵"在当今时代已无法读懂，而理解则是他专注的纯粹的表象。他反对 18 世纪的形式逻辑，却又不能原谅没有逻辑的人。虽然爱默生"同柏拉图同一个鼻孔出气"（约翰·杜威），但他的哲学却是

---

[8] F. O. Matthiessen, *American Renaissance: Art and Expression in the Age of Emerson and Whitman*, p.xii.

[9] Ibid., pp.xiv–xv.

[10] Ibid., p.3.

民主的哲学，其理性与理解的分裂使得洛威尔称他为"普洛提诺-蒙田"。但他的民主是理想主义的，因为金钱如果用得合法有效也会与玫瑰一样美，而资产则是记录劳动、智慧和美德的账簿。如此单纯的经济思想令老亨利·詹姆斯羡慕，称他为"我的未堕落的朋友"。在文学上，小亨利·詹姆斯几乎与马修·阿诺德不谋同辞：爱默生不是大诗人，不是散文家，也不是大哲学家，他只是具有这些气质的人的朋友和协助者。他唯一能做并做到了的，用马蒂厄森的话说，就是"最具挑战性地追求一种形式以表达他最深切的信念，同时也使他进入了与社会的生命交流"[11]。

然而，爱默生在艺术上注重的却是内容而非形式，那正是他所处时代的一种精神，即独处之人（private man）的无限性。"独处"或许不是 private 一词的准确翻译，但也能表明这是远离人群或公共场所的人；他大可不必身处深山幽谷，但他的精神是内向的。这是一种新的意识，反思性的、智识性的意识。国家为个体而存在，为个体的安全和教育而存在。个体就是世界。这是托克维尔在爱默生开始写作之前就承认的一种新观念，也就是爱默生所说的在革命的时代里人们向意识的回归，而这个时代所最需要的是反思性诗人。这种反思性或许就是美国超验主义的基础，它的背后是英国浪漫派诗人柯勒律治，而柯勒律治的源头则又可追溯到谢林。由此我们看到的是英美浪漫主义文学的宗谱，其基本理念是"人性的每一个体

---

[11] F. O. Matthiessen, *American Renaissance: Art and Expression in the Age of Emerson and Whitman*, p.5.

之中都包含着全体",也即个体的人通过直觉而在自身之内包含着经验的全体。知识的全部确定性取决于每一个人都拥有的直观、原始直觉或对直觉的绝对肯定。这与始于谢林的美学观是分不开的,即个人的品格完善与民族的命运息息相关。爱默生相信,有一种精神,只有一种精神,一种合理的主体性,那就是,存在于任何个体之中的全部能力和特性也存在于全体之中。这可以驱散浪漫主义用以弥漫自我的迷雾,因为"伟大之人总能把我们引向事实,而渺小之人总把我们引向他们自身"[12]。精神的这种整一性具体体现为他对直觉的神秘接受,他何以感到与贵格会派的内在之光心心相印,又何以在知识生涯之初专注于一神论和超验主义。对内心生活意义的这种寻求影响了霍桑,经由霍桑又传给了小亨利·詹姆斯和普鲁斯特,而在诗歌这条线上,则经由爱伦·坡传给了法国象征派以及稍后的艾略特。

潜藏于内心的内容固然需要一种表现形式。21岁生日刚过,爱默生就做出决定,自告奋勇继承家庭传统,献身教会。但通过几年的阅读和布道经历,他逐渐感觉到与其对诗歌之美的喜爱和丰富的想象力相比,自己的理性思维似乎较弱,写不出"巴特勒式的类比"。在此后的阅读中,他愈加为所罗门的箴言、蒙田和培根的散文所吸引,而基督教教义则演化成了对新柏拉图主义的热爱,继而是17世纪的玄学诗人、伯克利、斯维登堡和柯勒律治,再后是经由柯勒律

---

[12] F. O. Matthiessen, *American Renaissance: Art and Expression in the Age of Emerson and Whitman*, p.9.

治和卡莱尔而进入了德国哲学，最后是东方诗歌和经文。九年后，他由于不愿意盲从，也就是内心与行为的不谐和，而做出了新的决定，"要做一名自然主义者"，一位灵魂的自然主义者，保证使自己的思想和精神与行动相一致。不久，他做了《自然史的运用》的演讲，相信人能通过直觉体验到生命的内在，道德和神圣启示都可以在直觉体验到的自然法则中找到对应，自然科学的最大功用就是向人解释人自身，这一简单的命题贯穿他一生中的全部哲学观点。

爱默生最初选择牧师职业的另一个理由是对雄辩术的酷爱。在爱默生看来，用抑扬顿挫的声音表达人类的信念，这是上帝给人类最大的恩赐，也是他为自己谋划的一种艺术形式。演讲，一个人对许多人讲话，一个人狂热激昂而又像磐石一样坚定，这是传播宇宙真理的最佳形式。演讲经历了从教堂布道到政坛宣传的革命，俨然成了文学的一个分支，一个已经成形的传统。而真正的演讲是出于对真理的倾心之爱。开始时，他自认为在理论上、伦理上和政治上都是一位诗人；但后来发现演讲才是他所寻求的恰当形式，一个没有任何界限的形式。形式何以没有界限？对超验主义者来说，这并不矛盾。艺术的本质是思想，重点应该放在崇高上："这种品质的生产在于思想而不在于词语。"[13] 这意味着他的艺术理念既是宗教的（"我相信物质世界是精神或真实世界的表现"[14]），也是革命的：一

---

[13] F. O. Matthiessen, *American Renaissance: Art and Expression in the Age of Emerson and Whitman*, p.24.

[14] Ibid., p.25.

方面，在宗教领域，活的精神已经使形式显得肤浅而毫无必要；另一方面，社会进化要求时代必须抛弃传统而解放内在的人。英国的卡莱尔认为"文学不过是宗教的一个分支"，而德国的赫尔德则打破了神圣与世俗的界限，认为真正的诗人与预言家获得相同的灵感。这也是爱默生所常说的："先见者总是说话者。"[15]

精神高于文字，视觉高于词语，灵魂总是支撑着体现灵魂的一切表现，这是爱默生的艺术观。艺术是灵感而非技艺；艺术家是灵魂的传声筒；而天才则要证实他丰富的个人才能，释放最深切的冲动，最大限度地把神圣的精神汇入自己的精神。在表现的行为中，人成为超灵的一部分；天才所增进的不是个性而是精神的群体性。因此，天才就是精神才能的发散。作家必须时刻听从天才的召唤，组织其才能，否则它便会逃之夭夭。"秩序就是被精神征服的物质。"[16] "想象力如果不足够那便一无用处。一个人会押韵、有诗意，但如果不能把这些流动的思想写成诗、戏剧和论说，那便一无是处。我们要求对称和比例，但如果不用如此强度或数量的对称和比例去创造某一整体，它们便百无一用。"天才加勤奋，言行一致，才是最实际的创造。"作为天才，但丁的想象力最接近我们看到的手和脚"。而"想象力分两种，一种是认识事物的象征性，并用其代言；另一种是固持某一形象，进入其中，决不放行，通过处理而表明这一虚

---

[15] F. O. Matthiessen, *American Renaissance: Art and Expression in the Age of Emerson and Whitman*, p.25.

[16] Ibid., p.27.

幻的形象对于诗人就像他站立的地方或周围的墙壁一样实在和客观"。于是，天才就是操控经验的能力，就是瞬间抓住思想和形象的能力，而艺术就是"以爱美之细节的眼光尊重整体的习惯"[17]。"美国在我们眼中就是一首诗；其富裕的大地令想象力倾倒，诗的时代为期不远了。"[18]

但是，这种想象力能否促进为期不远的诗歌时代的到来，这要依赖语言的表现力。语言是作家赖以工作的物质媒介，是用来进行模铸的陶土，因此必须予以特殊观察，以挖掘其全部潜力。"在爱默生之前没有任何一个美国作家如此倾心于语言这个媒介。"[19]然而，爱默生的倾心却并非是遣词造句，而是探究言语的源头以发现其神秘力量之源，其结果便是表现的多种可能性。梭罗和惠特曼也很快就发现了这一点。"在好的写作中，词与物达成一致"[20]，这是爱默生在1831年就已成熟的语言观。柯勒律治曾立志打破词与物的对仗，一切知识都取决于主客体的偶合；华兹华斯认为语言不应是"思想的外衣"，而应是"思想的化身"，是被化为具体物的思想本身；我们这位"美国学者"则坚持认为思想应公正对待人的思辨和行动的两面：看的行为与被看的物、观者与景观、主体与客体，是一体。对于爱默生如同对于柯勒律治，主体是自我或智力，是以知觉认识世界的精神；

---

[17] F. O. Matthiessen, *American Renaissance: Art and Expression in the Age of Emerson and Whitman*, p.28.

[18] Ibid., p.29.

[19] Ibid., p.30.

[20] Ibid.

客体是自然，即在认知行为中精神所认识的物。对于爱默生亦如对于华兹华斯，任何词语都无法比作现实和真理的发散，诗人在自然的恩惠下天生就会使用体现物的词。卡莱尔说，诗的创造无非是最充分地观看物，词顺应这种对物的清晰专注的观看而自行描写物。

爱默生认为"诗的基础是语言"[21]。而语言有两个方面：一方面，语言具有物质性，具有传达具体事实的工具性，是用以处理修辞、建构风格的实体之物；另一方面，语言是记号，是从具体现象通往精神现实的桥梁。爱默生就此提出三个命题：1. 词是自然事实的符号；2. 特殊的自然事实是特殊的精神事实的象征；3. 自然是精神的象征。[22] 爱默生关注的是诗歌语言，也即弗罗斯特所说的词的更新。语言是石化的诗，是历史的最短的索引，把人的所有战利品都囊括进来，其本身也是一种高负荷的行为。因此，在爱默生用词的背后常常会听到实际说话的声音，他表面上似乎有要置词于物之上的欲望和强烈情感，但却始终坚持经验，在平凡中见崇高，而在物质的现象界与精神的真实界之间则是隐含着深意的再现性表达。据此，爱默生把文学视为高于其他一切艺术的艺术，是最接近心智的最好的工具。与精神中每一思想相共生的是多多少少具有启示意义的、用以充实思想的物质形象。形象是自发的，它始终以讽喻的方式把经验与当下的精神活动结合起来。诗人用自己制造的工具追寻始源

---

[21] F. O. Matthiessen, *American Renaissance: Art and Expression in the Age of Emerson and Whitman*, p.32.

[22] Ibid., p.38.

的原因。

  爱默生的时代尤其需要象征。由于教会的腐败，科学的进步，与基督教相关的一切只有在象征意义上才是真实的。爱默生坚持象征的必然性。现存的人类思想，即便是最神秘的信仰，都必然与自然的感官形象相结合。形象之所以有力量，是因为自然有力量。形象产生情感影响，是因为自然发生情感影响。非凡的事物取决于非凡的认知，对形象的选择取决于形象自身的力量和意义，这也是命运的选择。完美的诗歌是唯一的真实，也是追求真实的言语。雪莱曾说过"语言是由想象任意生产的，而且只与思想相关"[23]。这也是爱默生的超验主义和唯心主义语言观，"思想与思想的对象是一体"，[24]这既是他的知识论也是他的语言论。在马蒂厄森看来，"爱默生提出的词与物之间的认同……就在于人类生存中所有那些割裂的细节，影与光、圣人与圣歌、生与死之间的区别，都被横扫一切的神圣精神所攫取、调和和涂抹"[25]。

  爱默生、梭罗和惠特曼都自恃为诗人，但就形式而言，他们又都不是诗人。后二者都同意爱默生的观点：不是格律，而是制造格律的议论，使诗成为诗。于是，内容超越了形式的界限。爱默生之所以倾其一生寻找一种形式，是因为他无法调和理解与灵魂之间的

---

[23] F. O. Matthiessen, *American Renaissance: Art and Expression in the Age of Emerson and Whitman*, p.43.

[24] Ibid., p.44.

[25] Ibid.

分裂，无法弥合事实的世界与思想的世界之间的鸿沟。他常用的一个比喻是："神喜欢间接的名字而不喜欢被直呼其名。"[26] 这就是爱默生和惠特曼都喜欢的那种间接性。诗不是直接的、描述的或史实的，而是间接的表达。词不足以表现物，因此总是有超越物的启示。现实只能在瞬间擦肩而过，其表达也只能是片面的。既然世间一切都如此间接，那么，知识就只能凭经验获得，就必须无条件地沉浸于日常生活的激流，通过生活本身渗透生活的秘密。这便是生活的象征性，不理解这一点就什么也学不到。这种间接的表达在 1851 年的《时日》一诗中可见一斑：

> 时间的女儿们啊，虚伪的时日，
> 像赤脚的苦行僧压抑、麻木，
> 手中拿着王冠和枝条，
> 在无尽头的行列中独自行进。
> 他们给予每人想要的礼物，
> 面包，王土，星辰和天空。
> 在林荫的花园里，我目睹盛况，
> 竟忘记了清晨的愿望，匆忙地
> 摘下几支花草和苹果，而白日

---

[26] F. O. Matthiessen, *American Renaissance: Art and Expression in the Age of Emerson and Whitman*, p.57.

已悄悄转身离去。我，太迟，

在她庄严的无骨肉片下看到鄙视。

  这是爱默生自认为最好的诗。康科德花园里的东方情调在朴实的词语中获得了圆满的表达。独一无二的心境，不能被任何别一心境所代替，不知如何写成也没有任何修改的诗句，由无意识的手段达到的无意识的目的，这是诗人创作的真实过程。在写成这首诗的四年前，在生日的前夜他写道："日子来了又走了，像从遥远的友好聚会上派来的戴着面罩的人，但他们什么都没说，如果我们不用他们带来的礼物，他们就悄悄地把它们带走。"[27] 在这首诗写成的六年后，这个隐喻成了《工作与时日》的主题。爱默生把转瞬即逝的脆弱的意象转化为生活的寓言，而其思想和感情则产生于从其二十岁起就始终持续的生活困境。潮汐退去，漫长而不复返，流水复来，短暂而罕见。我们在准备生的时候生命已经被浪费；在生命和真理的河边，我们正在痛苦地死去。我们所能做的只是全身心地尽可能地接受每个日子带给我们的礼物。

  隐含于这首诗中的另一个生活体验对当代人来说或许更加震撼。爱默生常说："聆听清晨之所说，并相信之。"[28] 人这一生接受教育、工作、患病、旅游……即使最长寿的人为自己而活的时间都很

---

[27] F. O. Matthiessen, *American Renaissance: Art and Expression in the Age of Emerson and Whitman*, p.60.

[28] Ibid., p.62.

短,何况有意义地活着。生存似乎是无力刺穿的遮蔽,而一旦有了力量似乎又不能操控。"我们总是走在思想海洋的岸边,但却尚未在里面游泳。"[29] 而即便偶尔浸入水中,也无法控制身边的急流。因此,直到末日来临,我们才懂得生命,但是,如果一生中一事无成,那么审判又有什么意义呢?马蒂厄森认为,爱默生相信经验既是真实的同时也是虚幻的;时间既是充实的但又感到无所适从;伟大的发现似乎就在眼前但却无力捕捉。作为清教徒,他为浪费生命而懊恼。这就是这首诗的隐含意义。然而,这懊恼或许还由于他未能抓住机会进入在他面前无限延展的超验的星空,没有尽早揭去表象的遮蔽,而盲目地献身于理性的神秘。由此,本能地随手摘取几支花草、几个苹果,便表达了他对周围事物那种发自心底的毫不矫饰的热爱。美就存在于自然的最平常的形式之中。

梭罗

爱默生规定了自然的内容并开启了一项伟大的事业,在某种意义上,梭罗就是这项事业的身体力行者。但这不等于说梭罗是爱默生的门徒;或者,爱默生是思想,梭罗是行动。事实并非如此。梭罗特立独行,自治完善。他的林中住、湖畔行实际上是他自己的梦,或是自己想象并加以践行的一种生活方式。当路走熟了,思想也成

---

[29] F. O. Matthiessen, *American Renaissance: Art and Expression in the Age of Emerson and Whitman*, pp.62–63.

熟了,他就离开了瓦尔登湖。因此,用他自己的话说,"去"事出有因,"离"也情有可原。与爱默生的关系,除了瓦尔登湖周围这块林地是这位朋友的家产、于中他建造了自己的小屋外,其余皆是自己理想的实践。

在马蒂厄森看来,近距离地与梭罗"相见"也不是件寻常之事。与爱默生一样,他也认为"眼见"为先,但未必只是"见而言",重要的是"见而行",而在"见"与言、行之间是"思"。用他的话说,用科学的眼光去"看",所见必是不毛,用年轻诗人的眼光去"看",必定无能为力。所以"只能品味这个世界,消化这个世界"[30]。这"品味"就是践行;这"消化"就是"思"。从"看"到"品"是人生观的根本转变。世界永远是新奇的,人的成长和成熟无法消除人对自然现象的好奇,而自然的新奇也只能表现在人的经验之中。"人是万有,自然是无有,但她与人交谈,令他反思自身。"[31]梭罗的"行"无疑具有革命性,但却是消极的。他的《论公民的不服从》引发了一场群众运动,也为甘地的非暴力抵抗理论奠定了基础,但在怀特海看来,他依然是"自力更生之人,他特有的财产与任何人无关,而仅仅是与现代文明无关的一个概念"[32]。

然而,梭罗的"行"不能简单地理解为瓦尔登湖旁的小屋,在

---

[30] F. O. Matthiessen, *American Renaissance: Art and Expression in the Age of Emerson and Whitman*, p.76.

[31] Ibid.

[32] Ibid., p.77.

他之前斯特恩斯·维勒就已在弗林特湖边建了一个；不应理解为向腐败的州政府拒付人头税，阿尔克特先他四年已有此举；也不能仅仅理解为浪漫地居于山林，醉饮孤独，埃勒瑞·钱宁也先他一步尽享伊利诺伊大草原的隐居。梭罗对社会思想的贡献在于其对当时狭隘的物质主义的彻底批判。无论时代变换还是斗转星移，他清晰阐述的人的价值是不变的。这首先表现在他与新英格兰重商主义的对抗。他认为文明人的生活是一种制度，个体完全沉浸于这个制度之中，成为机器，甚至没有时间成为别的什么。美国的任何一种劳动者都几乎没有获得使日常生活完整的闲暇。真正的美国应该让人们毫无障碍地追求生活，而不是让公民忍受智力和精神的饥饿。一切伟大的价值都应该像光一样为集体所共享，而社区应该提供足够的文化生活，包括图书馆、演讲和各种艺术实践。他自己的工作是写作，而优秀的艺术作品产生于为自由的斗争，了解和控制建构生活的那些力量。有价值的工作是以生命为代价的。

梭罗在哈佛接受教育所获得的只是表现力，包括清晰自然的风格，使用对比和悖论的习惯，以及对民族性和个人天才的矜持。他批评国人仍然跟在别人后面歌唱落在树篱上的云雀和夜莺，而忽视了家乡知更鸟红红的胸脯和到处蔓延的栅栏。对他来说，生活就是从容地追求一种从未听到过的音乐。这是他作品中反复出现的一个意象。这不是他所感到的，而是听到的那种音乐，无论远近，那都是对节奏的深切回应："对于敏感的灵魂，宇宙有其自己固定的音节，那也是这颗灵魂的音节，如是，那就是其脉搏的规则的表达，与健康的身体不可分割,而其健康则取决于规则的节奏。"[33] 这有两层意思:第一是个人与超灵的融合;第二是身体与精神的和谐。梭罗坚信,艺术家不应该只对精神说话,而要对整个存在说话,诗人与哲学家的区别就在于:"诗歌暗示整个真理。哲学表达一点点真理。"[34] 他仰慕荷马,因为他能够准确地描写呈现给他的事物以及他对事物的真实的身体感受。语言和节奏都以这种身体感受为基础。

乍看起来,梭罗的语言观似乎与爱默生的相近。词源于自然,是精神的象征。很难找到能准确命名、释放物的词,而名终究是空洞的;能使名具有诗意的唯有物。在梭罗的词汇中,诗意的言辞来自农民的语言、老旧的谚语和乡村的方言。他讨厌学者精心雕琢的句子,和句子中毫无生气的、没有生命力的或瘫痪的词。"人们所说的都是筛选过的、自证为人们所需要的词。绝对轻浮的词不会流通。……词的类比从不是虚幻的、无意义的,而代表真正的相似性。是人类的,而不是哪个个人的伦理学赋予言语以观点和活力。"[35] 与爱默生不同的是,梭罗并未把语言视为高于一切的媒介:词可以译入每一种艺术,暗示精神的真实,经过双唇呼出,成为身体的产物,表达理智的意义,最接近生活本身。

在所有感官之中,爱默生只看中眼睛。梭罗则注重所有感官的

---

[33] F. O. Matthiessen, *American Renaissance: Art and Expression in the Age of Emerson and Whitman*, p.84.

[34] Ibid., p.85.

[35] Ibid., pp.86—87.

不同作用，这是二者间最大的区别。的确，眼睛能准确地丈量距离，看出日头的高矮，欣赏花朵的开放。但视觉难以提供梭罗想要的那种知识：眼睛只把事物介绍给我们；真正的知识是从与事物的对话中得来的。比视觉更原始、更值得信任、更高深莫测的是嗅觉，它所揭示的是其他感官所遮蔽的。味觉对他来说则不那么重要，尽管品尝一颗小蓝莓也是对生活的品尝，是任何财富都买不到的一种收获。给梭罗以最大快感的是触觉。自然像一块电池，接触她就会浑身颤抖；大地就像食粮，接触她力量就会源源不断。但他需要的不是简单的接触，而是最深的浸透，在炎热的夏日里浸泡在深深的湖水里。然而，在《瓦尔登湖》中值得用一章的篇幅来描写的还是声音。声音消融而流动：松鸦的尖叫、雨蛙的低吟、食米鸟圆润的嗓音，对于他都像一个饥渴之人听到嘀嗒嘀嗒的泉水一样，令他无比激动，沉浸其中。而在所有鸟的叫声中，画眉的歌唱是最甜蜜的。除了鸟的叫声，自然界的交响乐还包括长笛的回音、昆虫的嗡鸣、冰块的轰响、远处被伐树木倾倒的声音，以及邻居的歌声。然而，最具有内涵的表达莫过于所有这些美妙的声音所打破的并加以强化的寂静。那是一切表达都转瞬蒸发之后的寂静，也是一切音乐和声音消失后的沉默。

"人们通常夸大主题。……而主题什么都不是，生命才是一切。读者感兴趣的只有被激发的生命的深度和强度"。[36] 梭罗之所以调动

---

[36] F. O. Matthiessen, *American Renaissance: Art and Expression in the Age of Emerson and Whitman*, p.89.

一切感官去观察世界,原因就在于他要通过具体的事实报告内在的生活。他要用未被遮蔽的余光,而不是匆匆的斜视(济慈),最有成效地认识自然。他认为最成熟的直觉力并非源自直接对自然的细察,而是以新的视角无意识地捕捉最熟悉的景物,他称此法为"间接性"(爱默生)。"感性就是一切。"[37] 纯粹的感官充实一种纯粹感性的生活。这既意味着清晰的认知,也暗示经验中总是有一些神秘的因素保持着沉默。他实际听到的节奏是被想象力改造过的,进而用象征性的语言表达出来的。于是,夜深人静,孑然一身,内心里响起远处传来的小夜曲,听到灵魂中许多寂静的村庄里响起盔甲与盾牌的撞击声,而实际上那不过是农夫赶往市场的滚动的车轮声。这是梭罗理想的风格。松散流畅而充满细节的句子,暗示多于言表的句子,含义众多而持久的句子。它们唤起亦新亦旧的印象;它们呼啸般冲破词的界限,像洪水一样蔓延,直到最后一道堤坝将其拦截,这就是每段描写后的"压轴戏"。这里,内在的思想总是能回归表面的神奇:"我整个人感知到的事物,不管是什么,都让我记录下来,它将成为诗。"[38]

诗表达人类的秘密。诗追求言无法表达的深度。但梭罗是一个脚踏实地的人,是用小刀和铅笔描画世界的人,也是在目的与手段之间获得身体平衡的艺术家。他没有随超验主义的气体而蒸发;他

---

[37] F. O. Matthiessen, *American Renaissance: Art and Expression in the Age of Emerson and Whitman*, p.90.

[38] Ibid., p.91.

没有站在坚实的抽象理论的基础之上；他也没有经过严格的科学观察的训练，而只把观察与思想用象征融合起来，结果总是以鲜明的微小细节在思想或情感的闪现中抽离出真理。这就是梭罗独特的"意象性思维"或"形象性思考"：

> 我去林中是因为我想要过一种有目的的生活，去直面生活的本质事实，看我是否学会了生活所教给我的，以免在死亡来临时还没有发现我并未活过。我不希望过那种不是生活的日子，活着是如此宝贵；我也不想弃绝尘世，除非万不得已。我想要深沉地活着，吮吸生命的精髓，顽强地、勇敢地活着，击溃所有那些不是生活的东西，割一大把庄稼且不留梗，把猎物逼入绝境，把生活降到最低水平，而如果这证明是吝啬，那为何不全部地吝啬到底，并把这吝啬和盘托出；而如果这是崇高，那就凭经验去认识它，在下一次出游时如实地记录下来。[39]

马蒂厄森对这段的解读可谓细之又细。从口与喉的肌肉对音节的感觉，到词的位置和句子的停顿，从声音的抑扬顿挫到字词的语文学含义，所有这一切都符合柯勒律治所赞扬的那种严谨凝练的文风。而表现行动的动词的使用，与其具有联想意义的意象，从"两军对垒"的前线（front）到斯巴达的军队，从丰收的景象到猎场的最

---

[39] F. O. Matthiessen, *American Renaissance: Art and Expression in the Age of Emerson and Whitman*, p.95.

后围剿,最后是戏剧性的压轴之作——"下一次出游",所有这些都表明,生活并非如此吝啬,而总是有轻松的消遣。马蒂厄森称此法为"呈现经验而非抽象的叙述"[40]。显而易见的是,对于梭罗如同对于弗罗斯特,活的行为才是最重要的。如此短短的一段话中,life 一词以各种形态出现(life, to live, lived, living),用于不同语态中,并有不同的含义,如此,精神的观察便尽可能地贴近了生活经验或感官生活。人不能像野兽一样愚蠢地活着;大脑和身体、工作和休闲应该结合起来。诗不能仅仅为了避免腹泻而仅仅穿过五脏六腑;诗还要经过大脑和心脏,即所谓"走心"。心智感知事实,身体思考思想,这就是梭罗用以弥合观念与物体之间鸿沟的方法。把思想与感官印象相结合,把直觉与对感觉的反思相结合,这正是艾略特所识别出来的 17 世纪玄学派诗人的特点,他称之为"统一的感性"。在梭罗这里,人也把胳膊和腿当作大脑来思考;诗人用身体思考。

在对待细节这方面,梭罗强于爱默生。他只需从门口向外一望便得全新的证据:小屋周围的漆树、松树、山核桃树令他想起最美的雕塑;窗上的霜花令他看到最复杂的图案设计;而如果想要区别机械形式和有机形式,他只需撮一抔土,就能看到那是纯粹无生命的一种并置关系。即使最简单的一颗真菌也是一个观念的表达,是根据规则成长的物质,是受到精神所启发的和挪用的物。基于此,真正的艺术不过表达了我们对自然的热爱。与爱默生一样,梭罗置

---

[40] F. O. Matthiessen, *American Renaissance: Art and Expression in the Age of Emerson and Whitman*, p.96.

自然于艺术之上、置内容于形式之上,但也把艺术家的生活置于作品之上,因为只有过着英雄般生活的人才能写出英雄诗。艺术与生存是一体。梭罗几乎没有论及形式的问题,因为他相信爱默生的话,即艺术家凭直觉就能为他的艺术找到恰当的形式;但他也认为,伟大的作家是通过翻新旧的形式创作的,与此同时,他必须用新的方法处理旧的词语,在这方面,他比爱默生更清楚地看到了词语与思想的整一性,也正因如此,他认为翻译是不可能的,而对经典的阅读也必须建基于严格的训练之上。梭罗还把口头语与书面语区别开来,认为演讲的雄辩力通常是修辞问题,而风格则是具有特殊节奏和格律的声音问题,这对诗人极为重要,因为风格是不可替代的,甚至是不可模仿的,是诗人自己的感官组织与自然和谐一致这一愿望的实现。诗不能是无形式的。

有人说爱默生是句子大师,梭罗是段落大师,后者在形式上从未超越段落而在整本书上达到最高成就。马蒂厄森用柯勒律治的"从内部建构"的标准来衡量《瓦尔登湖》全书,以回应这一抨击。《瓦尔登湖》是个人经验的记录,其绝大部分篇幅写于1845—1847年他蛰居瓦尔登湖期间,七年后才发表(1854)。也就是说,在这七年中,他除了精练两年的瓦尔登湖的经历,还把自1838年以来的全部日记包括进来,甚至提到四岁时被带到湖边玩耍的情景,"此后很长时间林中景象就成为我梦中的布景"[41]。1841年他就有了蛰居瓦尔登湖的

---

[41] F. O. Matthiessen, *American Renaissance: Art and Expression in the Age of Emerson and Whitman*, p.167.

计划,并想把这番经历写成一首诗,叫"康科德"。在对书中各章进行逐一介绍和分析之后,马蒂厄森指出,由于全书内容来自梭罗的记忆,因此还不能简单地说该书是其经验的记录。"《瓦尔登湖》结构的完整性无疑使其成为在艺术与日常生活进程之间赋予生命类比的文学。此外,梭罗缺乏传统文学手法这一事实本身就使他更接近手工艺制作,而我们所说的手工艺指的是严格的,甚至是简朴的,几乎是非个性化的'对物的揭示',而对立于'雕琢的技艺',即各种各样的我们描述为技术的综合。"[42]

当然,"雕琢的技艺"指的是朗费罗的写作技巧。爱默生提出的命题,即有生命的形式只能靠艺术家本人去发现和使用,而不是任意建构,使得梭罗一丝不苟地审视自己的生存以及对自然的直觉认识。他发现人的未被根除的野性既是最危险的,也是最有价值的。他可以在一英里的范围内找到最原始的诗歌之根,可以在一个法国伐木者身上看到《荷马史诗》中的人物或古罗马人。这意味着伟大的艺术产生于最简朴的生活,在表现的行为中,人的整个存在发挥着有机的作用,而对所创造之物的正确排序就是对物的准确揭示。[43]

---

[42] F. O. Matthiessen, *American Renaissance: Art and Expression in the Age of Emerson and Whitman*, p.173.

[43] Ibid., p.175.

霍桑

按照马蒂厄森的说法,与霍桑和麦尔维尔"相见"首先要了解什么是悲剧,它与喜剧的本质区别,以及这种区别是如何把爱默生和梭罗置于乐观主义的一端,把霍桑和麦尔维尔置于悲观主义的一端,而惠特曼又是如何把二者综合在一起的。然而,悲剧的创作不完全是想象的问题,而要求作者对个人与社会、善与恶的本质有更加成熟的理解。人是社会存在,悲剧的主人公不是纯粹的个人,而是行动中的人,在特定的社会秩序中与其他人发生冲突,因此,悲剧所揭示的不是个人的自我意识或成长,而是社会本身。但是,即使是最完美的人也会有缺点,因此,悲剧所表现的并不是被邪恶世界所压倒的个人,而是在有限的恶中看到无限的善,因而达到自我完善的人。这意味着人性中固有一种善恶的并存,悲剧作家具有将二者加以协调、保持平衡,既要远离毫无根据的乐观主义同时又不陷入绝望窘迫的悲观主义的能力。"人并非为了社会而生,但社会却为了人而造"(富勒语)。对比之下,爱默生和梭罗由于缺少对社会的恶的透视而显得肤浅。

当然,如霍桑所说,善是正面的,恶是派生的,不是绝对的。在身体和道德领域内,丑恶仅仅是部分,绝不是全部,因此是能够超越的。霍桑对现实的冷静分析,如麦尔维尔所认为的,一定源自他个人生活的苦痛,源自他与生俱来的"清教的昏暗"。这"昏暗"(gloom)在他内心里变成了黑暗(blackness),"十倍的黑暗"(麦尔维尔语);这黑暗的力量源自加尔文教的"先天堕落"和"原罪",在这方面,在同时代的作家中没有谁能像霍桑那样以无比的恐惧表现这一可怕的思想。然而,当人们念及他的伟大及其作品的深度时,几乎没有人把他的思想与时代问题联系起来,而只认为他活在历史的阴影里,从萦绕不去的清教记忆中编织故事,而没有意识到那故事其实就是19世纪美国的现实。这现实就是麦尔维尔所说的"有用的真实"。霍桑强烈地感觉到、勇敢地面对、一丝不苟地审视这种"有用的真实",看到了它所遮蔽的邪恶,并决心完整无损地将其表现出来,这是他对自己时代的感觉,也是一个伟大的艺术家所不可或缺的。基于此,艾略特认为"霍桑是道德生活的真正观察者,一位现实主义者,而爱默生和其他作家则不然"[44]。

从爱默生和梭罗向霍桑的过渡是向一种完全不同的生活的转向,向一种完全不同的艺术生涯的转向。在霍桑看来,爱默生是位诗人,诗中饱含深度的美和严肃的温柔,但作为哲学家他却一无是处。一切哲学所能从人类现实中抽离出来的不过是词语,而后代所要持存的则是真实地生活于"自己的时代",把全部的才能和感性付诸现实生活之中。正因此,他才自以为更加认同梭罗,而《瓦尔登湖》则是少有的几部反映美国原创精神的书。虽然他认为朗费罗的韵诗非常迷人,但当他开始认真写作时,却又觉得本土作家无一值得效仿。对于小说家霍桑来说,虽然一开始就展现出"了不起的精工细

---

[44] F. O. Matthiessen, *American Renaissance: Art and Expression in the Age of Emerson and Whitman*, p.193.

作",但仍然显露出一些外在影响的痕迹:遣词造句上的纯粹与合宜(鲍登学院的修辞课);精致、优雅、准确的品位(休·布莱尔或理查·惠特利);微妙的心理透视(卡莱尔);第一部小说《范肖》的结构(瓦尔特·司各特);以及来自莎剧的因素:人物分组并按组合行动的习惯,柱光式的场景,鲜明的言语表达,以及偶尔加入滑稽喜剧成分的表现手法等。在主题上,无论是现象与现实的关系,还是古代迷信中含有的人性,或是当代催眠术中合理的心理学成分,他所要证明的都是"对灵魂表达的深切敬意",都是要"保持想象力的清醒",是要"探讨一切伪装之下的精神现实,这使他愿意放弃长期以来对被认为是真实的人类心灵的不信任;但矜持的批判态度不仅使他看穿了清教主义的扭曲和虚幻,也看穿了颅相学和催眠术等当代'科学'中的伎俩,因此,与坡相比,他占据了一个更加严肃的领域"。[45]

霍桑自称是"最不柔顺的人"。不啻如此,他还有一颗 haunted mind,正如麦尔维尔有一颗 troubled mind。这两个英文短语或可译为"一个忧心忡忡的人",但"忧心忡忡"可以表达 troubled 一词的意思,却不能完整地表达 haunted 的意思,因为我们习惯于把 haunted 理解为"闹鬼的房子"(the haunted house)中的"闹鬼"。1834 年,霍桑写了篇幅仅为六页的一篇讽喻性寓言,题为 The Haunted Mind。寓言描写了夜半醒来,"精神处于被动的感性之中,而没有活动的力

---

[45] F. O. Matthiessen, *American Renaissance: Art and Expression in the Age of Emerson and Whitman*, p.205.

量;想象成了一面镜子,把所有观念栩栩如生地呈现出来,但无力选择或控制它们"。马蒂厄森认为这鲜明地显示了霍桑的创作过程,即济慈所说的"消极能力",在轻松怠惰状态下全新印象的内向涌入。"在睡与醒之间的这些时刻,霍桑的想象中充斥着众多意象,激情和感情在这些意象中形成"。在这段描写中,在他心中折腾的"鬼"原来是悲伤、希望、失望、宿命和羞耻感,而"这些正是主导霍桑全部作品的特性"。[46] 这些意象持存于意识和无意识之间,心理学上称为"催眠意象"。坡在《细枝末节》中准确地描述过这种情形,法国象征派和超现实主义者也使用过这种无意识手法,而自弗洛伊德开始的现代心理学则始终没有放弃对这种现象的研究。

霍桑也许真的不具备现代心理学的这些装备,但在这种半睡半醒的状态中,他禁不住在这些意象与人类生活的其他方面之间保持一种"可疑的平行","在二者间,你从神秘中来,经历过无法掌控的沉浮,再被带入另一个神秘"。[47] 霍桑提到他惧怕神秘,惧怕任何艰涩的、遮蔽灵魂与真理的表达,只是在他心里折腾的那些"鬼",那些萦绕心怀的祖先的阴魂,使他不得不在一个又一个神秘间穿梭,令他必须去写那些不该写的故事,或者,并非由他创造却是由他讲述的别人的故事,这些故事压在他心头,而他则成了讲故事的工具。"一部比将由我写的书更好的书就在那里;一页一页地自行呈

---

[46] F. O. Matthiessen, *American Renaissance: Art and Expression in the Age of Emerson and Whitman*, p.232.

[47] Ibid., p.234.

现在我面前,就好像由飞逝的现实写出,而一旦写出就即刻消逝了,只是因为我的大脑需要洞察力,而我的手则需要将其传达出来的智慧。"[48] 在水深火热的美国现实中,他并没有菲尔丁所了解的凿实的社会,也没有可供巴尔扎克分析的阶级等级,而拥有的只是他已经决心捕捉的"可用的真实",那是曾经在美洲存在过的文明及其真实含义,也是新英格兰乡村悲剧的较为真实的一面。

然而,人是社会存在;只有在社会中,人的全部精神能量才能发挥出来。霍桑并未像梭罗那样凭借自然去发现和认识自己;他也曾造访自然,而那仅仅是为了回归社会,回归由人所构成的一个新世界。霍桑也不像其他小说家那样展现这个世界中的各种行业及其外在事件,而试图揭示潜藏的欲望和深切的苦痛,挖掘共享的人性和那共性的深度,以此搭建人与社会之间的桥梁。他曾在萨勒姆的一座老房子里写作,那在很大程度上决定了他的气质、写作的意图和风格。但是,一个真正的小说家不能仅仅凭靠传承下来的无意识储存,而是要通过新奇感和开放的情怀获得各种不同的认识:流浪汉的生存,大街上的人群,纨绔子的俗套,乃至他所从事的而梭罗、惠特曼,甚至爱默生都没有从事过的那些职业。然而,当于工作的闲暇拿起笔来,他又觉得所需要的是一种单调,一种没有事件的外在生活,这样才能活在内在的世界。于是,同一个人就这样同时生活在两个不同的世界中,更大的公开的世界是梦,而内在的精神的

---

[48] F. O. Matthiessen, *American Renaissance: Art and Expression in the Age of Emerson and Whitman*, p.235.

世界才是现实。

爱默生认为每一个自然事实都是某一精神事实的象征。霍桑认为，每一事物都具有精神意义，就好比灵魂之于身体。这也是每一个超验主义者的共同点。而在超验主义的背后却是基督教的习惯认知，即上帝之手对生活之全部显示的参与，每一条捕捉到的海舫，每一头逃跑的母牛，都表现出神的不愉快。起初，"先天堕落"或"原罪"的概念对于霍桑来说只停留在冥想的层面，而一个挥之不去的念头就是字母A的象征性意义。当在海关的旧文献中发现这个"红字"真实地存在过之时，他的想象深化了。这个神秘的符号有某种深意，最值得解释，它微妙地感染了他的感性，但却躲过了他理智的分析。然而，抽象仍是必要的。在霍桑的小说中，物质世界并非有血有肉地存在，具体的物的展示莫过于这个"红字"了，而它所包裹的"观念"却是清晰的：不仅仅是海丝特的罪孽的徽章，它也作为恐惧的征兆出现在天空，或作为罪孽的污点在牧师的胸口显现。这三种显现后来又以绞刑架的三场"戏"叠合：小说开篇，海丝特在那里忍受公众侮辱；小说"中场"，被罪孽折磨却无力坦白的牧师于夜半登上绞刑架，以示自罚；小说结尾，梅斯戴尔当众承认罪过，死在海丝特的怀里。由此，人物、行动、情节三因素均达到了詹姆斯所说的不可分割性：人物就是行动，行动就是情节。

按马蒂厄森的说法，这种人物刻画的意图性最充分地体现在海丝特和牧师林中相见的那场"戏"，这是他们相爱多年后的第一次相见，第一次以父母的身份共同看着女儿在小溪边玩耍，也是第次意识到这个"活的象形文字"恰恰是他们一直以来努力要隐藏的无法分割的命运。在详尽分析了这个场景的细节之后，马蒂厄森指出，在所有的场景描写中，霍桑都尽可能地使用明暗对比，聚焦于人物沉思的面孔，显示出小说家（霍桑）和画家（伦勃朗）之间可比较的对人与物的细腻观察。重要的是，霍桑通常对户外景色的描写呈"灰褐色"，在此底色上投射光鲜的紫红色花朵，同时在这种自然美中隐藏起致命的毒草（如短篇故事《拉帕齐尼的女儿》）。或在《七个尖角阁的房子》中，蔓延着的阴影越过阳光的肩膀看着那面巨大垂直的表盘，这无疑象征着过去的黑暗正残酷地压迫着脆弱的现实：

《红字》开篇霍桑就称之为"人类脆弱和悲伤的一篇故事的愈加黑暗的结尾"，几乎每一个场景所突出的都是阴暗的价值。比如，牧师和海丝特被安排在树林的"灰色的朦胧光线"中相遇；书中唯一的"阳光的海洋"，这也是霍桑为了强调而用作这一章的篇名，落在了此刻身心完全释放了的海丝特身上，紧接着就像柱光一样移向了小溪边的孩子。把读者的注意力引向这些手法，使其看起来更像是舞台表演，而不是实际上所极力克制的行动。悲剧的最微妙的效果之一就衍生于"影子"和"影子似的"这样的字眼儿，它们在最后几页中不断重复，酿成了全书的最后一句话。这句话描写了这个字母的纹章式字体——与字母 A 的紫红色形成鲜明对比——是如何被用作整个传奇的箴言的，它甚至被刻在了海丝特的墓碑上,"如此昏暗,只能被比阴影还阴暗的一丝越来越暗淡的光所释放"。[49]

按麦尔维尔和艾略特的说法,霍桑的现实主义就是准确地解读人性,而解读的方式,按爱默生的说法,就是用以看或观察世界的眼光,不仅记录而且阐释所观察之事物的意义。这也是叶芝所定义的诗歌:不仅是对生活的批评,而且是对一种隐蔽生活的揭示。霍桑无疑会持相同观点,只不过似乎更加辩证。他说心愿会比行动更加真实地揭示人性中的善恶,因为这样的描绘包含"更多的善和更多的恶;有更多的对恶的救赎,也有更多的美德的失误;有灵魂的更大的喧嚣和更卑劣的堕落;简言之,是比我们在外部世界中所目睹的更令人迷惑的恶与善的混合"[50]。霍桑的善恶观促使他对生活和人生采取悲观的态度,这是美国的社会现实和宗教传统对其影响的结果。他并没有回归古希腊悲剧去寻求方法和思想,而是通过对不可思议的神意的体验,通过把生存变成怪异、孤独和苦痛而理解通过苦痛而变得真实的生存。这是他唯一的知识源泉。在他看来,苦痛越是强烈,生活就越真实,因为只有苦痛才能揭示灵魂的深度。在这方面,他更接近陀思妥耶夫斯基,在后者看来,所有人都必须堕入漆黑的地下洞穴,如果想要知道表面之下生存的幻象的话。

---

[49] F. O. Matthiessen, *American Renaissance: Art and Expression in the Age of Emerson and Whitman*, p.282.

[50] Ibid., p.337.

麦尔维尔

与刻意要成为小说家的霍桑形成鲜明对比的是麦尔维尔。我们在他身上看到的是一位天生极富才华的作家。他在南太平洋以及"美国号"护卫舰上近乎四年的冒险经历奠定了他基于亲身经历的一种创作模式。其生命力在创作上的这种爆发或许证明了爱默生在《美国学者》中提出的主张:"帮助打垮旧世界、建设新世界的巨人并非产生于已经穷尽其文化的教育制度,而产生于未强行推销的野蛮本性。"[51]在论霍桑的一篇文章中,麦尔维尔宣称:"今天,在俄亥俄河岸边诞生了一位仅次于莎士比亚的作家。"就在一代人之前,一个英国人骄傲地问:"在全球范围内,有谁会读一本美国人写的书?"现在,麦尔维尔同样傲慢地反问道:"有谁会读一个现代英国人写的书?"这似乎激恼了更加傲慢的卡莱尔,他不无讥讽地说,惠特曼以为自己"是一个大人物,因为他生活在一个大的国度里"。然而,所有这些并非只是一种浪漫主义的极端奢侈。麦尔维尔发现了霍桑和莎士比亚,并认为其他人也许会走得同样远:"几乎任何一个凡人都会在生命的某一时刻发现他拥有与哈姆雷特同样伟大的思想。"[52]这与其说在赞扬莎士比亚的创造才能,毋宁说是在描述哈姆雷特的自我审视,而他所生活的美国已经为这样的才能和审视准备了土壤。

---

[51] F. O. Matthiessen, *American Renaissance: Art and Expression in the Age of Emerson and Whitman*, p.372.

[52] Ibid., p.373.

麦尔维尔主要审视的对象是自我，其结果却发现了野蛮人与文明人之间的差别，以及白人所造成的对野蛮人的污染。虽然《白鲸》中伊什梅尔自称是野蛮人，但麦尔维尔却不是。他体内流淌着英国人和荷兰人的混合血统，儿时耳濡目染长老会派的正统思想，祖先也有被载入史册的光辉业绩。到了父亲这一辈，家道中落，他被迫失学，从事过几种不同职业。而作为水手的经历使他目睹了世界的残酷和苦痛，与家庭原有的小康生活形成了鲜明对比，也使他开始了关于"先天堕落"的思考。在对社会和宗教的审视中，他逐渐深陷"哈姆雷特问题"而不得自拔，在"貌似"与"实是"之间难于分辨，于是在莎士比亚的悲剧中寻找"现实之轴"，像"疯子"李尔王一样，在被折磨得近乎绝望的时候，开始撕去自己的和时代的面具。然而，与霍桑不同的是，麦尔维尔并非从一开始就是从悲剧视角观察事物的；他是无须实习就能够完全掌控素材的一位作家。19世纪40年代末的美国弥漫着信仰危机和怀疑主义，但已经习惯于写作的麦尔维尔却具有民主人士的潜在情怀，毫不怀疑美国的哲学遗产和新的信念。1848年欧洲革命的失败使他对美国的自由斗争有了新的认识，即一种双重发现：对内在自我的发现、对身处其中的社会和知识界的发现。这发生在他结束航海生涯后回到美国的最初几年里，也正是这种双重发现使他脱胎换骨，获得了新生。

作为小说家，麦尔维尔最得心应手的是可以随手拈来的那些意象，它们就像"许多灵魂"潜藏在心中，仿佛汪洋大海的波涛涌向岸边，又好像众多乐器齐奏的和弦涌入耳帘。他把这音乐转译成他一个个读过的或听说过的伟大作家,其中有荷马、莎士比亚和霍桑,最终他们汇入了密西西比河的每一条支流,"把过去和现在的一切统统倾注于我,我驾着波涛从远方驶来"[53]。在这波涛汹涌的远航中,麦尔维尔逐渐形成了他的"航海哲学",即专注于事物的本质,探讨"貌似"之下的神秘。他感到精力充沛,"在有生期间我们要过一百种生活",借笔下哲学家之口说出了黑暗的真实,用文学表达了自己内在的充裕感和冲突。"今天的世界是一个合适的剧场,可以演出任何一个角色。这个时刻给我提供了体验世界各地每一种生活的机会,或用想象力去描绘。来年春天我可能是秘鲁的一个邮递员,或南非的种植园主,或西伯利亚的流放者,或格陵兰的捕鲸手,或哥伦比亚河畔的居民,或中国广州的一个商人,或佛罗里达的一名军人,或塞布尔角的一个垂钓者,或太平洋上的鲁滨孙·克鲁索,或任何一片海域里沉默的航海者。如此宽泛的角色选择,如果哈姆雷特的角色被漏掉了,那该多么遗憾呀!"[54]

当然,这个名单中的任何一个角色都不能漏掉,更不用说哈姆雷特了。这是新的美国为每一个人提供的机会,每一个机会又意味着众多的可能性。在个人主义盛行的时代,每个个体都必须拥有普遍的知识,熟悉人类的每一项活动,充分利用每一种可能,全身心地投入广博多杂的经验领域。这是惠特曼在其诗歌中罗列的名目,

---

[53] F. O. Matthiessen, *American Renaissance: Art and Expression in the Age of Emerson and Whitman*, p.379.

[54] Ibid., p.380.

> 阅读何为：
> 文本·翻译·图像

是梭罗对新的美国的全新认识，也是麦尔维尔从爱默生或卡莱尔那里读来的"时代精神"。按马蒂厄森的分析，他在为自己发现别人，并借笔下人物之口表达了下列观点："真正的诗人不过是传声筒；诗人和哲学家是理想的一体；过去和现在是有机整体，因为在过去的书中我们学到的不过是现在；在现在的书中学到的也仅仅是过去；每一个人都可以获得灵感，如果他听从一个至高的独裁者——那就是头戴王冠手拿皇笏的'本能'；内容突破形式；任何一部杰作都不过是对内心的潦草匆忙的拷贝；天才充满了必定与纯洁一起滚落的垃圾，因为通往天堂的路是地狱。"[55] 根据他与霍桑的通信，马蒂厄森判断这是麦尔维尔写作《白鲸》时所持的观点。

写作《白鲸》时，麦尔维尔的人物已经具备了莎士比亚戏剧演讲的才能。他从《冬天的故事》中了解到，艺术本身就是自然。多年后，他从阿诺德论斯宾诺莎的著作中进一步了解到，我们并不想让自然服从我们，而是我们服从自然。所以，在写作之初，他声称只是描写眼之所见；但复杂的创作过程并非如此简单，依然存在着具体事件的组织问题，如何用象征表达抽象观念的问题，或如何把第一手的经验观察变成艺术表现的问题。麦尔维尔不具备坡的理论修养，但他懂得如何进行有效的表层叙述。他不满足于仅仅"有效"，而希望超越简单的现实主义手法，以产生更加复杂的效果，即在《白鲸》中提供的"比真实生活本身所能显示得更多的现实"。这要求把

---

[55] F. O. Matthiessen, *American Renaissance: Art and Expression in the Age of Emerson and Whitman*, p.381.

他兴趣的两半合为一体：即直觉与抽象的结合，具体事件与源生于事件思想的结合，科学的准确表达与想象的自由发挥的结合。

显然，所有这些结合都基于一个不可否认的事实，即源自生活的文学必定依赖于第一手经验，因为只有经受过如此痛苦之人才能真正理解这痛苦，才能将这痛苦完整地呈现出来。然而，这种忠实于生活、具有思想含量的经验几乎不能满足麦尔维尔理想的创作需求，在自传与艺术的差异之间也几乎不存在更深的启发性。于是，他决定不发明什么，而只释放全部能量，去想象整个感觉世界，并用莎士比亚的戏剧手法处理生活中的一切细节。由此，他再次表明了约翰·邓恩所熟悉的、在丁尼生时代被完全忘记的东西，即精神生活与物质生活本来就是一体，成熟的思想和情感都来自有强度的生存。换言之，获取思想和情感的能力正是这个追求丰裕时代的特点。

这样的能力单靠模仿莎士比亚是不能获得的，而一个美国人要想与莎士比亚比肩，就不能固守已经说过的，而必须开拓尚未说过的。对麦尔维尔来说，尚未说过的、最有新意的途径就是他要讲的捕鲸的故事。麦尔维尔称他的《白鲸》为叙事，现代批评家称其为"史诗"，而当我们随着故事的展开窥见一个个"戏剧人物"的内心，直到在"尾声"中听到伊什梅尔宣布"剧终"时，我们才恍然大悟，明白了作者围绕亚哈编织的并不是捕鲸这一英雄产业，而是一个作家要把一个可怜的老捕鲸者描写成莎剧中的英雄人物的一次尝试。就连人物的引介和情节的展开也明显具有"舞台说明"的性质。亚哈在"剧"中最有表现力的"台词"都是独白，而且是莎士比亚式的独

阅读何为：
文本·翻译·图像

白，因为他的傲慢和疯狂使他成了一个独往独来的暴君，这决定了他只能向自己表白思想，而无可沟通者。这种独白是伊丽莎白时代最常用的戏剧手法（《哈姆雷特》中面对头骨时的独白），在《白鲸》中，麦尔维尔安排了亚哈面对船舷边悬挂的死鲸鱼头的独白，并以此为高潮，借亚哈之口道出了他不断重复的一个思想："噢，自然，噢，人的灵魂！把你们相关联的类比是言语所难以表达的。"除去亚哈的罪恶感、作者对白鲸之"白"的玄学研究，以及作者要表现自己生活的热切愿望，《白鲸》若无莎士比亚戏剧思想和表现的沉淀则不可能成为《白鲸》，也就是说，携带着这种沉淀，麦尔维尔进入了另一个领域，具有与莎剧不同属性和比例的一个领域，即把戏剧中人物"无拘无束的、激动的、实际上变形的"行为置入到小说中来。小说如同宗教，它应该呈现另一个世界，但却是与我们息息相关的一个世界。

对麦尔维尔来说，呈现这样一个世界所最迫切需要的是语言。麦尔维尔对节奏很敏感，因此他大胆尝试诗歌语言。在《白鲸》中，莎士比亚语言风格的运用几乎是无意识的反射。与爱默生不同，麦尔维尔从未讨论过语言的起源和本质问题。在语文学家雅各·格林看来，词与寓言最终是不可分割的，它们就像情感和想象一样都源自人之最深处的本能。麦尔维尔本能地捕捉到这种关联，把现代的捕鲸业改造成了人类征服自然的神话，并极力挖掘词语中潜藏的原始能量来表现这一斗争。在前此作品关于梦的多次描写中，他已经意识到意义并非总是出现在感觉层面，声音和节奏的不同排列将产生不同的意义，包括逻辑或科学陈述所无法表达的情感和格调。然而，在遇到莎士比亚语言之无比活力之前，他并不知道用何种语言来表现人的内在生活。莎士比亚的语言增进了他对想象力的认识，使他能够创造性地思考和利用语言的意义，同时也唤醒了自己的语言表现力，促成了其言语风格的根本性变化，其中最突出的特点就是利用众多人物的声音强化单一人物（亚哈）的声音。实际上，这些声音是直接发自他所熟悉的生活的，因此也几乎唤起了与语言或声音的相对直接的物理回应，于是，经验再次支持了语言所表达的东西，亚哈的言辞也就成了难解的谜团。

对亚哈以及麦尔维尔发挥某种神秘作用的重要因素是自然赋予他们的那些甜蜜或野蛮的印象，令他们偶然地学到了一种大胆而又神经质般的崇高语言。麦尔维尔对莎士比亚的阅读并非是"必修课"，而是偶然相遇，经过艰苦的模仿和内化把他从肤浅平常的航海报告中解放出来，同时也在小说这一新的表现中释放出最深层的自然力。麦尔维尔的艺术是自然造就的那种艺术。他的悲剧实践并非基于莎士比亚（尽管汇聚了莎剧的一些因素），而是基于他所熟悉的人与自然，因此，在最重要的几场"戏"中，他使用的是没有起源的语言，一种无根的语言，而恰恰是这种无根的语言表达了几乎超人的、非人的或大于生活的东西。他从莎士比亚那里学到的只是如何使语言变成戏剧语言，学会了如何使用动词，给它们施加了表达运动和意义的能动力，确立了表达之间的高度有效的张力。就这样，莎士比亚的悲剧观通过对其语言的掌握而融入了麦尔维尔的思想，因此得

| 阅读何为:
| 文本·翻译·图像

以用全新的现代语言和意义回应他在霍桑和莎士比亚的作品中倍感亲切的主题：罪孽、苦痛和对各种存在形式的无限同情。然而，他对"先天堕落"和"原罪"的理解也并非全部源自霍桑。霍桑的想象借以发挥的加尔文教思想给了他进行合理思考和阐释的逻辑框架，于中进行现象与现实的对比，而结果却是暗自幻灭，因为无论是理想主义者的愿望，还是清教徒坚守的罪孽观，以及大自然坚不可摧的力量，最终都证明是不可解释的。麦尔维尔之所以能满怀激情地投入大自然的怀抱，在逐渐生成的野性和激荡的湍流中热切地寻求真理，是因为他未受到正规教育的阻碍，他那"野性"的气质就像他所探索的大海一样深不可测。

通过塑造亚哈这样一个人物，麦尔维尔戳穿了文明虚假的外表，令读者感到教育的微弱之光无法渗透到宇宙的深层，而他自己对原始人性的刻画远远超越了教育和文明的视域。这样的深度和广度只能用白鲸之"白"（whiteness）来比喻，其在作品中非凡的刻画每一点都与爱默生的文明相对踵，那是麦尔维尔自己"对世界中灵魔的本能的认识"。这个可见的世界在许多方面都"貌似"有爱，而其不可见的领域则充满了恐怖。不可见性就是没有灵魂的空灵，就是宇宙的硕大，就是虚无。白意味着无色，但也意味着全色。这"无色的全色"暗示一种无神论，也显示了他对自然的深刻理解。自然界活生生的色彩不过是小小的骗人把戏，用以掩盖里面的停尸房；宇宙对人类的追求显示出令人惊恐的冷淡，同时也是人对生存的怀疑和无视。麦尔维尔的"白"恰好与霍桑的"黑"（blackness）形成对照，因而也显示出二者所描写的世界之不同。霍桑关注的是人内心的善恶；麦尔维尔则关注完全使人矮化的不可控制的外在的邪恶力量。霍桑的"黑"迫使他放弃一切乐观主义，因而即使光也是昏暗的。麦尔维尔也痛恨乐观主义，即便他的"白"会引起一些神圣的联想，如波斯火教祭坛上最神圣的白色的叉状火苗，但最终也成为阴险之举，致使亚哈宣布："你虽是光，却从昏暗中来；而我来自光的昏暗。"麦尔维尔与霍桑在此再次相遇。此时，光与暗对亚哈都没有意义，或许他已经进入了那昏暗的黑。在对人类命运的理解上，麦尔维尔与霍桑一样也看到了个体脱离同胞将造成的可怕后果。这蕴含着他对美国民主的希望，对人类温暖之缺乏的恐惧，对普通人之匮乏和失败的担忧，以及发自内心进行勇敢斗争的激情，所有这些汇成了他写作《白鲸》的终极目的。

"但是，我所刻画的这一威严的神性，不是王公贵族的尊严，而是未经任何锦衣绶带之礼的充溢的尊严。你将看到它在磨牙签或钉鞋钉的臂弯里闪光；那民主的尊严在四面八方闪耀而没有来自神的终结；神本人！伟大的绝对的神！一切民主的核心和周边！他的无处不在，我们神圣的平等。"神性、尊严、平民的劳动和民主的闪光，最后落脚于无处不在的民主和平等。马蒂厄森总结说，麦尔维尔的修辞在最后一气呵成的一个"句段"中达到了顶峰：

> 形式上几乎达到建筑式平衡的重复句式，逐渐升华为一种纯粹和崇高的雄辩，这是任何其他美国作家所不能掌控的。这渐强

的声音完成了基督教与民主的融合。他出人意料地把三位英雄联结起来，这不会令霍桑惊讶，反而会给麦尔维尔对班扬和杰克逊的仰慕增添对塞万提斯"深刻而令人惋惜的幽默"的一丝温馨的理解。通过这些象征性人物，麦尔维尔揭示出他所认为的痛苦的人类在主动与邪恶进行的斗争中显示的财富。通过对民主尊严甚至对神性平等的这种全面肯定，他也暴露了自己毫不怀疑的感觉，即从美国普通的生活中也可以创造出伟大的主题。的确，他引领我们走进了他当时正在开辟的道路。[56]

惠特曼

"我有时以为《草叶集》只是一次语言实验"，[57] 惠特曼如是评价自己的杰作。这意味着言语表达对于惠特曼或对于任何一位诗人都是至关重要的，马蒂厄森也因此而找到了论述惠特曼及其诗歌的最佳切入点。与麦尔维尔不同，惠特曼并没有在任何艺术先驱那里寻找语言表达的秘诀，因为他认为语言不是由有学问的人抽象地建构起来的，而是产生于人类世世代代的工作、需要、斗争和欲望，"其基础宽而低，接地气"，是习俗的产物。鉴于此，英语在美国就有了全新的发展机会，能够覆盖整个美国现实，而他的诗由于紧贴美国

---

[56] F. O. Matthiessen, *American Renaissance: Art and Expression in the Age of Emerson and Whitman*, p.445.

[57] Ibid., p.517.

现实，所以也能尽最大可能地释放美国本土表达，也即"美国英语"的新潜能。他的基本信念是："完美地使用语言的人使用物。"物从他笔下渗出力量和美，在他手里和口中创造奇迹。岩石、蔑视、冲动、房屋、铁矿、火车、橡树、松树、锐利的目光、多毛的胸部、得克萨斯的护林人、波士顿的消防员、唤醒男人的女人和唤醒女人的男人，这些都是物。[58]

为物命名，这是亚当在乐园之所为，是人类童年的壮举。在这方面，惠特曼甚或更加天真和轻松。他意识到如果不亲身经验词语所表现的事实，如果不能感性地理解词语，就无法使用词语。而这一点，无论在19世纪还是在21世纪，似乎都已经为人所忘记，因为所谓精神的教育已经完全脱离了身体的教育，语言也脱离了其物质环境，而变成了只从字典上可以学到的东西。这是社会商业化和教育技术化的结果。惠特曼认为这样使用语言如同嚼蜡。人只有在与某物达到认同时才能对它感兴趣。或者，只有当你能使词语唱歌、跳舞、接吻时，你才能自如地运用语言，成为优秀的作家。这样的作家一定已经认识到其物质生活的全部资源，全身心地浸透在自己时代变化的社会经验之中。进而，只有理解自己和尽享生活的人才能最充分地使用词语，而真正的语言大师也必定是称职的心理学家，一如莱辛和波德莱尔，这是艾略特的观点。而且，艾略特还机敏地注意到，《草叶集》与《恶之花》的发表仅有两年之隔，于是问道：还

---

[58] F. O. Matthiessen, *American Renaissance: Art and Expression in the Age of Emerson and Whitman*, pp.517–518.

有哪一个时代能同时生产如此相异的草和花呢？尽管他宣称：对于惠特曼而言，现实与理想之间没有鸿沟，但他仍然看到了惠特曼的奇才把实际的美国写得壮丽堂皇，把现实形变为理想了。[59]

然而，惠特曼所为之变形的美国却被一种肤浅的文化遮盖着，真正地接触本土生活的美国要用有生命力的、为物代言的语言来表达，这种语言是普遍事物的吸纳者和综合者，是文明史的最好索引。美国英语就是这样一种语言，它吸纳了每一个语系的成分，综合了每一个民族的因素，每一次提到这种语言时，惠特曼都禁不住兴奋万分。而这种语言中最活跃的成分，一种无法无天的种子成分，就是俚语，它是词与句的基础，是所有诗歌的支撑，是言语中常在的一种傲慢和抗议。他接着把俚语等同于"间接性"，也即爱默生提出的"间接的而非直接或描述性或史诗式的表达"。一方面，惠特曼相信言语表达的有机风格在于词源意义的聚敛；另一方面，一切真理都潜藏于物，在物中等待着，它们既不急于自行展开，也不拒绝被展开。"无论何时，只要你能获得用夏雨滋润的春光，它们就会向你展开，放射出比玫瑰的蓓蕾还要清新的芬芳。但那必须是在你自身内部。它来自你的灵魂。它是爱。"活的言语来自人对周围生活的融入；语言最终不是由字典编撰者决定的，而是由大众，由最接近具体事物的人，最接近大地和海洋的人创造的。在这个意义上，俚语才被视为"间接性"，那些生机勃勃的词和短语，它们能够表达深藏

---

[59] F. O. Matthiessen, *American Renaissance: Art and Expression in the Age of Emerson and Whitman*, p.519.

于底层的从未被检验过的神秘,从未被讲述过的生命的本质,而最古老的最坚实的词就源生于这些大胆而被不断使用的俚语,也就是爱默生所说的作为自然事实之符号的词语。

同时,理想主义也贯穿惠特曼的语言观。他既强调词的物质性,实质的词都在大地和海洋之中;也强调词的精神性,没有比词更具精神性的东西了。"书中的词一无是处,词的流动才是一切。"在语言学家看来,惠特曼似乎要超越语言的界限,寻求一种普遍的艺术语言,一种文学的代数,它有时听起来像是译自某种不明的源语言,而那恰恰是语言自身。这就是爱默生之所谓物质与理想、具体与抽象的二分法,而惠特曼则以一种爱默生所无力为之的方法在两项之间搭起了桥梁。惠特曼敏锐地认识到,爱默生诗歌或散文中的每一个命题,都可以在某一个别的地方找到对立项。然而,爱默生和惠特曼处于一种"你中有我、我中有你"的互惠状态,二者都把诗人看作被赋予灵感的先知,其表达都取决于内在之光闪耀的时刻,尽管惠特曼认为爱默生总是在制造,而从未有过无意识的成长,因此有些不接地气。

对比之下,惠特曼的语言更贴近生活,与爱默生以及其他同时代作家不同的是,惠特曼懂得性的力量,人体的神圣性,包容一切的身体,作为灵魂的肉体,都是以性为体现的。这似乎把身体与灵魂等同起来了。实际上,他认为灵魂通过观察、爱、吸纳具体事物等行动而与物相认同,因此,实际观察事物的并不是肉眼,实施爱的活动的也不是肉身。在他看来,感觉的真实生命超越了感官和肉体，通过实在的固体和流体而达到灵魂的实现。于是，想象与现实合为一体；身体与精神合为一体；人的灵魂成为宇宙的中心。他因此认为只有黑格尔才适合于美国。然而，身体与精神永远是相容而又对立的，因为"宇宙的灵魂是男性，生殖的主人，授孕和赋予生命的精神——身体的物质是女性、母亲、等待……"但他承认这种对仗只是相对有效，被认为是真实的东西也有其虚假的一面，反之亦然。有论者认为，这种把身体和灵魂等对立因素加以综合的能力恰恰是诗人的标志。当词语固着于具体经验同时又沐浴在想象之中时，诗才最接近于人类生活。这一思想决定了惠特曼的语言选择。一方面，他要捕捉美国现实的愿望使他超越俚语而进入当时流行的新闻文体；另一方面，他要超越语言的限制而进入其所暗示的氛围，其种种尝试导致纯粹公式化表达的产生。显然，在初期的尝试中，二者以及二者的融合都鲜有成功者。

在《草叶集》第一版构思期间，他曾告诫自己要使用普通习语和短语，把工厂、农场和各种行业的语言带入文学，不但有美国市场上、码头上、垂钓者中使用的语言，还有各国工人阶级的语言，包括意大利语、西班牙语、墨西哥语、新奥尔良法语等。有时，外来语的随意使用并未达到他所希望的词与物的认同，因为那不过是对陌生声音的陶醉。他曾自夸自己的最大亮点是苏格兰方言，其特殊的魅力在于其"被忽视的、未完成的、不经意的赤裸"，一如彭斯的诗。显然，惠特曼的言语风格并不完全是他的美国同胞的，而是他自封为"当日的印刷工"的。这是本土的简单用法与他在某处读到或听到的用法，以及这些用法与他当时当地随意发明的言语的混合。为了创建这个新世界，他故意摆脱旧世界的语言模式，但在呈现美国英语特有的童真之时，作为这种新鲜语言之根的那个更加复杂的文明，尤其是其机械的枯竭的不断重复的书面语，就像破碎的"蛹壳"仍然残留不去。马蒂厄森总结说：

> 每一页都显示他的语言深深浸透着中产阶级的教育习惯，即疯狂地重视书面语。他的言语基本上不是来自与地面的接触，尽管父亲是长岛农民的后代，但他也是理性时代的公民，是汤姆·佩恩的熟人和仰慕者。惠特曼本人也没有像梭罗那样，通过缓慢吸纳地球上某一单个地方的习语而形成自己的风格。他被城市的广袤所吸引。虽然他的语言是自然的产物，但那是19世纪40年代一个布鲁克林记者的产物，他曾经是乡村小学教师和木匠的帮手，最后产生了要成为诗人的不可抵抗的冲动。[60]

托克维尔在讨论美国民主时曾说过，"美国作家和演说家往往使用一种膨胀的风格"，这是由民主群体所特有的一种两难状态造成的。"每一个公民都习惯于沉思一个非常弱小的对象，那就是他自己。"在他眼界抬高的时候，他只看到外面社会的巨大形式，或人类更加壮观的方面。结果，从批判的角度看，"他的观点要么极端的细

---

[60] F. O. Matthiessen, *American Renaissance: Art and Expression in the Age of Emerson and Whitman*, p.532.

腻和清晰，要么极端的一般和模糊；居于二者之间的是空无"[61]。而能够用极其丰富的宇宙象征来弥补这一空无的是既有深度又有力度的想象力。惠特曼具备这种想象力，成功地实现了那个目标。他在《自我之歌》开首就以深切的情感态度兼顾到部分和整体："我相信你我的灵魂，而我的另一个也不能屈服于你，/ 你也不能屈服于另一个。"由此展开了惠特曼诗歌表达的全部资源。他"既是母性的，也是父性的，是一个成人也是一个孩子"。在原始层面上自发生存的能力不久就被现时代的教育精神所否定，任意的表达被消除，取而代之的是更宽泛的经验，这不仅展示了美国社会的病理症状，还创造了用以详尽检验其理论视野和生活态度的诗歌。我们可以据此进入他的诗歌创作，找到其选择素材和主题的理由。于是，我们看到，惠特曼极力要在身体与灵魂、物质与精神之间建立和谐，使二者融合。这个愿望却源自母系祖先的贵格会派信仰，即把身体和灵魂相区别的教义，而人道主义的平等观也是贵格会派对人类和平的一个贡献。然而，在马蒂厄森看来，如果惠特曼不从那个传统中走出来，从外部看到了贵格会派的优秀品质，他就不会写出《草叶集》。

在 1858 年宣布该书之扩展的时候，惠特曼谈到统率全书大写的"精神"和对那"声音"的深深敬意。在 1881 年卡莱尔逝世时，他在一篇文章中概括了"先知"一词的意思，并说："伟大的事业就是揭示和倾倒灵魂中急于诞生的神圣的启示。简单说，这就是教友派

---

[61] F. O. Matthiessen, *American Renaissance: Art and Expression in the Age of Emerson and Whitman*, p.534.

或贵格会派的教义。"于是，我们看到这一教义的影响始终没有离开惠特曼。如果说爱默生只是在成熟之后才感到与贵格会派的某种情缘，那么，这对惠特曼则是与生俱来的。1829年，仅十岁的惠特曼就从父母口中听说过贵格会派的一位自由运动领袖阿里阿斯·希克斯——他提倡寂静主义，强调用内在之光求得自身的救赎，此后其照片就一直挂在他的房间里。在1888年体力难支的情况下，他还写了一篇论希克斯的文章，称他为一切纯粹神学的源头，是最民主的先知；他的学说"在莎士比亚戏剧或康科德哲学之上"，是神圣之爱和信仰在人的情感性格中的本能结合，为一切人、为未受过教育的普通人和穷人的结合。惠特曼所依赖的"内在之光"相似于爱默生所依赖的"超灵"，是创造性想象得以发挥的指导思想，也贯穿他的全部作品之中。

然而，由这种内在之光所照亮的人生态度却与欧洲浪漫主义或斯泰尔夫人所批评的新文学大相径庭，后者指的是坡所代表的那种浪漫主义，是对人类命运之不完整性的伤感，是忧郁、梦想和神秘主义，是对生命之谜的感受。惠特曼欣赏坡对"被称作人类的那种疾病"的无情诊断，但却不能同意坡进行诊断的前提。坡缺少道德原则，缺少对具体事物或对美国英雄主义的关注，缺少心灵的朴素情感，而专注于技术和抽象的美，他的想象性文学的电光辉煌炫目，但没有心灵。惠特曼据此指出，现代文学倾向于把一切都变成伤感、厌倦、病态、不满和死亡，而所有这些并不是自然的先天产物，纯粹是作家自己灵魂的病态和扭曲。在政治和经济思想上，惠特曼显

阅读何为：

文本·翻译·图像

然坚持美国工人阶级的立场，同时越来越强烈地意识到内战后的工业化从根本上改变了他所熟悉的小农和手工艺经济，因此也使他在态度上从个人主义转向了社会主义。他自认为是城市的诗人，但却不同于波德莱尔；同时也是自然的诗人，但又不同于华兹华斯。英国的浪漫派逃离城市的肮脏和贫穷，美国的浪漫派（爱默生和梭罗）退隐到乡村的孤寂，而法国的波德莱尔则把目光集中在大都市对孤独个体的压迫上。

惠特曼所成就的是最天真因此也是最自然的美国浪漫主义，即未来的浪漫主义。其他国度的诗歌描写过去，美国的诗歌描写未来。"对我们来说，最伟大的诗人是在作品中最激发读者想象力和反思的人，激发他对最自我的东西加以诗化。最伟大的诗人不是做得最好的人；而是最具暗示意义的人；不是把清晰的意义放在首位的人，而是给你留有欲望、解释、研究的余地、让你自己去完成其余部分的人。"[62] 惠特曼是平均主义者、民主派、感觉论者、超验的乐观主义者、神秘主义者和异教徒，而在诗中，所有这些又都融化为自然元素，光、气、云和尘土，但他相信"一片草叶并不逊色于星辰的运转"。

如果说爱默生在《代表人物》中选择的伟大人物（柏拉图、斯维登堡、蒙田、莎士比亚、拿破仑和歌德）表明他已经脱离了狭隘的民族主义，那么，《美国文艺复兴》一书则聚焦于美国 19 世纪中期的

---

[62] F. O. Matthiessen, *American Renaissance: Art and Expression in the Age of Emerson and Whitman*, p.543.

五位"代表人物",如果不是考虑到这是美国文学专论的话,那就可谓再狭隘不过的了。如果说爱默生所选的几位世界经典人物是当时美国文艺复兴所需要的,那么,马蒂厄森所选的这五位美国经典作家也就是美国文学正典所不能逾越的。他们是名副其实的"代表人物",是美国的"半神",因此需要创写一部神话来表现他们的壮举,用惠特曼所需要的集体肖像来描绘这些"户外空气中的人",或他们笔下的从农业社会向工业化过渡的人。如果我们把当时的康科德仍然看作乡村的话,那么,给这五位"代表人物"画一幅肖像画就不是很难的事了:爱默生无论如何都是一位乡村牧师;麦尔维尔是一位老"纽约客",但看上去依然是一位水手;梭罗在仰慕者的眼里无论怎么看都是一位农夫;霍桑虽然不像梭罗那么土气,但他的言语中总是带有不可根除的田园味;而惠特曼从一开始就有意超越他的这些同代人,去创造一位爱默生以"学者"和"诗人"为掩盖并预言的那种英雄。用他自己的话说,"我不过是个中心形象,在我自身内部被典型化的那种普遍的人格"。它源自真正的美国,用"自我之歌"歌唱活在自我之内的人和他的骄傲。他发现了自我的潜在能量,并鼓励每一个读者也用那能量去改变他/她自己,占据那同一个中心的位置,成为活的喷泉,而他最后的也是最大的快乐,就是为美国也为世界想象了一种生活,即普通环境中普通人的生活。它虽然普通,却依然壮美。

10
形象与观念的文本旅行

美国芝加哥大学艺术史系和英语语言文学系杰出服务教授 W. J. T. 米歇尔长期从事艺术和文学批评,把形象、文本和意识形态有机地联结起来,建构了有关形象或意象的一种别开生面的图像诗学,其中包括《图像学》(1987)、《图像理论》(1995)和《图像何求?》(2006)"三部曲"。作为三部曲之第一部,《图像学》主要讨论"形象"这一观念及其与画、想象、感知、比拟和模仿相关的一些观念。它力主回答两个问题:什么是形象?形象与词之间有何不同?由此把"图像学"的任务界定为研究用以标识词、思想、话语或"科学"的"图像"的学问。这里的"图像"也包括两个方面:即"就形象之所说"和形象本身之所说,前者指对视觉艺术的描述和阐释,后者指形象本身的言说。米歇尔认为关于图像的这种研究已经形成了一个传统,就狭义而言,它开始于文艺复兴时期塞萨尔·瑞帕的《图像》(1592),终结于20世纪厄文·潘诺夫斯基的图像研究。而广义言之,这个传统开始于基督教上帝依自己形象造人的观念,终结于20世纪现代科学的形象制造。因此就研究问题而言也有狭义与广义之分:狭义的形象指绘画、雕塑、肖像等艺术品,而广义的形象则指精神形象、文学形象、词语中的形象等。所有这些构成了"图像学"研究的核心内容。[1]

为了进一步澄清《图像学》和《图像理论》中涉及的一系列相关概念,米歇尔撰写并集结相关论文出版了第三部"曲"《图像何求?》,并于该书在中国出版之际为中国读者写了一篇说明,以澄清四个基本概念:图像转向、形象/图像、元图像和生命图像。在区别图像与形象时,他举例说:"你可以挂一幅画,但你不能挂一个形象。"[2] 画是物质性的,可以挂在墙上,摆在桌上,或干脆烧掉;而画留下的印象,在观者头脑中产生的形象,却依然存在:"在记忆中,在叙事中,在其他媒介的拷贝和踪迹中。"[3] 作为实存的物的金犊消失了之后,它依然作为形象活在各种故事和无数描画中。金犊先以塑像(肖像)的形式出现,当塑像消失之后便留下了它的形象。于是可以说,塑像是金犊之形象的载体或媒介,是这个形象的实质性的

---

[1] W. J. T. 米歇尔:《图像学:形象、文本、意识形态》,陈永国译,北京大学出版社,2020年,第 xxxi—xxxii 页。

[2] W. J. T. 米歇尔:《图像何求?形象的生命与爱》,陈永国、高焓译,北京大学出版社,2018年,第 xii 页。

[3] 同上。

阅读何为：
文本·翻译·图像

物的支撑，在这个意义上，金犊的塑像便是它的图像。但图像不仅止于物的层面，它还介入精神层面，即作为"精神图像"或形象而跨越媒介，经拷贝或模仿或改造而从雕塑到绘画到语言叙事到摄影到电影到漫画等其他不同表现形式。反过来说，一个形象可以有两种表达，一种是物质性的表达，即塑像、画像、建筑、词语等；另一种是非物质性实体，高度抽象的表达，它进入人的认知、记忆或意识之中，一旦与相应的物质支撑相遇便会重获精神图像。[4]

质言之，形象就是对一种相似或相像关系的认知，是一种隐喻关系，即把两种视觉认知相互"克隆"或相互转换的关系，或是把某一形象"视为"另一形象的关系，最终，形象必然会以图画的形式出现，无论是石板上书面的"十诫"（最终被"视为"基督教教义之权威），还是柏拉图的"洞穴寓言"（被"视为"哲学的元图像），都是由形象在认知和记忆中之核心作用所使然。一个形象是一个思想的形象。这种"转义"或向图像的"转向"并不是现代才有的。文艺复兴时期的透视法及其后的画架绘画和照相术都可说是历史上重要的向图像的"转向"，而每一次都是从"词"到"象"的转向。在这个意义上，米歇尔在其"三部曲"中描述的"图像转向"主要是针对罗蒂的"语言转向"而言的，后者认为20世纪的西方哲学将其原本对物自身的关注转向了对观念和概念的关注，因此把一切问题都归结为语言。而在米歇尔看来，语言本身也许不是根本；20世纪中期至今的图像

---

[4]　W. J. T. 米歇尔：《图像何求？形象的生命与爱》，陈永国、高焓译，第 xii—xiii 页。

和视觉文化研究已经从特殊的艺术史转向了一个"扩展的领域",一种新的"形象的形而上学",因此可以说是又一次"图像转向"。[5]

形象的相似性

历史上,形象经历了从"偶像崇拜"到"偶像破坏"的历次宗教、社会和政治运动,又经过索绪尔、维特根斯坦、乔姆斯基、潘诺夫斯基和贡布里希等语言学家和艺术史家的符号化、理论化和"体系"化,形象已经不再是用于认识世界的透明窗口了,不再单纯是"一种特殊符号,而颇像是历史舞台上的一个演员,被赋予传奇地位的一个在场或人物,参与我们所讲的进化故事并与之相并行的一种历史,即我们自己的'依照造物主的形象'被创造,又依自己的形象创造自己和世界的进化故事"。[6] 形象具有了历史性,因而也不同程度地具有了虚拟性,成为文学批评、艺术史、神学和哲学等领域中进行意识形态化和神秘化的一个再现机制。如果按照"相似、相像、类似"的特征来划分,形象便可以按维特根斯坦的"家族相似性"理论而进入图像、视觉、感知、精神和词语诸范畴,进而涉及心理学、物理学、生理学、神经学等生命科学和自然科学。而一旦我们从福柯的"物的秩序"这一普遍原则来思考形象所内含的和谐、模仿、类比、共鸣诸关系,那就不可避免地从"精神图像"的视角进入诗歌、绘

---

[5] W. J. T. 米歇尔:《图像何求?形象的生命与爱》,陈永国、高焓译,第 xi 页。
[6] W. J. T. 米歇尔:《图像学:形象、文本、意识形态》,陈永国译,第 6 页。

画、建筑、雕像、音乐、舞蹈等艺术范畴。而最终它必然会作为一个无意识深层结构从语言中浮现，成为把精神形象与物质形象相融合的一种"语言形象"，它是语言中蕴含的形象，而不是语言本身。

　　语言中蕴含着形象。语言是思与诗对话的场所。诗的本质不是视觉上格律的对仗或听觉上音调的和谐，而是行为的模仿和形象的再现；诗不是一种语言形式，而是一个故事，其成功与否全都依赖其故事的虚构。"如果诗歌和绘画可以相互比较，并不是因为绘画是一种语言，或绘画的色彩与诗歌的单词有相似性；而是因为二者都在讲述一个故事，这个故事为普遍的、基本的准则带来了选题和布局。"[7] 毫无疑问，这就是米歇尔所说的人"依自己的形象创造自己和世界的进化故事"。在这个故事中，"词是思的形象，而思是物的形象"[8]。作为实存的人经过"物的形象"（原始印象）和"思的形象"（精神图像）而变成了故事中的词语，也就是从"流自物体自身的形象"变成了"来自语言表达的形象"，[9] 在这个过程中，诗人占了上风，给后者以更有力的笔触，使得描摹的美超过了自然的美，于是，语言的重要性被凸显出来：在浪漫主义文学和现代主义诗歌中，雨果的浪漫主义图景并不是由教堂的石块而是由"物质性的"词语构筑的，福楼拜的现实主义并非是由实证性的生活数据而是由"华而

---

[7] 雅克·朗西埃：《沉默的言语：论文学的矛盾》，臧小佳译，华东师范大学出版社，2016年，第7页。
[8] W. J. T. 米歇尔：《图像学：形象、文本、意识形态》，陈永国译，第22页。
[9] 同上书，第24页。

不实"的言辞描写的,而马拉美的象征主义诗歌也并非是由隐喻性的词语而是由"沉默的言语"构成的。这些"物质性的"词语、"华而不实"的言辞和"沉默的言语"不是情感于瞬间的自然宣泄(华兹华斯),不是于瞬间呈现思想和情感的综合体(庞德),也不是没有思想而只有物的"流自物体本身的形象"(爱迪生),而是"由某一命题投射出来的'逻辑空间'里的'图画'"(维特根斯坦),是现实经过"思"之中介在语言中形成的"图画",[10] 也是既用语言也用图画的一种符号性的认知活动,以便于深入理解传统认识论中词、思、形象之间的关联,这种关联便是相似性。

  从根本上说,"相似性"不但是西方创世传统的根基("依造物主自己的形象造人"),也是西方美学的思想基础(艺术首先依据相似性进行创造性模仿)。相似性指的不是外形或形状的相似,而是灵魂的相似。偶像崇拜者所犯的错误在于把外形或物质形状当成了与灵魂的相似,甚至当成了灵魂自身;偶像破坏者也正是基于这个理由来破坏偶像的。那么,作为灵魂或"精神"相似性的形象究竟是什么呢?一棵树与另一棵树相似,但二者之间的相似绝不构成形象。"'形象'一词只有在我们试图建构我们如何认识一棵树与另一棵树的相似性的理论时才与这种相似性有关"。[11] 这涉及形象可见的图画意义与形象不可见的精神意义,也就是说,一幅画在可见的画框内描画了一个可见的世界,一个美的或丑的世界,但这个可见的世

---

[10] W. J. T. 米歇尔:《图像学:形象、文本、意识形态》,陈永国译,第24—27页。
[11] 同上书,第35页。

界同时也遮蔽着一个不可见的世界，它或可是画框外的世界，或可是画面掩盖的世界，或可是画面在观者意识中激活的一个含有各种可能性的世界，而那正是作品的世界所回归之处，海德格尔称之为"大地"。

这意味着绘画并非像莱辛所说的那样不能讲故事。莱辛给出的理由是：绘画的模仿是静态的，不是循序渐进的；也即，绘画是空间中的展示，而不是时间中的叙事。但绘画也同样在讲故事，绘画也是一种叙事：就连莱辛用来开启和接受此番讨论的《拉奥孔》不也在讲述拉奥孔和他两个儿子如何被波塞冬惩罚的故事吗？就连莱辛本人不也在引用"希腊的伏尔太（伏尔泰）"的话："画是一种无声的诗，而诗则是一种有声的画"吗？尽管这话中所含的道理如此明显"以致容易使人忽视其中所含的不明确的和错误的东西"。[12]而这不明确或错误的东西就是："画和诗无论从模仿的对象来看，还是从模仿的方式来看，却都有区别。"[13]

然而，对象也好，方式也好，无论区别有多大，它们都不涉及本质的相似性。"诗中有画，画中有诗。"（苏东坡）诗画同质。所同之质就在于二者赖以构成的形象性。莱辛把同质的艺术分成专注于行动进程的"时间艺术"和只呈现瞬间凝滞的画面的"空间艺术"。前者是诗，即使把拉奥孔因哀号而变形的脸描写得丑陋可憎、惨不忍睹，却仍能由于不那么直观和明显而让人接受；后者是画或雕塑，

---

[12] 莱辛：《拉奥孔》，朱光潜译，商务印书馆，2013年，第2页。
[13] 同上书，第3页。

其直观性会使人对丑陋产生反感,因此就只能把拉奥孔的"放声号叫"刻画成"轻微的叹息",这样才不至于破坏"希腊艺术所特有的恬静和肃穆"。[14]在莱辛本人看来,这完全是由于古代艺术模仿美和描画美的戒律:艺术是用来表现美的,即使在表现极度的扭曲的痛苦时也必须避免丑。[15]而在艾柯看来,莱辛的意义恰恰就在于他以此开启了"丑的现象学",发动了浪漫主义对丑的拯救。[16]

虽然莱辛坚持认为在引起快感方面,诗和画对丑的处理方式并不完全相同,但他已然承认"无害的丑在绘画里也可以变成可笑的……有害的丑在绘画里和在自然里一样会引起恐怖",[17]因为丑同样可以触及灵魂。这意味着,丑与美一样,也可以实现艺术的崇高,也可以使灵魂升华,也即,丑可以通过视觉认知中的形象转化来实现美的"崇高"目标。实际上,在莱辛所生活的18世纪,"崇高"已经成为思想家和艺术家们经常讨论的话题,并由此而改变了人们对丑陋和恐怖事物的看法,也就是说,在美的问题上,重点讨论的已经不再是美的规则,而是美(丑)对人的认知作用。埃德蒙·伯克提出,我们在目睹暴风雨、汹涌的海浪、危险的悬崖、深渊绝谷、空寂荒凉、阴森洞窟等恐怖事物时,只要它不危及我们、不伤害我们,我们就会产生快感。康德把感官无法掌控但想象却可以拥抱的

---

[14] 朱光潜:《诗论》,生活·读书·新知三联书店,2012年,第181页。
[15] 莱辛:《拉奥孔》,朱光潜译,第17页。
[16] 翁贝托·艾柯编著:《丑的历史》,彭淮栋译,中央编译出版社,2010年,第271页。
[17] 莱辛:《拉奥孔》,朱光潜译,第150页。

事物，如星空和远山，称作数学式的崇高；把震撼我们灵魂，使我们自感渺小，并因此用道德的伟大来弥补的自然威力（如暴风雨和霹雳）称作力学式的崇高。希勒认为崇高产生于我们对自身的局限之感，而黑格尔却认为我们由于在现象界找不到足以表现无限之物，所以才产生崇高之感。丑进入了审美的范畴，进入了基督教圣像学，而这正是从黑格尔所发现的美与丑的冲突开始的。[18] 这一切都离不开诗画所共享的形象；这形象就在语言和色彩之中，我们既能再度尊崇形象表达的词语的雄辩力，同时也看到词语中图画的再现力。"想象力的救赎就在于接受这样一个事实，即我们是在词语与图像再现之间的对话中创造了我们的世界。"[19]

形象的文本性

被莱辛誉为"希腊的伏尔太"的人就是克奥斯的西蒙尼德斯。他的那句话"画是一种无声的诗，而诗则是一种有声的画"引起了西方古今关于诗画的这场论争。然而，这场论争"绝不仅仅是两种符号之间的竞争，而是身体与灵魂、世界与精神、自然与文化之间的一场斗争"。用以标志诗与画之间差异的符号是"文本与形象、符号与象征、象征与语象、换喻与隐喻、能指与所指"，它们之间并不构成尖锐的二元对立，而呈现互补对仗的形式。[20] 这要经过复杂的推演才能

---

[18] 翁贝托·艾柯编著：《丑的历史》，彭淮栋译，第276—279页。
[19] W. J. T. 米歇尔：《图像学：形象、文本、意识形态》，陈永国译，第51页。
[20] 同上书，第57—58页。

从对仗中见出互补。米歇尔的推演开始于达·芬奇的《绘画论》："如果你，诗人，描写某些神的形体，那被写的神就不会与被画的神受到相同的待遇，因为画上的神将继续接受叩首和祷告。各地的人们将世世代代从四面八方或东海之滨蜂拥而至，他们将求助于这幅画，而不求助于书面的东西。"[21] 出于对绘画的偏爱，达·芬奇强调眼睛与其他任何感官相比都不易受到欺骗。受到谁的欺骗？当然是形象。达·芬奇显然触及一个不容否认的事实：感官印象并不可靠，里面掺杂着幻想的成分，因而具有欺骗性。无论是"眼见"还是"耳听"，其实都不能"为"原初的"实"，即使清晰准确的理想的语言表达也会受到相似性和形象的诱惑，而不足以控制"幻想的画面"。米歇尔在此引用的是伯克的观点。在他看来，崇高需用词语来表达；而美需由绘画来描画。词语之所以是表达崇高的媒介恰恰因为它们不能提供清晰的形象。对他来说，朦胧就是崇高，愉悦就是痛苦消失后或远离痛苦之时的感觉，而崇高与美在艺术上和身体上的区别就是词语与形象、痛感与快感、模糊与清晰、智力与判断之间的对立。

如果我们再次用伯克的观点来对应莱辛关于诗画的区分，那就可以得出：诗是用词语表现崇高的时间艺术；画是用描画来表现美的空间艺术。除了时间—空间、崇高—美的对应之外，莱辛还提出了另一组对应：身体（物体）—行动（情节）的对应，并指出：物体（身体）是绘画所特有的题材（对象）；行动（情节）是诗所特有

---

[21]　W. J. T. 米歇尔：《图像学：形象、文本、意识形态》，陈永国译，第 147 页。

的题材（对象）。[22] 一方面，"一切物体不仅在空间中存在，而且也在时间中存在""因此，绘画也能模仿动作，但是只能通过物体，用暗示的方式去模仿动作"。另一方面，动作也"并非独立地存在"，需依存于作为物体的人或物，"所以诗也能描绘物体，但是只能通过动作，用暗示的方式去描绘物体"。如此，诗与画就都采用暗示/隐喻的方式模仿，其唯一的区别在于，前者通过动作来模仿，后者通过物体来描画。这是因为物体美源自杂多部分的和谐效果，画家可以同时将其并列于画面之上，而用词语进行描写的诗人则不然，他只能按次序一个一个地历数，以获得整体和谐的形象，最终"达到对整体的理解，这一切需要花费多少精力呀！"[23] 至此，关于时间艺术与空间艺术的问题被归结为"符号经济"的问题，即创造过程中要付出多大努力来捋顺这些用以标识时空关系的符号。实际上，"艺术品，与人类经验中所有其他物体一样，都是时空结构，而有趣的问题就是理解特殊的时空构造，而不是给它贴上时间或空间的标签"。[24]

然而，标签还是要贴的，关键是看贴得是否妥当。柏拉图的《克拉底鲁篇》主要讨论的就是如何正确标识或命名的问题，其结论是："词自然相似于它们所再现的对象。"[25] 这个结论的前提也是苏格拉底提出来的："由相似性所再现的被再现的物绝对完全优越于偶然符号

---

[22] 莱辛：《拉奥孔》，朱光潜译，第90页。
[23] 同上书，第100页。
[24] W. J. T. 米歇尔：《图像学：形象、文本、意识形态》，陈永国译，第124页。
[25] 同上书，第91页。

的再现。"[26] 这里，"由相似性所再现的被再现的物"显然可以指基于形象的画，而与之相对的"偶然符号"则是由习俗所决定的语言符号。达·芬奇依据"自然相似性"之理道说"画高于诗"，因为画模仿自然；而雪莱则断言"诗高于其他艺术"，因为诗的媒介是语言，而"语言是由想象力任意生产的，只与思想相关"。[27] 然而，经过了许许多多的怀疑、辩解、论证，贡布里希终于从忽左忽右的两难状态中走出来，认识到词语、图画、视觉形象不管包含什么，它们都是自然符号。画与诗之间的区别显然是形象与语言、自然符号与习俗符号之间的区别，但这个区别是不真实的，因为自然符号只在起点上才是自然的，如果没有这个起点，我们就永远不能获得使用词语或形象的技能。究其实，贡布里希的形象论所说的"自然"是一种特殊的历史构成，一种特殊的意识形态，也是西方文化中特有的物恋或偶像崇拜。它告诉我们一个几乎每个论者都曾经否认或忽视的事实，即无论是词语还是形象、诗还是画，它们只是与所再现或命名的物"在起点上"有一种自然的相似关系，起点之后便都是通过习俗和约定运作的，因此都是不完善的，有偏差的，不能完整准确地反映或再现事物的真实。[28]

  这就是说，诗与画都依赖相似性再现其客体，而相似性是无所

---

[26] 此处出于叙述语境的方便，依米歇尔提供的英译文译出。请参照王晓朝的译文："用与事物相似的东西来表现事物比随意的指称要强得多。"[柏拉图：《克拉底鲁篇》，见《柏拉图全集》（第二卷），王晓朝译，人民出版社，2003年，第125页。]

[27] W. J. T. 米歇尔：《图像学：形象、文本、意识形态》，陈永国译，第93页。

[28] 同上书，第111页。

不包的，世界上的任何事物都可以根据相似性来描述，因此它不是艺术表现的必要和充足的条件。诗或画、文本或图画、语言的图像理论或图画的图像理论，任何单一的一方都不能说明艺术或世界的"差异语法"，无法证明"世界存在的方式"，这是尼尔森·古德曼得出的结论。

> 对语言的图像理论的破坏性攻击是，一种描写不能再现或反映真实的世界。但是我们已经看到，一幅画也做不到这一点。我开始时就丢掉了语言的图像理论，结论时采用了图画的图像理论。我拒绝用语言的图像理论，理由是一幅画的结构与世界的结构并不一致。然后我得出结论，使某物与之相一致的或不一致的世界结构这种东西并不存在。你可以说语言的图像理论与图画的图像理论一样虚假或真实；或，另言之，虚假的不是语言的图像理论，而是关于图画和语言的某种绝对观念。[29]

用米歇尔的话说，古德曼似乎对绝对论者犯下了每一种可能的罪过：否定了用以检验语言和图画再现的一个世界的存在，颠覆了现实主义再现的地位，把几乎所有的象征形式和认知行为都简化为建构或阐释，而地图与画、形象与文本之间的严格区分并不是由共享的自然而是由共享的惯习决定的。

这决定了古德曼独树一帜的"密度"论，即用有刻度的和无刻

---

[29]　W. J. T. 米歇尔：《图像学：形象、文本、意识形态》，陈永国译，第 75 页。

度的温度计来区分近乎确定的阅读和不确定的阅读。刻度等于密度。在有刻度的温度计上,水银抵达之点都是确定的或近似于确定的,因此是确定的阅读。在无刻度的温度计上,水银抵达之点都是相关的和近似的,是一个无限数或系统内的一个记号。一幅画就好比一个没有刻度的温度计,线条、质地、色彩的每一次变化都具有潜在的意义,其象征性是超密度的、饱满的,具有无限的可能性。而在区分的符号系统(有刻度的温度计)里,一个标记的意义取决于它与所有其他标记的关系(如字母表中的任一字母),它是经过区分的,因此是没有密度的、断裂的和中断的。"图画在句法上和语义上是'连续的',而文本则采用一组'不连贯的'、由没有意义的空隙构成的符号"。[30] 重要的是,这两种温度计并不是截然区别开来的。也就是说,密度的有无取决于阅读的方式:一幅画可以被读作一种描写,可以放在字母表里按次序来读;而一段话(文本)也可以读作城市景观(图画),作为有密度的系统而建构或浏览;其阅读的方式是由起作用的符号系统来决定的,"而这通常是习惯、习俗和作者约定俗成的问题——因此也是选择、需要和兴趣的问题"[31]。

最终,米歇尔把上述讨论的文本—形象问题归结于这样一个话题:"形象是某种或可获得或可利用的特殊权力的场所;简言之,形象是偶像或物恋。"[32] "偶像"和"物恋"这两个概念显然与位于图像学

---

[30] W. J. T. 米歇尔:《图像学:形象、文本、意识形态》,陈永国译,第 80 页。
[31] 同上书,第 83 页。
[32] 同上书,第 184 页。

之核心的偶像崇拜与偶像破坏相关，因此不可避免地涉及意识形态性，也就必然与马克思主义文化批评密切相关。按照米歇尔的解释，任何"精神事实"和"概念总体"都是"知觉和形象同化和转化为概念的结果"，他同时规定了分析概念的步骤："第一个就是把有意义的形象简化为抽象的定义，第二个则通过推理而从抽象定义到具体环境的再造。"[33] 从形象到抽象，再从抽象到具体，这是一个再生产的过程。米歇尔认为马克思是通过"制造隐喻"来使概念具体化的，比如，用暗箱中投射的非实质性幻影喻指精神活动，而作为精神活动的意识形态又将自身投射和铭刻到商品的物质世界上来。

形象的意识形态性

"暗箱"指的是银版照相法的发明，也标志着一种新的形象产业的出现。有闲阶级可以用这种相机生产"新的收藏品"，同时又可以将其用作人类理解的新模式，也就是马克思所说的一种虚假理解的模式，因为暗箱里所呈现的影像是倒置的，恰如这个生活世界也是倒置的一样。之所以倒置，是因为那些唯心主义者们是"从人们所说的、所想象的、所设想的东西出发""从口头说的、思考出来的、设想出来的、想象出来的人出发，去理解有血有肉的人。我们的出发点是从事实际活动的人，而且从他们的现实生活过程中我们还可以描绘出这一生活过程在意识形态上的反射和回声的发展。甚至人们

---

[33] W. J. T. 米歇尔：《图像学：形象、文本、意识形态》，陈永国译，第196页。

头脑中模糊的东西也是他们通过经验来确定的、与物质前提相联系的物质生活过程的必然升华物"。[34] 简言之，唯心主义者的出发点是人的意识，而"存在于人的意识之中的不是物本身或它们的属性和关系，而是精神影像或这些影像的反映"[35]。也就是说，唯物主义者的出发点是现实生活中从事实际生活活动的人，他们的意识甚至他们头脑中模糊的东西也来自物质生活及其经验。因此，矫正唯心主义者所倒置的形象的唯一办法就是将其置于时间之中，置于历史生活的进程之中，任何一位历史唯物主义思想家都必须自觉依照历史规律，从全人类的普遍利益出发，来批判虚假的意识形态，而全人类的利益，对于马克思而言，就是无产阶级的利益，其最终目标是无产阶级斗争和实现共产主义。

倒置不仅是物质生活与精神影像之间的形象倒错，它"也是意识形态自身的一个特征，把价值、先后顺序和真实关系倒置起来"[36]。米歇尔认为，相机的倒置机制恰恰是浪漫主义文学中的一个艺术手段，也是视觉艺术中至关重要的一种技术。作为隐喻，它不但揭示出意识形态的幻觉，而且成为视觉艺术领域中"伦勃朗式"的现实主义媒介。按本雅明所说，它是"在革命世纪的门口挥舞的一种两用引擎"，是"第一个真正的革命的生产手段"，是"与社会主义的兴起同时发明的""能够使艺术的全部功能以及人的感觉发生一场革命的"，

---

[34] 《马克思恩格斯文集》（第1卷），人民出版社，2009年，第525页。
[35] W. J. T. 米歇尔：《图像学：形象、文本、意识形态》，陈永国译，第212页。
[36] 同上书，第218页。

是"终结意识形态的'历史生活过程'的象征"。相机的倒置机制导致了作为艺术的摄影的问世。然而,对本雅明来说,"摄影既不是艺术,也不是非艺术(纯技术):它是改造艺术整个性质的一种新的生产方式"。这种生产方式既给第一批摄影师以及后来作为艺术家的摄影师带来了光晕,同时也驱散了传统艺术中萦绕在物周围的光晕,把物从光晕中解放了出来。[37]

马克思本人对本雅明赞扬的摄影这个革命媒介始终保持着沉默,这也许是由于他当时对人类学以及原始宗教发生了强烈的兴趣,因此无暇顾及摄影(也恰恰是这无暇顾及使他开始了更加宏大的《资本论》的研究)。他从对人类学和原始宗教研究的阅读中抽象出商品拜物教的概念,与意识形态概念构成了互补:前者是物质的,是对经济基础的控制;后者是精神的,是对上层建筑的控制,而其功能都是进行偶像破坏的武器,都是理解艺术的理想手段。这并不是说艺术就是商品,或通过商品来研究艺术(尽管这二者在今天都已成为事实),而是说商品与艺术一样,作为透明的存在而被赋予了神秘的属性,其意义和历史属性也是需要破译的。马克思甚至用浪漫主义美学和诠释学的词汇来形容商品,认为"商品是一种很复杂的东西,充满形而上学的微妙和神学的诡辩"[38]。其神秘性"不是来源于商品的使用价值,也不是来源于决定价值的性质",而源自下列三种形式:

---

[37] W. J. T. 米歇尔:《图像学:形象、文本、意识形态》,陈永国译,第 222—224 页。
[38] 《马克思恩格斯全集》(第 43 卷),人民出版社,2016 年,第 64—65 页。

人类劳动的等同性，取得了劳动产品的价值形式；用劳动持续时间来计量的个人劳动，取得了劳动产品的价值量的形式；最后，生产者之间的体现他们劳动的社会性的关系，取得了劳动产品的社会关系的形式。正因为如此，这些产品变成了商品，也就是说，变成了既是可感觉的又是不可感觉的物或社会的物。"[39]

商品的双重面纱在于它一方面在人们面前呈现为物与物的关系的虚幻形式，另一方面，它又表现为价值形式和劳动产品的价值关系。马克思认为只有在宗教世界的幻境中才能找到一个适当的比喻。"在那里，人脑的产物表现为具有特殊躯体的、同人发生关系并彼此发生关系的独立存在的东西。在商品世界里，人手的产物也是这样，这可以叫作拜物教。劳动产品一旦表现为商品，就带上拜物教的性质，拜物教是同这种生产方式分不开的。"[40] 可见，作为"虚幻形式"的商品与意识形态中的"虚幻"的观念一样，是光在视觉神经中留下的印象，所不同的是，商品的虚幻性具有客观属性，光投在了劳动产品上；而意识形态的虚幻性则是主观投射的，如同原始宗教中的物质偶像也是一种主观投射。于是，"意识形态和商品，暗箱的'幻想形式'和拜物教的'客观属性'，就成了不可分离的抽象形象，是同一个辩证过程中相互维护的两个方面"。[41]

---

[39] 《马克思恩格斯全集》（第43卷），第66页。
[40] 同上。
[41] W. J. T. 米歇尔：《图像学：形象、文本、意识形态》，陈永国译，第233页。

阅读何为：
文本·翻译·图像

在米歇尔看来，由于拜物教或物恋具有浓重的偶像崇拜性质，不仅把物质生产转换成人的幻觉，而且把活的意识变成死的、把无生命的物质变成有生命的崇拜物，在人之间生产一种物质关系，在物之间生产一种社会关系，因此是一种邪恶的交换。[42]这最典型地体现在货币这个价值符号上。马克思正确地看到，货币并不是交换价值的想象符号，而是商品已经实现的价值。"因此，货币的运动，实际上只是商品本身的形式的运动。"[43]随着货币在商品交换的领域里无休止地流通，它已经取代了它自身作为价值符号的一些功能，成为物恋、成为物自身。货币由符号变成了物。它具有超自然的魔幻力量，以平凡的社会生活、自明的交换形式和纯粹的量化关系遮蔽了自身最深的魔力（乃至罪恶），使商品以及货币自身成了一个永恒的语码。在资本主义社会里，货币是妓院里的老鸨，金钱是人尽可夫的娼妇，具有为自身增加价值的属性，无休止地贪婪地生产"金蛋"，令货币繁殖货币，甚至连资本家自己也成了"人格化了的资本"，成了剩余价值的意识表征，[44]就仿佛当下的名人按"身价"来论社会地位的高低、用"量大"来衡量学问的大小、用"头衔"的多寡来判断人的才能一样。

马克思在讨论商品拜物教时提到了象形文字和语言，并将其置于宗教的偶像崇拜和偶像破坏的语境之中。在米歇尔看来，这种讨

---

[42] W. J. T. 米歇尔：《图像学：形象、文本、意识形态》，陈永国译，第234页。
[43] 《马克思恩格斯全集》（第43卷），第111页。
[44] W. J. T. 米歇尔：《图像学：形象、文本、意识形态》，陈永国译，第240页。

论或许意在说明，商品拜物教也是进行偶像破坏的一种偶像崇拜，其悖论在于：不同的偶像崇拜中存在着一种相似性，不同的偶像破坏之间也存在着一种相似性。偶像崇拜者总是幼稚的、受骗的、可怜的，因为他总是虚假宗教的牺牲品；偶像破坏者总是进步的、发达的、建构的，总是与偶像崇拜保持着历史的距离。然而，其荒谬之处在于，偶像破坏者在打破了旧的偶像的同时也确立了新的偶像，因此与偶像崇拜者一样犯了道德错误：忘记或抛弃了人性，把人性投射到新的偶像上去了，如新教与罗马天主教的分裂，或费尔巴哈所说的希伯来人从对偶像的崇拜到对上帝的崇拜，或拜金主义对任何宗教信仰的取代。颇为有趣的是，米歇尔认为马克思为这种"偶像破坏的偶像崇拜"找到了"一个合适的象征"，即拉奥孔。[45] 马克思（抑或米歇尔）把拉奥孔比作新教徒，把蛇比作财神或商品；拉奥孔实际上并未努力抗争以摆脱正在使他窒息的蛇，这是因为他崇拜蛇，又被蛇所拥抱，因而将其当作偶像崇拜之，其结果，拉奥孔成了一个偶像崇拜者，而他自己也将（在莱辛的帮助下）成为一个偶像，因此也最终必然经由偶像破坏而被新的偶像所取代。由是观之，现代政治经济中的全部交流工具和视觉艺术中的"形象制造"，包括电视、电影、广告中的名人崇拜、媒体崇拜或符号拜物教，实际上也

---

[45] W. J. T. 米歇尔：《图像学：形象、文本、意识形态》，第 246 页。实际上，马克思在其卷帙浩繁的著作中，只有一次提到《拉奥孔》，即 1837 年 11 月 10—11 日给父亲亨利希·马克思的信中："这时我养成了对我读过的一切书作摘录的习惯，例如，摘录莱辛的《拉奥孔》、佐尔格的《埃尔曼》、温克尔曼的《艺术史》、卢登的《德国史》，并顺便记下自己的感想。"[《马克思恩格斯全集》（第 47 卷），第 11 页。]

把"艺术"变成了资本主义美学的物恋,使其具有了散发着浓浊的铜臭味的"光晕",诚如鲍德里亚所说,甚至博物馆也成了银行,媒体也成了非交流的建构者。[46] 这意味着,非但物没有被从"光晕"中解放出来,就连精神也仍然被物质的"光晕"所笼罩着。

潘诺夫斯基认为,被当作从属性或约定俗成的含义之载体的母题也是形象,把这种不同的母题综合起来就是作品、就是创作,"我们习惯上把它们称作故事和寓言"[47]。什么是母题?"由被当作基本的或自然含义的载体的纯形式构成的世界"就是母题,[48] 即由形象、故事和寓言显示出的主题或由概念构成的世界,它们具有基本的自然的含义,但却不是基本的自然的题材。比如,看到一群人按一定方式排列、以一定姿势坐在餐桌前,这就是再现《最后的晚餐》的母题。《圣经》中耶稣与其十二门徒的最后一次晚餐是题材,达·芬奇的画《最后的晚餐》则是对这个题材、故事、母题的再现,它前无古人的创造性就体现在把圣经故事中的"圣餐设立"和"宣告背叛"(概念)结合起来,体现了门徒们"无声的喧哗"与耶稣"最强的和声"之间的鲜明对比,歌德称之为"精神的有机体",贡布里希称之为"哑剧",沃尔夫林则盛赞其形式与内容的有机统一。然而,其历史性含义却要基于基督教的基本态度或原则来理解。当我们把这幅名画当作是被再现的"最后的晚餐",我们就仍然与其故

---

[46] W. J. T. 米歇尔:《图像学:形象、文本、意识形态》,陈永国译,第251页。
[47] E. 潘诺夫斯基:《视觉艺术的含义》,傅志强译,辽宁人民出版社,1987年,第35页。
[48] 同上书,第34页。

事本身打交道，将其构图和肖像画特点当作作品本身的特点；而当我们将其当作达·芬奇画风的转变或意大利文艺复兴时期文明或宗教态度的文献，那它就具有了符号价值，所表现的就是"某种别的东西"了。[49] 对同一幅画的两个不同层面的解释构成了肖像学（Iconography）与圣像学（Iconology）之间的区别：前者指画法、写法以及描述性的内涵；后者指思想、理念以及解释性的内涵。"圣像学就是一种带有解释性质的肖像学"，而"对形象、故事和寓言的正确分析也是对它进行正确的圣像学解释的前提"。[50] 当圣像的从属性题材全部消失、内容直接过渡到风景、静物或风俗时，或当1200年左右"维罗尼卡面纱"也即耶稣的"真实图像"被发现，之后据说是根据真实的、以生活为原型的耶稣的正面图像不断被复制时，圣像便进入了肖像画时代。此后至今，我们所面对的就只有作为图像的形象，或作为形象的图像了，于是，"圣像学"也就变成包含"肖像学"在内的"图像学"了。而这一"转向"的意义在今天比在以往任何时代都更加重大。

---

[49] E.潘诺夫斯基：《视觉艺术的含义》，傅志强译，第37页。
[50] 同上书，第39页。

11
视觉再现与语言再现的辩证关系

在"图像三部曲"的第一部"曲"《图像学》中,米歇尔试图集中回答什么是形象的问题,论述了形象的相似性、形象的文本性和形象的意识形态性。在第二部曲《图像理论》(1995)中,米歇尔在《序》中提出了一个简洁但却非常醒目的问题。他说:"21世纪的问题是形象的问题。我们生活在由图像、视觉类像、脸谱、幻觉、拷贝、复制、模仿和幻想所控制的文化当中……对强大的视觉文化的焦虑不仅仅是批判知识分子的领域……它产生于一系列相关的跨学科活动,涉及文学批评和理论,对再现的哲学批判,以及视觉艺术、电影和大众媒体研究的新趋向。"[1] 显然,形象依然是《图像学》中用来标识思想、话语、科学甚至词语本身的图像,但在20世纪末,人

---

[1] W. J. T. 米歇尔:《图像理论》,陈永国、胡文征译,北京大学出版社,2006年,第2—3页。

的再现和交往模式已经发生了重大变化,改变着人的焦虑的经验结构:一方面,是由一种阅读文化所决定的"性别、种族和阶级"等问题构成的政治焦虑;另一方面,是由一种观看文化所决定的关于"真、善、美"的再现性或形象生产的焦虑,二者间的差别不仅仅是形象与词语之形式差异那么简单,而涉及言说的自我与被注视的他者、讲述与展示、道听途说与亲眼目睹、所听/所写/所引用的词语与所见/所画/所描写的形象、传感再现渠道与经验模式之间的差异。其所涉及的言与象、诗与画之间的关系是无限的。

虽然《图像理论》依然要追问图像是什么以及图像与语言如何关联等问题,然而,在一个由相像和类像所构成的景观社会里,只读懂或理解图像是什么似乎并不够,因为理解本身并不解决实际问题。同时,《图像理论》并不是要构建关于图像的理论,提出相关概念或信条,进而搭建关于图像与话语之权力关系的理论框架,而是要在利用图像与其相关学科的权力关系的同时,图绘一种处于构成中的图像的实践活动。比如,现代思想随着视觉范式的转变而发生的"图像转向",或由于图像作为再现实践的出现而导致的关于图像的"元图像"论说,或借助一种"形象文本"来讨论图像与话语二者间并非成立的二元对立的关系。这就是该书所要探讨的主要内容。

图像转向

在《图像学》中,米歇尔把"图像转向"界定为开始于文艺复兴时期塞萨尔·瑞帕的《图像》(1592)、终结于20世纪欧文·潘诺夫

阅读何为：
文本·翻译·图像

斯基的图像研究，或从广义上说，开始于基督教上帝依自己形象造人的观念，终结于20世纪现代科学的形象制造，因此，这种转向并不是什么新鲜事儿，历史上已经形成了一个传统。实际上，时代的变化导致了人的认识对象的变化，人对物像的认识也随之发生变化，因而必然出现关于图像的不同话语。哲学上，中世纪以前，人的关注对象是事物；在17世纪到19世纪末，关注的对象是思想；20世纪转向了词语，也即在人文科学、社会科学和自然科学三大领域内，基本的再现范式已经转向用语言建构的话语，是为"语言学转向"[2]。米歇尔正是针对这个"语言学转向"而提出了一种新的转向，即"图像转向"的，其中包括皮尔斯的符号学、古德曼的"艺术的语言"、德里达的"文字学"、法兰克福学派的大众文化和视觉研究，以及福柯关于权力—知识的历史研究。然而，所有这些还不能说是"图像转向"本身，而充其量是一种苏醒，是"语言学转向"所唤醒或启蒙的一种新的"发现"，即绘画、摄影、雕塑、建筑等视觉艺术本身充斥着已经成为习俗的"符号系统"，本身就是具有"文本性"的话语体系。[3] 人之所以在20世纪后半叶才产生这一认识，是因为我们在此时进入了一个电子再生产时代，一个由视像控制的技术时代，一个充斥着类像和幻象的数码时代。在这个时代里，形象本身已经不是传统所指的艺术杰作，而是与语言达成共谋或互动

---

[2] Richard Rorty, *Philosophy and the Mirror of Nature*, Princeton: Princeton University Press, 1979, p.263.

[3] W. J. T. 米歇尔：《图像理论》，陈永国、胡文征译，第5页。

的、不能完全由观看（看、凝视、扫视、观察、监督等）方式也不能完全由阅读（破译、解码、阐释）方式所决定的认知经验。也就是说，我们对一个现象的认识，不管是事物、思想以及文本或艺术品本身，都不可能取决于单纯的文本阅读或单纯的视觉阅读，而必然是二者间的互动。[4]

"图像转向"的一个重要表征和一个不可逾越的典范是潘诺夫斯基。他首先把图像学研究的对象设定为艺术作品的主题和意义，而且是从日常生活中熟人相见脱帽致意这一礼仪行为开始的。首先，脱帽致意是一个行为，在视觉世界中以某种形式出现，一旦将其当作一个事件来感知时，它就具有了这一行为的"事实意义"；而当我们进而从脱帽者的表情察觉出他细微的心理差别时，这一行为便具有了"表现意义"。潘诺夫斯基称其为第一性的或自然的意义。其次，脱帽致意是"西方特有的行为方式，是中世纪骑士制度的遗风"，这一举动的意义在于向对方表示友好的诚意，同时也表示相信对方的和平诚意，只能在具有这种民族习俗和文化传统的现实世界中流行，只有在双方都熟悉的情况下才具有意义。这种意义并不是感觉性的，而是理解性的，是"被有意识地赋予传达它的实际动作的"，潘诺夫斯基称其为第二性的或程式的意义。最后，这一流行于特定社会环境和文化传统中的特殊行为在具体发生在个体身上时，由于行为者所生活的时代，其民族、社会、教育背景和生活经历，其对世界的

---

[4] W. J. T. 米歇尔：《图像理论》，陈永国、胡文征译，第7页。

观察和反应方式,一句话,行为者的全部个性,均隐含于脱帽致意这个特殊行为之中。据此可以挖掘出其内在意义或内容,以解释或说明这一行为的外在事件和明显意义,并决定其外在事件的表现形式。潘诺夫斯基称其为内在意义或内容。

如果把这一日常生活行为的三维意义用于艺术作品的分析,那么,任何一个艺术作品也就都具有了第一性或自然主题。它可以分成事实性主题,如线条、色彩、青铜、石块等纯形式的东西;表现性主题,如由这些纯形式的东西所构成的事件表现出来的态度、情绪、氛围等。这种作为自然意义之载体的纯形式世界,潘诺夫斯基称之为母题。这种艺术母题一旦与其他母题组合起来,便构成了第二性或程式意义的载体的母题,潘诺夫斯基称其为图像。这种图像蕴含着故事和寓意,并通过故事和寓意来表现特定主题或概念,即一种严格意义上的形式分析。这种形式分析能够展现自行置入作品的根本原理,即体现于艺术家个性之中并因此而凝结于艺术作品之中的民族精神、时代特性、阶级属性、哲学态度等,正是这些根本原理使得艺术作品具有了象征价值,也即作品的内在意义或内容。[5]

米歇尔认为潘诺夫斯基的"图像学研究"将形式、主题、形象和象征"相互叠合,构成了阐释的一个三维模式,从第一性的或自然主题的前图像描写到第二性的或传统主题的图像分析,到内在意义

---

[5] 欧文·潘诺夫斯基:《图像学研究:文艺复兴时期艺术的人文主题》,戚印平、范景中译,上海三联书店,2011年,第1—7页。

或内容的图像阐释,到象征价值的(图像)世界。这一运动涵盖了从表层到深层,从感觉到思想,从直接的细节到用特殊的主题和概念表达人类精神的重大倾向的深刻洞见。"[6]这看起来似乎是一个完整的行之有效的图像研究方法,有很多理由将其视为绘画阐释的起点。然而,在对这个方法进行了看似公允实则毁誉参半的六点评述之后,[7]米歇尔用意深远地举出了阿尔都塞的两个"认识场景"或"理论场景":一个是朋友来敲门,我们隔着门问"谁呀?"朋友回答"是我。"我们认出他,打开门,他就在哪儿。第二个场景是在大街上,熟人打招呼说"喂,朋友!"然后相认、握手。阿尔都塞的招呼场景与潘诺夫斯基的脱帽致意场景有何区别呢?首先,阿尔都塞的场景是纯语言的,是一次对话或一个叙事的开场白;潘诺夫斯基的场景是纯视觉的,没有语言交流,只有身体姿态。于是,米歇尔将阿尔都塞的场景界定为意识的科学或意识形态的科学,尽管他认为意识形态应是科学的客体,而不是理论;而潘诺夫斯基的则是形象的科学。如果二者互换角色("图像学自认为是意识形态";"意识形态自认为是图像学"),那么,我们就不难看到阿尔都塞和潘诺夫斯基(在此要特别注意二人不同的身份)所举的见面礼的真实意图:图像学具有意识形态的或自我批评的意识;意识形态具有图像的意识。也就是说,意识形态批判不能脱离形象而单纯地讨论文本与形象的差异;图像学也不能单纯地停留在某一根本原理的终极视野,从根

---

[6]　W. J. T. 米歇尔:《图像理论》,陈永国、胡文征译,第17页。
[7]　同上书,第17—18页。

本上说，这里的原始场景是两个主体之间的相互招呼，即说的主体（意识形态论者）与看的主体（图像主义者）之间的辩证关系。[8]

对于看的主体而言，他必须依靠一种现代的透视法来识别观者与客体之间的距离，进而建构起关于客体的综合统一的形象和概念；对于说的主体而言，"所有意识形态的结构，以独一无二的绝对主体为名的、作为主体的内推个体的结构，都是观看的，也就是镜像结构，而且是双重观看：这个镜像的复制是意识形态的构成因素，保证了意识形态的功能"[9]。当然，我们还不能就此把潘诺夫斯基的客体与阿尔都塞的镜像等同起来，重要的是，"看"和"说"所提供的认识场域是相同的（主体对客体的认识或承认、主体对镜像的认识或承认），都开始于与他者的相遇，并在相遇后将其融入一个同质的、统一的"视角"之内，在这个意义上，阿尔都塞的意识形态理论或可成为另一种意义上的图像学，即在一个由主权主体（上帝、艺术家）建造的镜像大厅里完成主体与客体、客体与客体，甚或主体与主体之间的"招呼"。

为了更好地说明言者（"说"）与观者（"看"）、语言与图像之间的互动关系，米歇尔比较详细地讨论了四个理论图像，或以图像论图像的元图像，它们是：索尔·斯坦伯格的《螺旋》、委拉斯凯兹的《宫娥》、阿兰的卡通画和心理学领域中常见的鸭—兔图。这四幅画是四个"理论图像"，"构成了再现的再现中的一些关键时刻"，"展示

---

[8] W. J. T. 米歇尔：《图像理论》，陈永国、胡文征译，第21页。
[9] 同上书，第23页。

了关于制造者、模特儿和图画的观者相互对照"的权力关系,而就观者而言,斯坦伯格的观者是既被吸引又被排斥的;委拉斯凯兹给观者立了一块充满诱惑的镜子,观者既是君主、画家本人,又是任何过往行人;阿兰的观者是一个至高无上的视觉主宰,观看着整个图像的生产;而鸭—兔的观者则是一项科学实验的主体,是一种"由光感视觉测验所建构的心理—生理存在"。[10]

这四个元图像旨在说明一个问题,即说与看、语言与绘画之间不是一种不相容的对立关系,二者之间并非隔着一条断裂的深渊,而是相互关联的一个辩证的力场,每一个元图像都深嵌于话语之中,而每一种说词在面对可视形象时又都是不完善的。换言之,语言与绘画之间蕴含着一个可以无限敞开的空间,要打开这个空间,就必须打破语言的独裁,抹掉专有名词或所谓确定的信息或指涉符号,元图像的目的不在于反映图像本身,而在于反映图像与词语之间相互包容的关系。通过福柯对《宫娥》和《这不是一支烟斗》的分析,通过米歇尔对福柯的分析的分析,我们看到,词语与形象之间的合作产生"诗画",即把文本与造型结合起来的所有事物都落入其中的一种双重编码,词语和形象就如同两个猎人在不同的方向追逐同一个猎物,任何单一的行动都不能破解这个双重编码,其存在之基础就是"言"与"象"之间的相似性。

在米歇尔看来,最能充分体现这种双重编码的艺术就是威廉·布莱克的诗—画艺术,其诗—画合成的插图书始终是语言与视觉艺术

---

[10] W. J. T. 米歇尔:《图像理论》,陈永国、胡文征译,第 52 页。

之比较研究的诱惑和典型,要求读者或研究者必须游走于语言与视觉文化之间,因此,如果你想要知道布莱克的作品究竟是什么,那就必须面对形象与文本的关系问题。"形象—词语结合的'重要性'在布莱克的作品中至关重要,他的插图书似乎是为了建立视觉与语言文化的完整关系而设计的。在这些插图书中,布莱克把形象—文本结合起来,涉及范围很广,从绝对分裂的因素(没有文本指涉的'插图')到词语和形象语码的绝对综合认同(彻底打破书写与绘画之间的界限)。"[11] 这不仅仅指人皆熟悉的连环画、插图书、带照片的文章,甚至电影、戏剧、报纸、广告等,米歇尔毫不怀疑地指出,"一切艺术都是'合成的'艺术(既有文本又有形象);一切媒介都是混合媒介,把不同语码、话语习惯、渠道、感觉和认知模式综合在一起"[12]。一方面,与形象构成适当比较的文本就在图像内部,即使在似乎最彻底的缺场、隐蔽和无声的状态下,它也在图像的最深处,最终会以批评、哲学思辨,也即理论图像的形式出现。另一方面,适合于话语再现的视觉图像也不是外来的,它们就在词语之中,在描述、叙事、故事,乃至排版装订的样式之中,在口头表演的身体动作之中。一句话,很难使绘画摆脱话语,也很难使文学摆脱视觉形象。于是,就语言与形象二者相互融合的关系而言,在文学与造型艺术的批评中,我们所面对的是两种不同的语言/视觉的联合,即语言文学方面的"文本图像"和视觉再现方面的"图像文本"。

---

[11]　W. J. T. 米歇尔:《图像理论》,陈永国、胡文征译,第 79 页。
[12]　同上书,第 82 页。

文本图像

文本图像主要涉及可视语言和视觉再现的语言再现，这二者又常常与记忆和历史叙事密切相关。对于雷诺兹和贡布里希这样的艺术史家来说，"可视语言"指的是艺术家使用的约定俗成的句法和技巧，雷诺兹称之为"艺术的语言"，贡布里希称之为"形象的语言学"或图像学，而在文学批评家那里，则赋予模仿、想象、形式和比喻以鲜明的图画和图像意义，即把文学文本看作形象。文字相像于绘画，绘画相像于文字，这在柏拉图那里就已经有所涉及。图像与语言表达相互作用、相互补充，这全都仰仗作为媒介的文字。在某种意义上，正是文字（如象形文字）使语言成为一种可视语言，即把视觉与声音、图像和言语结合起来，使我们在布莱克这样的画家—诗人的作品中看到了由词语和形象构成的一种合成的艺术。

布莱克倾注毕生精力把诗歌和绘画综合成一种"合成的艺术"，这是他区别于其他英国浪漫派的主要特征。其他浪漫派如柯勒律治、华兹华斯、雪莱和济慈都推崇想象，认其为超越纯粹视觉化的一股意识力量，最终使"镜"（精神和艺术的被动经验模式）被"灯"（主动活跃的想象）所取代。于是，他们认为，书一旦印刷成册就与枯叶并无二致；诗歌一旦汇成诗集就失去了言语、歌曲和沉默的冥想，而被装入尘世的棺柩；邪恶滥用的插图就会使眼睛总揽一切，而舌和耳则落得个一无所有。[13] 布莱克则不同。他在 18 世纪末就致力于

---

[13] William Wordsworth, *Poetical Works*, ed. Thomas Hutchinson and Ernst de Selincourt, Oxford: Oxford University Press, 1969, p.383.

阅读何为：
文本·翻译·图像

文字书写这种美妙的艺术，投身于当时尚属于地下印刷的具有破坏性的插图书，并立志生产"一种独特的个人文本，集诗歌、雕刻、印刷和绘画于一体的一种新技术"[14]。在米歇尔看来，布莱克的这门新技术就好比上帝传给摩西的一种石版"活字"，一种"美妙的文字艺术"，它可以实现"烟囱工"的理想，既能保存手稿的独特性，又能够大量复制，让所有人都读到、都听到诗人传达的信息。为此，布莱克用这门技术临摹了米开朗基罗西斯廷教堂天棚画中的人物，给《圣经》和但丁、弥尔顿等人的作品做了插图。对布莱克来说，"任何东西都能够成为文本，即能够承载意义的标记"[15]。他要用大地、天空、自然元素等建造一个文本宇宙，在这个宇宙中，"书"代表作为法律的文字，常常与尤里潜、耶和华这样的父权人物相关；"画"代表作为预言的文字，与力量、想象和叛逆相关。"书与画"的结合代表了布莱克对待整个宇宙变化的辩证态度。

然而，这种辩证态度并不反映声音与文字（印刷）、古代文本与现代文本、想象与理想之间的对抗性对立，也不反映法律与先知、看与听、词与形象之间非此即彼的对立，而只是在对待文字的立场上表现出来的观念与其再现之间的辩证关系。[16]布莱克"书"中的字母常常会变成图像，即反映精神事物或知识视野的形象，既是物的形象的再现，又是被理解的观念的再现。其目的是要把诗歌与图像

---

[14]　W. J. T. 米歇尔：《图像理论》，陈永国、胡文征译，第109页。
[15]　同上书，第118页。
[16]　同上书，第131页。

更为彻底地结合起来,而非仅仅是二者的并置。他把图像当作文字处理,使之充满了思想之谜,成为一种"可视语言"、一种共感景观、一种"要求思考所有人类话语以及刻写在那个话语之上的社会关系"的"未来诗篇"。[17]

这种"未来诗篇"以文字描述艺术作品,不关注作品形式,只注重叙述作品所讲的故事,突出图像的逼真性和对形象之内在品质和心理状态的细腻解读,在中国一般被译作"艺词敷格"。然而,就其西方文学根源而言,人们一般将其追溯到荷马的"阿喀琉斯的盾牌",即在诗歌中呈现的一幅完整的图画,它凸显出语言的一个基本功能:让人看到。于是,诗歌便通过文字而使语言服务于视觉再现,所以其原本意思是用语言再现图像,或视觉再现之语言再现,其"全部的乌托邦向往"在于"给沉默的形象一个声音,或使之能动积极或实际可视,或(相反)使诗歌语言'静止',使之具有图像性,或者僵化成静止的空间序列"。[18] 在对视觉再现的这种语言再现中,所传达的信息或言说的客体是一个视觉再现(一幅画、一尊雕塑、一个建筑、一棵树、一座山,等等)。而作为一种诗歌样式,文本中遭遇的符号"他者"也是视觉的,包括图像、造型或"空间"艺术。"绘画可以讲故事,提出论点,表达抽象的思想;词语可以描写或体现静止的、空间状态的事物,在不破坏其自然使命(不管那是什么)的情

---

[17] W. J. T. 米歇尔:《图像理论》,陈永国、胡文征译,第 136 页。
[18] 同上书,第 142 页。

况下取得视觉再现之语言再现所能取得的一些效果。"[19] 在这种情况下，文本与形象之间没有本质的区别。

米歇尔首先举华莱士·史蒂文斯的《坛子的故事》为例，来讨论这种诗歌样式。为方便起见，我们把这首诗全录如下：

> 我把一只坛子放在田纳西，
> 圆圆的坛子，在小山之巅。
> 它把山的周边
> 变成蔓延的荒野一片。
>
> 荒野爬到了山巅，
> 在周围蔓延，不再野蛮。
> 坛子在地上圆满，
> 高挂在空中的港湾。
>
> 它控制了整个地盘。
> 空洞灰色的坛。
> 它没有提供鸟儿和树丛，
> 它在田纳西独树一帜。

诗中的坛子显然不是济慈《古希腊瓮颂》中的古瓮，也不是荷马《伊利亚特》中的"阿喀琉斯的盾牌"，它不是艺术品。它只是一只

---

[19] W. J. T. 米歇尔：《图像理论》，陈永国、胡文征译，第147页。

坛子,圆圆的、空空的、灰色的,"我"把它放在了田纳西的一个山顶上。如果说作为艺术品的希腊古瓮能够更完美地讲述一个美妙的故事,阿喀琉斯的盾牌能够以神圣艺术的身份令观者生畏、领悟其不可抗拒的命运,那么史蒂文斯笔下的坛子却不是如此辉煌的视觉或艺术再现。然而,与古瓮和盾牌相似的是,坛子也在讲一个故事,它"给我们提供了一个空白空间,我们期待那里会有一幅画,画面上是一个密码而不是惊人的形象,那是一件弃物或垃圾,而我们却要在那里寻找艺术"[20]。诗人不会平白无故地描写一个作为纯粹物的坛子;它必定是一个具有再现性的、能高度负荷的形式,一个人格化的艺术主题。这个主题就是创造:上帝用泥土造人,恰如陶工用泥土造坛子一样("我们是泥,你是窑匠,我们都是你手的工作"《以赛亚》64:8),只不过这里的坛子变成了人,它像亚当(看管伊甸园)、摩西(西奈山被传道)和耶稣(山顶布道)一样,孤零零地站在山顶上,统领荒野,控制着整个地盘。然而,叙述者毕竟不是造物者,他没有制造那坛子,只是把它"放"在那里,像是摆摊出售的商品,如是,上帝成了生产者,而"我",诗中的说话者、故事的叙述者,则无疑是这商品的推销员。不啻如此。坛子把周边变成荒野,使其不再野蛮(驯服了他者),而它自身也在地上圆满,成了"高挂在空中的港湾"(也许是信徒们期盼的天堂)。但它不像创世的上帝,并不给这个伊甸园提供任何鸟儿和丛林,连它自身也是空洞的,仿

---

[20]　W. J. T. 米歇尔:《图像理论》,陈永国、胡文征译,第154页。

佛"一个生殖的子宫"[21]。然而，作为视觉再现之诗歌再现，这样一个"旨在成为一切文学之缩影"的"小样式"，它恰恰能够"表明视觉再现之语言再现的'机制'甚至在经典中也易于解开形象文本的传统缝合，把再现的社会结构揭示为一种活动和权力/欲望/知识的关系——用某事物、由某人、为某人做了某事的一种再现。"[22]

史蒂文斯的《坛子的故事》本身就是一幅由事件构成的画，画面上的情境是直接用语言呈现的，即说话者用自己的行动讲述了一个故事。但在《古希腊瓮颂》和"阿喀琉斯的盾牌"中，视觉再现分别也是一幅画，准确说是雕刻在瓮上和盾牌上的画，说话者是以观者的身份出现的，其眼中的图像又通过语言转化为古代传说、神话和诗人想象中的整个世界。《古希腊瓮颂》利用视觉和声音把诗的想象力发挥到极致，讲述了古希腊阿卡迪亚人的田园生活，让读者通过诗歌的语言再现看到了诗中描述的古瓮上的画，做到了画中有诗、诗中有画，从而成了视觉再现之语言再现的典范。对比之下，"阿喀琉斯的盾牌"呈现的是一个外在于《伊利亚特》史诗情节的一个世界，包括自然、人和城市，大地、天空和海洋，和平和战争，耕作、放牧和狩猎，收获、酿酒和婚丧嫁娶，甚至还有一个诉讼场面。用米歇尔的话说，它与《古希腊瓮颂》的区别就在于，《伊利亚特》的整个情节是包含在这块盾牌所描画的世界之中的，换言之，史诗本身不

---

[21] W. J. T. 米歇尔：《图像理论》，陈永国、胡文征译，第 155 页。
[22] 同上书，第 169 页。

过是盾牌所提供的视觉画面的一个碎片。[23] 因此,济慈的诗中有画,而荷马的诗则在画中。然而,古瓮也好,盾牌也好,或山顶上的一只坛子也好,任何一种景观,任何一种图像,无论是历史画、静物画、肖像画或风景画,都会将一种特殊的文本性带入视觉形象的核心,而对视觉再现中这种文本性的语言再现都必将是内嵌于文学或绘画自身之中的一个碎片,其本身就是文学或绘画的一个缩影。

图像文本

作为文本图像之镜像的是图像文本。一般指写在墙上、画内、画外或画框上的签名、标签或简短叙事。在《图像理论》中,米歇尔将其放大,主要讨论了三种图像文本:绘画、雕塑和摄影。绘画作为图像文本体现为它对诗-画传统的反动。在这方面,抽象绘画或绘画中的"抽象"传统最为突出,这是由于其对语言的排斥,尤其是对象形文字、象形图画和象征性的排斥。它试图在视觉艺术与语言艺术之间隔开一道鸿沟,以便使作品成为全然沉默的存在,即没有言语或语言表达的存在。然而,抽象画派之"抽象"虽然意在消解画中之诗(文),但却无法解释贺拉斯早就提出来的"诗如画",为了说明这种如画的诗,或被描画的词,抽象主义者们创造了种种理论话语,构成"图像的理论",涵盖了各种艺术史,来自不同学科的理论,如美学、文学批评、语言学、自然科学、社会科学、心理学、历史、

---

[23] W. J. T. 米歇尔:《图像理论》,陈永国、胡文征译,第 168 页。

政治和宗教等；就个别思想家而言，从古典的康德美学、马克思的历史学说到德里达、福柯等人的后结构主义学说，都成了讨论抽象绘画的综合话语的必要组成部分，而早期的抽象派大师，如康定斯基、马列维奇和蒙德里安等，都是首先通过阐发自己的抽象主义宣言而确立自己的艺术地位的。

如是，图像文本就由原始的框边签名变成了一种独立的理论话语，而就绘画本身而言，则尽抽象之所能以清除叙事性，即以纯粹的形状、色彩、线条等排除语言的干扰，以便"把艺术从客观世界的重压下解放出来"（马列维奇语）。但这样一个愿望是很难实现的，无论画面多么抽象、多么辩证、多么几何，它都不是无话可说，观者也不是无话可讲的，也就是说，"语言、叙事以及话语永远不能——也永远不应该——被排斥在外"[24]。在某种意义上，抽象绘画对语言的压制缘起于语言或文学特征对形象的压制，可以说是绘画、雕塑等造型艺术对文学的一种逆反。但抽象绘画实际上无法压制语言，而只能尽可能创造没有语言或没有文学特征的"纯视觉"形象，只画不受大脑支配的眼睛所能见到的东西，并将其简化为直接的感官数据，常常采取极简的形式。由于抽象绘画的形式被控制在瞬间的直觉感知之中，所以画面上没有可供阅读的时间序列，只有凝固在空间中的一个点；没有可供听觉的叙事线索，只有可供观看的沉默的音乐；它只突出自身艺术（视觉艺术）的独特性，发挥自身之特长，而把对文字的依赖摆脱到最小或零的限度。为此，他们把康

---

[24] W. J. T. 米歇尔：《图像理论》，陈永国、胡文征译，第 209 页。

德的直觉概念和黑格尔的虚无哲学作为理论基础,进而把纯粹的抽象说成是科学、宗教和伦理政治的改革,其所面对的只能是科学而不带任何偏见的"天真的眼睛"和"在精神上净化了的眼睛"。[25]

然而,这一切都是徒劳的。形象的文本性、空间的事件性、图像的叙事性,这些恰恰是艺术家在无意识状态下于瞬间自行置入作品之中的;画布上单纯的颜料、线条、透视仅仅是为了它们携带的故事而存在的,因而,恰恰是这种内嵌的故事性、叙事性、事件性使得绘画转而成为"富有诗意的画"。就连马列维奇自己的《红色正方形与黑色正方形》也"不只是像平稳与倾斜、大与小这样的抽象对立面之间的关系,而是一种更有说服力、在意识形态上可能引起强烈反应的联想,比如沉闷的黑色与生动、革命的红色,统治与抵抗,抑或父亲与儿子之间这种更个人、更感情化的关系"[26]。在这方面,代表抽象艺术之制度化的阿尔弗雷德·H.巴尔的《立体主义与抽象艺术》似乎更有说服力。巴尔提供的是展示一本书之内容的一个图表,与所有抽象绘画一样,它看起来是一台视觉机器,而实则是精心策划的语言游戏,而这就是抽象艺术的本质。在米歇尔看来:

> 我们在抽象艺术的自我再现中见到的所有自相矛盾的说法都反映在巴尔的图表中,并且被归化为一个有机形象、一棵倒置的树,它同时又是一个理性的人工建筑,一个从最初的前提演绎而

---

[25] W. J. T. 米歇尔:《图像理论》,陈永国、胡文征译,第211页。
[26] 同上书,第209—210页。

成的金字塔。此外，这张图可用于以诠释有关抽象艺术进化的无数叙事——如同一部探险传奇，其中，英雄的艺术家们搜寻纯粹抽象主义的圣杯，摧毁完全"自然"的虚假和不切实际的形象，以发现精神的本质；它又像一部科学发现的现代史诗，揭开了光与视觉感知法则的面纱；它还像一部翻新的家史，记录着先锋派追求道德与政治变革的胜利。把这些叙事聚集在一起的话语黏合剂是"打破偶像的修辞"，它把对纯粹的追求呈现为对陈旧、迷信或幻觉形象的毁坏，在这种修辞中，美学精英论、马克思主义激进主义以及科学理性观都能够找到共同语言。[27]

照此看来，抽象艺术实际上是视觉一文字艺术的母体，绘画本身就是事件、就是故事、就是宏大叙事中的一个重要时刻的例示，无论是康定斯基的即兴创造还是马列维奇的纯几何图形，抑或巴尔用作目录的图表，它们都是意味深长的"象形文字"，都是抽象的绘画—史诗的重要组成部分。

如果说在上引抽象绘画的例子中我们看到的都是现代主义艺术对语言的拒斥，那么，后现代主义艺术，作为对现代主义艺术的反动，就必然会堂而皇之地展开语言与艺术之新关系的探索。在这方面，罗伯特·莫里斯被视为既继承了现代主义图像理论，同时又对其发起挑战的代表人物，而其代表性则主要体现在他的无所不能：极小主义和概念雕塑、表演艺术、地景艺术、片断散置、毡制作品、

---

[27] W. J. T. 米歇尔：《图像理论》，陈永国、胡文征译，第218页。

绘画、素描、摄影、成品艺术和其他形象－文本的合成作品。"莫里斯的作品始终是不使自己陷入居于艺术'背后'的文字程序的阐释，成为客体的理论支撑或依靠，而使自己参与艺术本身作为语言的探索，以及客体或形象作为可视、可言、可触摸的复合交汇点的探索。"[28] 如批评家们所言，莫里斯是极小主义者中最敏锐的辩证学家，虽然只是顺便来访但也是极小主义最善辞令的代言人。一方面，他要以"极简""极小"来消灭艺术品的可读性，尽量用"平板""横梁""盒子"等标签式的对象表明该说的都已尽在其中了；然而，如罗森伯格所说，越是沉默的作品对词语的依赖就越大，"要看的越少，要说的就越多"[29]。对莫里斯来说，越是过深地涉足基本美学问题，对雕塑史和艺术史的"延伸"就越长，艺术与语言、客体与标签之间的纠缠就越是难以解开。这也验证了极小主义艺术的一个悖论：以最大可能打破作品的可读性，但却引来了空前的语言入侵，尤其是批评和理论话语。

实际上，莫里斯并不想彻底消除图像的文本性，而只想打破或抵制词、形象与客体之间的稳定关系。"唯一的真实性，是那种拒绝有一个机构、一种话语、一个形象或一种风格授予的每一个身份"[30]，正因如此，他的作品大多是多面体，是三维概念的具体实现，可以无限繁衍。作品的物质性、视觉存在和签名本身并非不重要，

---

[28] W. J. T. 米歇尔：《图像理论》，陈永国、胡文征译，第 228 页。

[29] Harold Rosenberg, "Defining Art", in *Minimal Art: A Critical Anthology*, edited by Gregory Battcock, New York: Dutton, 1968, p.306.

[30] W. J. T. 米歇尔：《图像理论》，陈永国、胡文征译，第 238 页。

但却并不就是一切；它们本身是活动的、繁殖的，具有文本和图像的合法身份。他早期的一件作品《板》就具有三重身份：(1) 一个空的正方形胶合板盒子；(2) 一块与石头一样坚硬的板子；(3) 一件艺术品，题目、出处、签名和描写性词语，应有尽有。其目的就是把"板"的图像物质化，呈现出来以供人们反思。这就仿佛维特根斯坦所说的语言游戏：

> 语言必须服务于制造者A与助手B之间的交流。A正用建筑石料建房，有砖、柱、板和梁。在A需要石料的情况下，B要把它们传递过去。为此，他们使用一种由"砖""柱""板"和"梁"等词组成的语言。A喊出来，B把他所听到的某某石料带过去。把它想象为一种完全原始的语言。[31]

维特根斯坦意在说明，词的作用远不止于命名或作为客体的标签；词的意义远不止于它所标示的客体，而在于其实践应用中的生命形式，即在建筑工人使用"板"一词时的具体使用（实用）价值。当A喊一声"板！"的时候，他所指的不仅仅是物质性的"板"，而且还可能意味着"给我拿一块板"的命令。于是，我们至少可以说"板！"有三层意思：一块板；一个词；一个省略的祈使句。然而，莫里斯的《板》作为词、形象或客体并没有发布（维特根斯坦的）命

---

[31] Wittgenstein, *Philosophical Investigations*, trans. G. E. M. Anscombe, Oxford: Basil Blackwell, 1953, p.3.

令,而只是让人沉思:"它引起对简单、原始客体的沉思,该客体涉及明确的、毫不含糊的标签,涉及词与物、语言与世界之间关系的奥古斯丁模式。"[32] 这种沉思显然是以疑问开始的:这是一块板吗?一个专有名词?一个通用标签?一种类型的物体?一种代用币?一件个人作品?还是可以无限复制的一个概念?……或如约翰·凯奇在参观其首展时所说,他没看到任何艺术品,只看到地板上有一块板。或许答案就在这里:板不是一块板,它只在探索某一"单一"概念的复杂性和复合性。也就是说,按维特根斯坦的说法,"单一"意味着"非复合性",而只有通过证明"复合"从何而来,才能最终说明其单一性。这个过程本身(莫里斯的作品)就是揭开面具的过程,包括标签、形象和物的各种特征,而最重要的是揭示不可简约的物的概念。莫里斯的作品基本上是围绕形象、词、客体这三个关键词而做的。其形象与文本在客体上的"合成"近乎不可卒读,但恰恰是其晦涩促使人们去阐释、说明、澄清。然而,米歇尔在此触及一个非常重要的关于艺术之本质的问题,即艺术的揭示或展示其实也是一种掩盖和遮蔽:艺术本身的展示是遮蔽,对艺术的阐释也是遮蔽。艺术作品与观者/读者建立起一种谈话的关系,在这种谈话中,形象和语言都是不可或缺的。

在摄影中,这种谈话关系仍然存在。虽然在摄影与语言的关系上也存在着两种截然对立的观点:一种认为摄影传达的是完全没有

---

[32] W. J. T. 米歇尔:《图像理论》,陈永国、胡文征译,第 245 页。

语言代码的信息;另一种认为在实际应用中,摄影必然会被语言所兼并。这里的"实际应用"固然指在照片与观者之间进行的那种"谈话"。维克多·伯根就说过:"我们很少看到一幅应用中的照片不伴随语言的",语言对摄影的控制无处不在;"即便没有文字说明的'艺术'照片,在被观看的那一时刻也受到语言的侵犯:在记忆中、联想中攫取不断混合与相互交换的词和形象。"[33] 照片在被观看的同时被阅读,对一张照片的理解和阐释离不开看与读、形象与语言的协同作用,用罗兰·巴特的话说,一张照片携带着两条信息,一条没有语码(纯影像),另一条有语码,即有关摄影的艺术处理、写作或关于图像的修辞,也即视觉信息和文字信息。[34] 显然,照片是可读的,是被阅读的,就仿佛它是一次历史事件,一个场景,或一个物。它也有一个故事。

就摄影与文字的关系而言,米歇尔举的一个最典型的例子是在美国颇为著名的"摄影随笔"《让我们赞美名人》。[35] 该书用两种工具写成:不动的照相机和印刷文字,也就是说,在两个合作者之间,一个照相,一个执笔。之所以称此类书为"摄影随笔",而不叫别的什么,是因为"随笔作为在报纸和杂志中常常与摄影相伴的文本形式的优势。照片与随笔的联系,犹如历史画与史诗或风景画与抒情诗

---

[33] Victor Burgin, "Seeing Sense", in *The End of Art Theory: Criticism and Post-Modernity*, Atlantic Highlands, NJ: Humanities Press, 1986, p.51.

[34] Roland Barthes, "The Photographic Message", in *Image/Music/Text*, Fontana, 1977, p.19.

[35] James Agee and Walker Evans, *Let Us Now Praise Famous Men*, originally published, 1939; New York: Houghton Mifflin, 1980.

的联系"。首先，照片和随笔所共享的内涵是现实性、非虚构性，甚至科学性；其次，随笔和摄影都具有非正式的或个人的视角，与记忆和自传一样可以表达私人观点和个人记忆；再次，随笔和摄影都是部分的、不完整的尝试，具有灵活性，可以在有限的范围内获取艺术的真实。[36] 书中照片与文本是"相互平等的、相互独立又充分合作的"[37]，具体而言，艾吉的文本与伊万斯的照片是完全独立的，没有给照片提供任何文字说明，包括日期、名字、地点，甚至连号码都没有。换言之，文本与形象之间的任何联结线索都必须由读者/观者自己去发掘。在这个意义上，照片可以凭自己实力构建一篇随笔；而文本也可凭自己的实力构建一个"画题"。二者的合作分工也是明显的：伊万斯以摄影的公开性展示了作品的客观性，而艾吉则以随笔还之以"彻底的主观性和烦冗的自白"。[38] 二者的合作构成了美国 20 世纪 30 年代的国家形象，通过一个男人皱巴巴的运动上衣、一个女人疲惫、痛苦、焦虑的美，以及一大群无名无姓的孩子而呈现了尊严、同情和真实。

视觉再现和语言再现（抑或任何再现）都涉及权力关系，因为这涉及我们如何用形象和语言反思、描述并影响他人的方式。福柯提供了两种权力图像：施与事物之上的权力和对他人行使的权力。这两种权力图像引发出两种思考方式：错觉和现实。前者采用虚幻

---

[36] W. J. T. 米歇尔：《图像理论》，陈永国、胡文征译，第 271 页。

[37] James Agee and Walker Evans, *Let Us Now Praise Famous Men*, p.xv.

[38] W. J. T. 米歇尔：《图像理论》，陈永国、胡文征译，第 282 页。

手法，如假象蒙蔽、摄影效果、仿制品等来促发观者的经验反应。现实手法则反映事物的真实性，如凭靠观者的眼睛去观察，这可能不能达到预期效果，但却可以提供一个通往现实的透明窗口和可信的目击者视角。前者引发的结论是"事情看来如此"；后者引发的结论是"事情本来如此"。错觉手法表现为指向主体的权力，即被称呼、劝说、款待和欺骗的自由主体。现实手法表现为指向客体的权力，客观地面对主体和观者讲话。二者之间的差别相当于展示与监视之间的区别，也是虚幻与现实之间的基本辩证关系；"展示是图像权力的意识形态形式；监视则是它的官僚、管理和约束形式。"[39]

然而，艺术的错觉手法往往也能产生真实的艺术效果。普林尼的《自然史》就提供了这样一段趣闻：

> （雅典画家帕哈修斯）参加了宙克西斯的一场竞赛。宙克西斯画了一幅葡萄，栩栩如生，以至于鸟儿飞上了画架。而帕哈修斯自己则画了一幅现实主义图画，那是一张幕布，惟妙惟肖，以至于正得意于鸟儿失误的宙克西斯竟要求他拉开幕布，把图画展示出来。当宙克西斯意识到自己的错误时，只得放弃奖项，说他虽然蒙骗了鸟，可帕哈修斯却蒙骗了他，一位艺术家。这使他赢得了谦虚的美名。[40]

---

[39] W. J. T. 米歇尔：《图像理论》，陈永国、胡文征译，第 305 页。
[40] Pliny, *Natural History*, 10 vols., trans. H. Rackham, Cambridge: Harvard University Press, 1952, 9: 310–311.

类似的故事还有阿佩利斯所画的亚历山大的马:他画完后,牵来几匹真马,让它们看画上的马,真马竟然嘶鸣起来。这些故事的寓意并不在于动物的被蒙骗或人的判断力失误,而在于图像的错觉、美术的错觉,它与修辞的错觉一样,就在真实与虚构之间,在艺术所代表的"人文科学"与"人文科学"所指代的社会历史乃至国家政治之间。甚至在普林尼时代,曾经辉煌一时的绘画艺术就已经让位于黄金,呈现艺术之尊严的错觉手法被物质崇拜或金钱所取代,而就其公共作用而言,也成了个人或集体建构政治和社会身份的工具,表现为权力的限制和约束。在这个意义上,普林尼的艺术的"自然史"实际上是作为意识形态工具的艺术史。而现代的普林尼,厄恩斯特·贡布里希,则把错觉形象视为再现的一个特殊类型,它能够在蒙蔽眼睛的假象中创造欺骗性的外表,从而完善履行监视功能的圆形监狱,在广告中有效地使用圈套和诱饵,并利用短暂轻松的视觉娱乐满足阴险的窥淫癖。无论在古代还是现代,无论对于普林尼还是对于贡布里希,"在所有感觉、知觉和认知模式中,错觉是可能的,而且,错觉手法可以应用于任何艺术形式或符号系统",[41] 即便自称诉说真情、驱散错觉的哲学和批评理论其实也是一种修辞、一门艺术,也没有远离错觉。最终,在图像和修辞领域中,对抗错觉的唯一武器或许就是错觉手法,尽管错觉并非就是一切。

---

[41] W. J. T. 米歇尔:《图像理论》,陈永国、胡文征译,第 320 页。

12
图像何求：形象的物自体与媒介

在三部曲的第一部《图像学》中，米歇尔讨论了形象的相似性、形象的文本性和形象的意识形态性三个问题；在第二部曲《图像理论》中，他继而讨论了图像转向、图像文本和文本图像三个问题。如果说这两部著作中的核心问题是形象与图像，尤其是二者间的权力关系，那么，在作者本人最感满意的第三部曲《图像何求？》中，形象依然是讨论的核心，但侧重点则从形象自身的性质和特征、图像与语言的关系，转向了图像与物自身的关系，以及图像在现代媒介中的应用。这构成了该书三个部分的主要内容：形象、物和媒介。

形象即相似性，即不同媒介中出现的图像、母题或形式。物即形象中出现的、用以支撑形象之存在的物质的客体。媒介则是把形象与物关联起来以构成一幅图画的物质实践。作为图像或形象的物质实现，一幅图不过是挂在墙上的、贴在相册里的、或插在文字之间的物体图像，但在广义上说，它又可以是无形的、在各种媒介中作为某一事物状态的精神投射，或指可用于描写当下时代的"世界图景""不是指世界的图画，而是被当作图画构思和理解的世界。"[1] "世界图景"是世界的再现，因此在不同时代、不同地方其图景也不相同。而作为图像的组成部分，世界图景不仅是世界的反映，也是世界"制作"的方式，进而，从广义上说，图像就是我们接近图像所再现之物的最佳途径。按照亚里士多德和海德格尔所说，图像的基础是诗歌，因此，"从诗学角度探讨图像的问题不仅仅涉及它们意味着什么或做什么，而是它们想要什么——它们向我们提出什么要求，我们如何回应。"[2]

形象

形象就是一切；形象并不就是一切。这是讨论形象问题时首先要面对的一个悖论、一种含混性。形象可以是一幅画、一尊雕塑、一个物质实体。形象可以是一个想象的实体，一个心理意象，或梦、记忆和感知的视觉内容。形象也可以是一个母题、一个隐喻、一个语象，超越视觉和听觉的界限而成为语言文本所描述的对象。然而，无论怎样，一个形象，任何一个形象，都不能离开事物的相像性、相似性、形似性和类比性，因此在逻辑上总是与符号系统相关，在这个意

---

[1] Martin Heidegger, "The Age of the World Picture", in *The Question Concerning Technologies*, trans. William Lovitt, New York: Harper and Row, 1977, p.130.

[2] W. J. T. 米歇尔：《图像何求？》，第 xix 页。

义上,我们始终没有脱离视觉再现和语言再现的范畴,而忘记了一个最基本的事实,那就是,形象何以获得生命、形象何以生存?

这种提问的方式实际上是把图像看作一种生命形式,看作一种由欲望和嗜好所驱使的东西,因为只要有欲望,就需要满足,只要有嗜好,就有所求。传统的艺术和形象研究只注重形象的意义,把图像看成死的,被注视的对象,将其作为意义载体进行分析,而这一切实际上都出于"我们"之所需,即根据"我们的"需要去从图像中获取,而没有从图像自身的角度去追问它们需要什么,它们缺少什么,它们有生命吗?它们有欲望吗?它们有选择吗?就技术而言,形象的生命建基于模仿,但无论在古代还是现代,模仿都不是对同一物的简单复制,即使克隆也不是。克隆式的模仿只是生产变形和差异的机制,在某种程度上表达了人类自身再生产和改善的欲望,非但不能回答图像想要什么的问题,反倒加深了人工制造的神秘性,建立了由科学和技术构成的新的世界秩序,同时也建立了由物崇拜、图腾崇拜和偶像崇拜构成的一种新的综合。然而,无论我们怎样努力进行偶像破坏,形象仍在,毕竟,偶像破坏不是形象破坏(金犊被打碎之后其形象仍在,那喀索斯死后,其美丽的面容还留在读者的心中)。在米歇尔看来,图像/偶像的生命力就在于它们的沉默、冷漠和矜持,它们能够利用人类的欲望和暴力反过来对人类施加暴力和恐怖,因此,对于图像,我们需要做的就是"打破沉默,让它说话,发出共鸣,将其空洞改造成人类思想的音箱"[3]。

---

[3] W. J. T. 米歇尔:《图像何求?》,第 27 页。

> 图像是标志人性和动画之全部特征的物。它们展示物质的和虚拟的身体；它们与我们说话，有时直接，有时委婉；它们或许隔着一道"未架起语言桥梁的鸿沟"沉默地回望我们。它们呈现的不仅是一个表面，而是一张脸，面对观者的一张脸。

关于这张脸，哲学、思想史和文学自有其不同的看法，但在艺术史家眼里，图像有感觉、有意志、有意识、有动机、有欲望，而最重要的是，图像总是要以某种方式控制观者。它首先必须以那张脸吸引观者、迷住观者，让他为那脸惊呆，凝视它，投入其中，最终被它所占有，这样，图像就实现了一种"美杜莎效果"。这就好比商场里琳琅满目的商品广告，上面一双双直勾勾的眼睛盯着你、招呼你、凝视你，只要你与其对视，你就会被其目光抓过去，扑向那双眼睛所兜售的商品，此时，眼睛变成了一种恋物工具，其欲望在沉默的凝视中表达出来，直到我们将其代表的物攫为己有。在艺术中，把画面上的脸、眼睛或整个作为构成性虚构的图像看作生命存在，这意味着不仅将其解释为艺术品、代言者、视觉再现，而且将其视为"人"，它们所要的并不就是它们所交流的信息或所取得的效果，或许，它们想要的恰恰是我们未能给予它们的东西。"图像想要的东西就是不可阐释、编码、崇拜、粉碎、揭露或被观者神秘化的东西，或诱惑观者的东西。"[4]

---

[4]　W. J. T. 米歇尔：《图像何求？》，第50页。

阅读何为：
文本·翻译·图像

　　那么，图像想要的这种不可阐释的东西是什么呢？"想要"二字说明图像是有欲望的，而据弗洛伊德所说，欲望出于匮乏。基督教的上帝按照自己的形象造人是因为他缺乏伴侣；那喀索斯为了追求水中美的映像而溺水毙命，是因为他想占有它；皮格马利翁爱上了自己制作的象牙美女，是因为缺少一个如此貌美的妻子。这些例子都说明欲望生成形象，形象生成欲望，而画画或图像制作本身就是欲望的实施。在这个过程中，由欲望而生成的形象正是欲望主体所缺乏的、所渴求的，但这种缺乏和渴求并未由于实现欲望的快感而满足，而只是被其打断，快感仅仅是"欲望构成内在场域过程中的一次干扰"。[5] 欲望是无限的，占有欲是无限的，其实现只是暂时的、临时的、中转性的，但不是终点，终点永远不会到达。在这个意义上，实现也是起点，充裕也是匮乏，欲望总是趋向更加完美、更加富有、更加统一，因而也孳生了更加邪恶的激情、更加猖狂的贪欲和更加强大的欲望组装。最终，按照布莱克所说，欲望只能以绝望告终，[6] 欲望作为内在场域构成的过程其实也是创造性毁灭的过程。

　　在这个由欲望到绝望的过程中，形象扮演了什么角色呢？形象是已有欲望的表达，这涉及与形象和图像相关的所有问题，如幻想、恋物、自恋、心理意象、镜像阶段、想象与象征、再现与再现活动、症候及其表达等。如果按现代精神分析学，形象是不可能实现的欲

---

[5] Boundas, Ed.: *The Deleuze Reader*, p.137.

[6] William Blake: *The Poetry and Prose of William Blake*, ed. David Erdman, Garden City, NY: Doubleday, 1965, p.2.

望的症候式表达，那么，图像、图画、肖像、雕塑等视觉艺术品就必然是梦的"显在内容"，需要进行破译、去魅、最终将其消除才能实现其"隐在内容"，在这个过程中，向语言的转向是可能的，但不是必需的或单一的。现代精神分析学在这个当口从梦的图像景观完全转向了语言阐释，即从视觉再现转向了语言再现，而这未必就是形象想要的。形象在沉默中转换成某一图像，将其物质化、具体化或木乃伊化，然后又通过被赋予的欲望而言说、运动、消解、不断地重复自身，也就是在生命形式的固化中实现形象的再生产，使其在物化或死亡中获得重生。这只能说明图像表达了一种对抗本能的欲望，或者说使本能陷入一种单一静态的形象之中，提供了可供追溯图像之所求的元图像。这里缺少的或许是一种社会认知或视觉的识别机制，一种能够引导观者如何观看的视觉本能。"看"是一种视觉活动，只有在具体的图像中才能聚焦于可见甚或可触的形象。如果图像自身能够教会我们如何去看，那就有可能顺藤摸瓜，进而得知它需要什么。

　　图像需要什么呢？它缺少什么呢？表面上看，图像是一个媒介，一个供观看的场所，一个被看、被欣赏、被展示甚至被爱的物。一幅肖像画一旦制作成功，挂在了肖像画画廊里，就可以说它满足了被制成肖像画之人的欲望，但画自身的欲望呢？画家的欲望呢？观者的欲望呢？就像画家本人一样，画自身也需要得到承认。这两种承认都建基于观者观看欲望的满足。于是，在得到承认之前，图像需要引导观者，使其注意、欣赏并获取其表面价值。一幅画或一个

阅读何为：
文本·翻译·图像

图像必然是象征、想象、真实三界的聚合。首先，它必须有要再现的真实客体，形象必然要显示于真实客体之中，然后才能将其抽象出一幅图像来。其次，这个形象必须通过某种象征转换成图像，而这需要想象的介入，在这个意义上，想象界乃是图像和视觉形象的领域。但想象并不局限于此，它跨越真实和象征两界，把本能和欲望、形象和语言、表面价值和剩余价值关联起来。图像本身固有的价值，它所能提供给世界的剩余价值，或许正是它自身的需要。

在商业广告制作中，形象的剩余价值体现为形象对商品的强化和动员作用。一幅力主销售可口可乐、雪碧、崂山啤酒等饮品的广告当然要依靠商品的图像，引起观者的欲望，使其欲望得以满足，最终目的是饮品的大量销售。然而，我们都明白饮品的形象本身不能令我们解渴（望梅不能止渴，只能使望者更渴），"其主要功能是唤起我们的欲望；制造而不是满足饥渴；通过明显把某物呈现在我们眼前、同时又把它拿走而激起我们的贫乏感和欲求"[7]。就视觉文化研究的角度，我们似乎可以就此而停步于商品广告的物恋性质，或广告形象的价值转换。但就艺术批评而言，这远远不够。批评是一种评价，是把真实形象与虚假形象加以区别的一种努力。西方哲学史由始至终都在进行真与伪、善与恶、美与丑的甄别和批判，在这个意义上，哲学始终在从事艺术史或图像学的工作，即对艺术品和视觉形象进行价值判断。但价值判断并不是随意做出来的，

---

[7]　W. J. T. 米歇尔：《图像何求？》，第 87 页。

必须有某种依据，而这个依据又不是任意或人为制定出来的所谓标准，因为"标准和品味是用于昨天的艺术的"，因此不能随意"拿来用于今天的艺术"。批评家没有必要按所谓的标准进行评价，而必须首先看自己对作品的反应如何，即是否对作品表示同情，是否有同感。[8]

米歇尔认为这种同情和同感是对作品的"屈服"：不管你所持什么标准，当你遇到新的艺术品时，你首先为它所倾倒、慑服，抱有强烈的同感，然后其价值才会凸显出来，这意味着特定艺术品的价值是在与观者相遇时相互构成的。如同弗莱提倡的文学批评方法，价值判断必须建立在对文学自身的研究之上，而非相反。[9] 真正的批评，也就是弗莱的"图像学式的"批评，必须从理想的无阶级社会的角度来看待艺术。这里的"无阶级社会"指的是一个平等的、等价的机制，而艺术品的意义不是由排序或等级制制造出来的，也不是根据媒介而把艺术分成形象、文本和再现等类别而甄别出来的。恐龙的图像可能具有科学的真理价值，能够证明恐龙存在的事实；但从图像学的角度，并不是说所有的恐龙图像都有价值。恐龙的动物图像可以出现在很多地方，如电视、卡通、小说、广告，甚至玩具店，但这些图像所具有的是物品价值、图像价值还是形象价值，就很难说了。一个恐龙玩具随时可以丢弃，因为它只是一个物品，不具有

---

[8] Leo Steinberg, *Other Criteria: Confrontations with Twentieth Century Art*, Oxford: Oxford University Press, 1972, p.63.

[9] Northrop Frye, *Anatomy of Criticism*, Princeton, NJ: Princeton University Press, 1957, p.20.

艺术价值;一张普通的恐龙图像可以贴在任何地方而不被人们注意,而且不久就被其他图像覆盖了,因为它没有任何可以引发同感的地方;但电视剧中的恐龙如果有趣、生动、激发思想,看过电视剧后,其形象仍能萦绕在儿童的心怀,因为它具有的不是物品和图像价值,而是形象价值。图像、雕像、物品可以毁掉,但形象无法毁掉(如金犊的例子)。

由此而又回到形象与图像的关系和形象生命的问题上来。维特根斯坦说:"一个形象不是一幅图像,但图像可以与形象对应。"[10]这也是说形象是非物质性的或精神性的。形象存在于梦、幻想和记忆等心理媒介之中,在语言再现之中,在表示相似性的符号之中。它是一种幻影般的、幽灵般的存在,可以从图像等物质形式中升华出来,以语言再现的形式加以呈现。它也可以是隐喻或讽喻,以形而上学的洞穴寓言式的元图像得以呈现,作为图像世界与自然史而构成一个复杂的类比。最后,形象是一个新的物种,有其自身的生命形式和生命力。当我们说一幅画栩栩如生的时候,我们是说它捕捉到了生命力,生动、鲜活、逼真地体现了其寄主的生命。然而,这个寄主不是个人,而是社会。"形象的生命是社会的生命。形象活在谱系或遗传系统之中,随着时间而繁殖,从一种文化转入另一种。它们也在或多或少不同的年代或时期里集体共存,受我们称之为'世界图景'的非常大的形象构型所主导。"[11]形象的价值之所以在不同时

---

[10] Ludwig Wittgenstein, *Philosophical Investigations*, p.101.

[11] W. J. T. 米歇尔:《图像何求?》,第 101 页。

期、不同地点发生变化,以不同的风格体现出来,其原因就在于此。

维特根斯坦认为形象的产生或再生标志着新方法的产生。形象改变着我们看待世界的方法,因此也改变着我们的思维方式和梦想方式。这无疑是说形象在控制着我们;"人类从未从形象的权力控制之下解放出来。"[12] 从图腾时代起,形象就作为"第二自然"成为制造世界的手段,主导对世界的认知和安排。当商品拜物教伴随着社会矛盾不断上升时,形象也给予图像以剩余价值,使其成为意识形态幻想的承载者,成为物恋的对象。直到艺术时代到来之后,主控形象的权力落到了艺术家和观者的手里,使形象/图像成为反思的客体。然而,这样的"好景"并未持续多久。古代偶像崇拜者以及偶像破坏者连做梦也想不到的一种权力已经被今天的视觉形象所攫取,鲍德里亚批判的拟像/类像世界已经迅速演变成电子人、克隆人和生物遗传工程的世界,本雅明所描述的"机械复制时代"早已为"生控复制时代"所取代。形象正在以一种新的形式令人不安地显示为一种新的无法控制的权力。

物

鲍德里亚曾说我们生活在物的时代。在一代又一代人所生产的物中,许许多多物质性的实体存留下来,成为历史变迁和文化发展的见证,但也有许许多多的物未能实体存留,而作为形象或"心像"

---

[12] Belting, *Likeness and Presence*, Chicago: University of Chicago, 1997, p.16.

存留于人类的精神领域。当下的时代之所以被称为物的时代,不仅仅因为全球资本主义导致的物质主义和商品文化,还因为物与人之间的一种复杂缠结的关系:人作为主体而认识的自然物或人作为主体而生产的人工物,不仅用这些无情感的、无生命的、非人性的实体营造了自己生存的氛围,并与之建立了一种亲密关系,甚至亲密到被这些实体所胁迫的程度。一些微不足道的物品,如拖鞋、茶壶、手套等,已不再是被动的物,而有其自己的生命了:有需求、有欲望、有话要说、有事要做、有故事要讲。它们代表了被压抑者的回归,底层人的反抗,旧物的重拾,甚至废物、垃圾、过时的技术产品也都可以成为当代艺术展览的样本了;不啻如此,它们还成了物质文化研究的重要客体,成为大学艺术讲堂的核心课程,因此也成为现代艺术领域"物热"讨论中的"建基性之物"。

什么是"重拾之物"?如何判断某物为"重拾之物"?

> 每个人都知道判断重拾之物只有两个标准:(1)它必须是普通的、不重要的、被忽视的、(在重拾之前)无人问津的;它不能是美的、崇高的、美好的、惊人的或明显地超群的;否则它早就会被挑选出来,成为"寻找"的对象了。(2)它的寻找必须是偶然的,不是有意的或计划的。如毕加索的名言所示,人们并不刻意寻找重拾之物,只是发现它。或者说,它发现你。……它们回头望着你。重拾之物的秘密是最难追寻的:它就隐藏在平凡可见的地方,像爱伦·坡的失窃的信。然而,一旦发现,重拾之物就应

该是建基性的，如超现实主义的实践所示。它可能经历一次神化过程，普通之物的重构，获得艺术的救赎。[13]

这里提到的仅仅是判断的标准和"发现"方式，但仍然是极为一般而非具体的限定。鉴于关于重拾之物的理论批评尚不成熟，所以只能从其反面（即其所不是）进一步加以限定：

有什么不是重拾之物？回答是：被寻找之物，所欲求之物，美或崇高之物，有价值之物，审美之物，生产的、消费的或交换的物，给予或拿来之物，象征之物，恐惧或仇恨之物，丧失或消失之物。……是我们事先关心的物，我们正在寻找的物，供理论研究的物。[14]

这些显然指的是艺术史、视觉文化研究乃至哲学所关注所研究过的物。而所要"重拾"的物无非是构成这些高尚之物之对立面的那些被漠视的物，"在我们周围无处不有的'可怜之物'，充其量引起'不在意的好奇心'之物"[15]。它们在被物化之前、甚至在被商品化之前就是商品，但却默默无闻，被置于无人光顾或被人嘲弄的地方，而一旦被发现、被揭示、被重构，便会被展示而成为拜物。所能想到的首先是景物画。

---

[13] W. J. T. 米歇尔：《图像何求？》，第123—124页。
[14] 同上书，第125页。
[15] 同上。

阅读何为：
文本·翻译·图像

景物画不是色欲的对象，也不是崇高的客体。画中的物都是些"可怜的物"，象征着贫穷但却并非没有魅力，如废墟、吉卜赛人、乞丐或华兹华斯笔下的水蛭收集者，或是被浪漫主义美学所关注的那些普通、平凡、细小、贫弱之物，如布莱克笔下的苍蝇、华兹华斯的"绽开的最吝啬的花"、雪莱的敏感的植物、柯勒律治的火炉里鼓翼的灰。重拾这些旧物，将其置入景物画的画框之内，或利用摄影技术将其展示出来，这就等于抬高这些卑贱之物的价值，将其从卑微的出身中解放出来，同时又"不忘初心"。这些被抬高价值和地位的旧物不是拜物，也不是偶像，它们仅仅是当代人性废墟的记录，是不断加快的商品循环所促成的一种新的人文主义，是从当代古生物学的史前视角来看待当代性，而最终传达的是"后人文"时代的人类自身的信息。

另一类物是"令人反感之物"，其特点是其产生的形象具有冒犯性。如果说"可怜的物"由于被景物画、浪漫主义诗歌或后现代主义的拼贴和组装艺术所"重拾"而抬高了自身价值，成了艺术品，那么，"令人反感之物"则由于本身就是"令人反感"的，其形象具有冒犯性，即使有了不同形式的再现，最终也将遭受被破坏的厄运。古往今来，此类例子比比皆是。[16] 形象之冒犯性的原因从根本上说不在于物本身，而在物与社群的社会交往关系。社区不同，对同一物的反应也不同，因此，物冒犯的方式以及被破坏的方式也不同。[17] 在犹太教和

---

[16] W. J. T. 米歇尔：《图像何求？》，第139—141页。
[17] 同上书，第142—144页。

基督教传统中，形象本身就具有冒犯性：亚当和夏娃由于损毁了上帝按自身形象制造的人的形象而被驱逐出伊甸园，之后，上帝又为其选民规定了第一条诫命："不可为自己雕刻偶像；……不可跪拜那些像；也不可侍奉它"（《出埃及记》20：4—6）。显然，任何偶像制造和崇拜都是冒犯上帝。然而，冒犯是必然的。摩西刚刚接过诫命，一下山就看见以色列人制造了金犊，"和陌生的神行邪淫"，这意味着，形象一旦制造出来就具有了自己的生命，成为偶像，取代了上帝，因此对上帝来说，其冒犯性是致命的，必须严加禁止。

形象的冒犯性有时产生于形象制作的材料。1999 年美国布鲁克林博物馆展出克里斯·奥菲利的《圣母玛利亚》，圣像一经展出就被涂抹，备受责难，因为其制作材料是大象粪，被认为是对圣母的侮辱，尽管奥菲利争辩说大象粪在非洲文化中是大地母亲之肥沃和哺育的象征，仍无济于事。更意味深长的是，当时被冒犯的吉尤利安尼市长以及众多责难者并未亲眼见过这幅画，他们仅凭纯粹的语言报告就判定这是有罪的，而亲临现场的观者却毫无被冒犯之感，反倒认为该画亲切无害。这说明真正具有冒犯性的不完全是形象本身，而是语言标签及其大象粪之名，正如安德烈·塞拉诺的《尿基督》一样。词语激发的幻想乃至想象冒犯了人们，而视觉形象却未必。诸如美国南卡罗来纳州议会大厦上飘扬的南联邦旗帜、希特勒法西斯使用过的万字饰、米开朗基罗的《大卫王》等形象，其冒犯性除了取决于何时何地向何人展示外，其语言的意识形态作用不容忽视。也就是说，在这种冒犯性形象背后，常常潜藏着更深的人类堕落、犯罪、创伤，而所有这些又都涉及物与帝国的关系。

当然，在帝国主义被全球化所取代的赛博空间时代，这里所说的"物"指的是非物质性的物，而帝国也不是历史上侵入外族、扩大疆土的帝国主义国家实体。帝国首先体现为对已经终结的帝国主义也即殖民主义黄金时代的怀旧，如《星球大战》中的邪恶帝国、《角斗士》中的罗马复兴、《黑客帝国》中的赛博帝国以及《亚特兰蒂斯》中消失的帝国，都可谓以最有效的方式对已终结的帝国的数码形象化。其次是后殖民时代知识界对帝国时代的告别，包括吉奥瓦尼·阿里吉的《漫长的20世纪》、赛义德的《东方主义》、霍米·巴巴的《文化的定位》，都是就帝国主义进行的历史和理论研究，这类研究业已成为学术界的发展工业，以至于一幅全新的帝国图景已被描绘出来，代表了学术界对帝国的非物质性偏执，而在这种偏执中不可避免地掺杂着对物的前所未有的迷恋。如是，这个由当代消费文化所构筑的"民族的和国际的有机体"（哈特和奈格里想象中的"帝国"）就把世界变成了一个巨大的垃圾场，里面充斥着运动型汽车、郊区城堡、各种垃圾食品、不可回收但可收藏的垃圾、过时过剩的器皿等，物性成了学术前沿。观念令人恶心，物体给人快感。正如比尔·布朗所说："近年来，你可以读到关于铅笔、拉链、盥洗室、香蕉、椅子、土豆、礼貌的书。近年来，历史可以毫不脸红地从物开始，从我们理解它们的感觉开始；就像一首现代主义诗歌一样，它开始于街道，开始于'煎油、烟草和未盥洗的啤酒杯'。"[18] 与基于

---

[18] 孟悦、罗钢主编：《物质文化读本》，北京大学出版社，2008年，第77—78页。

"帝国"的学术产业一样,基于"物"或回归"物"的理论反思也变得异常重要了。[19]

何以如此?这在很大程度上是由帝国的艺术观念决定的。对帝国来说,艺术并不纯粹是雕塑、绘画、建筑、诗歌等艺术正身,而包括科学技术,即能够使帝国主义得以实现的手工艺和技艺,及其所制造的武器、仪器、船只、机械、纪念碑、原材料和各种商品。物以图像形式出现在帝国图景之中,其众多和细致的分类有利于帝国的想象,因此需要建立福柯所说的"物的秩序"。也就是说,帝国需要生产物性,也需要为之建立一套话语体系。在这个话语体系中,"物"与"物体"是有区别的。

> 物体是物呈现给一个主体的方式——也就是说,有一个名称,一个身份,一个格式塔或定型的模板,一种描述,一种用法或功能,一段历史,一种科学。另一方面,物是模糊的和麻木的,感觉既具体又朦胧。……物扮演原生物质的角色,无形、无状、纯粹的物质性,等待着一个物体系统的组织。……物作为真实之无名的象出现,不能感知或再现的象。当它有了独特可辨的面孔,一个稳定的形象时,它就成了物体;当它不稳定,或在多面形象的辩证面相中闪烁时,它就成了一个杂交的物(如鸭—兔),需要有不止一个名称,不止一个身份。[20]

---

[19] 需要提到的相关著作有:阿君·阿普杜莱的《物的社会生活》、哈尔·福斯特的《真实的回归》、朱迪斯·巴特勒的《身体重要》以及弗里德的《艺术与物性》。

[20] W. J. T. 米歇尔:《图像何求?》,第 170 页。

物体是具体的、客观的、可描述的。在帝国主义对其物体的描述中，物体就是偶像、拜物和图腾。偶像往往是神的象征或化身，是帝国的最有力的武器，具有最大的危险性，只要求一神教崇拜，不允许任何其他偶像的存在。与偶像不同，拜物不是象征符号，而是生命活力的真实在场，是在全世界范围内流通的社会和文化通货，马克思用拜物来定义西方资本主义的商品，以期对其交换价值进行理性的客观的评价。而图腾则是自然物或自然物的再现，是这三种物体中最仁慈的，因此也是天真的、幼稚的、与部落或氏族亲密相关的身份标志。对这三种物体的崇拜——偶像崇拜、物崇拜、图腾崇拜——构成了帝国主义的发展史，即从征服和占领，到重商和航海，到贸易垄断和宗教扩张的一整个历史发展序列。据此，这三种物体也可以严格区分为三个不同范畴：神（偶像）、自然（图腾）和艺术品（拜物）。

当然，所谓的艺术品已不全然是基于组装线、机器人、摄影或电影等典型的"机械复制"的形象文化范式，老一代终结者使用的绳索、滑轮和摩托车已经被病毒、蠕虫、瘟疫所取代，现代主义时期的结构坍塌已经由结构毫无控制的空前发展所导致的恐慌所取代。抑或，我们正在被我们自己制造的机器所残害，被我们自己发明的技术所控制，被我们自己内心恐怖的欲望所吞噬。究其实，我们的身体早已不是浪漫主义文学中错以为是的"自然的身体"了，"我们这躯壳中止了呼吸，甚至我们的血液也暂停流动，我们的身体入睡了,我们变成了一个活的灵魂"。[21] 诗人似乎把人(露西)的生命理解成一次"睡眠""与岩石树木一起随地球的白昼滚动",像"一个不能感觉的物,触动地球的年轮",于是,诗人的精神像墓碑一样闭锁起来,人也变成了物。人类历史随之进入了非人的历史,人类的世界也进而变成了自然物的世界。这就是黑格尔所始终坚持的人类历史的终结,或福柯所说的人的终结:

> 物首先接收了一种属于它们的历史性,把它们从连续的空间中解放出来,这个空间把强加给人的相同的年代顺序强加给物。于是,人发现被剥夺了构成其历史的最显在的内容。……人类不再有什么历史了。[22]

"物的生命"以生命科学的命运占据了科学前沿,新的非人的生命形式接踵出现:克隆羊、克隆人、自行复制的机器人、冷冻的 DNA、绝迹怪物的死而复生,乃至残害生命的生命形式,如当下的 COVID19。按米歇尔的说法,物的这种生命形式可以追溯到18世纪90年代出现在欧洲的两种动物:海狸和猛犸。1790年,一个叫约翰·朗格的皮毛商人离开加拿大的印第安人部落,胸前画着海狸的

---

[21] William Wordsworth, "Lines Composed a Few Miles above Tintern Abbey", in *Selected Poems and Prefaces*, ed. Jack Stillinger, Boston: Houghton Mifflin, 1965, II, pp.47–49. 中文由王佐良翻译。

[22] Michel Foucault, *The Order of Things: An Archaeological Knowledge*, New York: Vintage Books, 1973, p.368.

> 阅读何为：
> 文本·翻译·图像

"图腾",回到了英国(据说这是"图腾"一词在"旧世界"的首次出现)。接着,1795年,生物学家居维叶在巴黎展出石化的猛犸,把这一绝迹生命的遗迹当作地球史上灾难性进化的证据。如果说朗格用一个新词儿把一个旧的物体带给了旧世界,那么居维叶就给一个旧词儿"化石"赋予了新的生命的意义,成为知识转型的核心。而就其内在逻辑而言,二者都是可见的动物形式,都是寄寓在自然界与艺术品之边界的物的形象,因此都是进入人类童年和梦幻世界的窗口,表达了人与非人世界之间的关系,也就是弗洛伊德所说的自然史与文化史之间的平行。

这种平行或许体现在化石和图腾这两个具体概念在浪漫主义形象中的合成。如果"图腾"在奥吉布瓦族语中意为"我的一个亲属",那么,朗格胸前的海狸图腾就毫无疑问表达了与动物界、与自然界亲密无间的一种愿望,这在浪漫派的诗歌中得到了最为贴切的表达:如华兹华斯与水仙花、柯勒律治与信天翁、雪莱与西风、济慈与夜莺。"诗人由于亲眼见到物而为物命名,或者比其他人都更接近物。这种表达或命名不是艺术,而是第二自然,它产生于第一自然,好比叶子生于树。"[23] 爱默生把这种对物的渴望或亲近看作"第二自然",这毋宁说也是一种图腾崇拜,因为语言的活的源头是隐喻,而隐喻的源头是动物,正如绘画的第一个主题是动物,其第一个隐喻也可能是动物(如古代洞穴壁画所示)。于是,艺术与生物学(以及人类

---

[23] Ralph Waldo Emerson, "The Poet", in *The Selected Writings of Ralph Waldo Emerson*, ed. Brooks Atkinson, New York: Modern Library, 1950, p.330.

学）便走到了一起，因为这些学科关注的图腾和化石都是动物形象，而且，一个不争的历史事实是，石化论和图腾崇拜的讨论同时开始于浪漫主义时代，它们带来的是新的时间秩序，新的辩证形象，以及自然形象在浪漫主义诗歌中新的魔力。然而，"浪漫主义也许仅仅是机械论与生机论、无生命物体与有生命身体、顽固的物质与光谱的心像在充满矛盾欲望的图像中得以接合的一个历史化标签"[24]。人类对自然界的认知、人类与动物的亲密接触，以及艺术对动物和自然生命的视觉和语言再现自人类历史的端倪就已开始，在这个意义上，"我们从来就不是现代人"[25]，我们始终都是浪漫派。

图腾崇拜、物崇拜、偶像崇拜未必是形象和艺术品的垃圾箱；图腾、拜物和偶像也不必非得是艺术品或可见的形象。其形象的认知或感知特征并非是变化的，变化的是其价值、地位、权力和生命力。它们通过词语、观念、概念而被赋予了特殊的价值和生命形式，可以体现为拉康的象征界、真实界和想象界，或皮尔斯的符号、索引和肖像，在概念上存在着分析与叙事、历时与共时的关系，但无论如何，它们都与一个特殊的范畴相关，那就是"特殊的物"。这些特殊的物首先产生于现世的和世俗的生活，而一旦与仪式、占卜、预言等宗教迷信活动相关，便具有了象征性；一旦与形象家族、礼仪习俗关联起来，便具有了群体的社会性；一旦与形象制造、装饰、

---

[24] W. J. T. 米歇尔：《图像何求？》，第 204 页。

[25] Bruno Latour, *We Have Never Been Modern*, Cambridge, MA: Harvard University Press, 1993.

绘画、雕塑联系起来，便可进入崇高的美学范畴；一旦与景物或帝国图景发生关联，则会变成"重拾之物"。然而，最终，它们都是"想要物的物，是需求、欲求甚至要求物的物——事物、金钱、血脉、尊敬"，尽管在方式和程度上各不相同。[26]

媒介

何为媒介？从图像的角度而言，媒介是图像得以于中生存的栖居地或生态系统，是形象出现于其中的那些物质支持，有时也呈现为物质性的社会实践，是一整套技巧、习惯、技术、工具、符码和惯例。如果广义地理解媒介的社会实践，那么，语言再现的媒介（写作）就显然包括作者和读者，而视觉再现的媒介则包括视觉艺术家（画家、雕塑家等）和观者，以及画廊、收藏家和博物馆等中介性机构。这样一种延伸说明了一个重要的事实，那就是媒介其实并不在发送者与接受者之间，而是包括并构成二者。正因如此，媒介才始终寄生于修辞学、传播学、电影研究、文化研究、文学和视觉艺术研究，而未能获得一个独立的身份。更具讽刺意味的是，就在媒介研究的首创者麦克卢汉提出媒介概念、把媒介研究推向巅峰的同时，鲍德里亚就几乎为媒介研究写了安魂曲，宣布了"媒介之死""媒介研究之死"，使"媒介"成了人类思想史上最短的一个概念。

然而，媒介真的死了吗？媒介研究真的死了吗？答案显然是否

---

[26] W. J. T. 米歇尔：《图像何求？》，第 212 页。

定的。在某种宽泛的意义上，只要有形象，只要我们在看、在听、在读、在感觉，媒介就存在；而只要媒介存在，媒介研究或相关的媒介理论就会不断出现。这些研究和理论涉及的命题包括："1. 媒介是一种从一开始就活跃在我们周围的现代文明。2. 新媒介带来的冲击古已有之。3. 一种媒介既是系统又是环境。4. 媒介之外，总有东西。5. 所有媒介都是混合媒介。6. 头脑是媒介，反之亦然。7. 形象是媒介的主要通行货币。8. 形象居住在媒介里，正如生命体居住在他们的栖息地。9. 媒介没有地址，也没法定位。10. 我们通过形象对媒介说话，媒介也通过形象对我们说话。"[27] 这里的"说话"是一个借喻，指说话主体对对象说话的行为；但也指代一个空间，如英文中的 address，意即地址、地方、空间或场所。无论如何，媒介是通过空间或身体形象对我们说话的，而我们也要对媒介形象说话，而要对它们说话，就必须首先赋予它们以生命的形式，如将其变成绘画、雕塑、摄影、电影和生控复制的混合媒介。

人们一般把绘画置于媒介之首，而最能体现绘画之本质的则是抽象绘画，它就包含在媒介自身的物质性之中，即物所含有的信息。这种信息不是传统的模仿所能企及的，因此要求超越模仿而再现更深的现实；它不是传统的语言叙事，反对这种叙事所追求的愉悦、享受、投射、认同和美；它也不是观者与画面之间相互构成的"同感"关系，即观者用其机械注视的眼睛喋喋不休地对沉默的画面说

---

[27] W. J. T. 米歇尔：《图像何求？》，第 229—230 页。

话，玩那种"把某物看成某物"的游戏。与其说当代抽象绘画是一种新的唯美形式，更不如说它是一个训练场，要求我们抛弃那种不经过大脑的机械的眼睛，而用一种会思考、会说话的眼睛去注视复杂的视觉意象、话语联想和延伸的物性，不去刻意寻找重要性、意义、价值或真相，而只需去看，用一种沉思的、专注的凝望解除大众媒介和日常生活带来的注意力分散和视觉噪音，进而聆听画面，让它对我们说话，或者让复杂的图式、生动的颜色、精妙的笔触、原始的光晕对我们说话，通过我们所熟悉的路径和地点，即代表水洼、峡谷、洞穴、圣地、树林、花草等物体的抽象形象和图式，从画中获得某种慰藉甚至必需的东西。

雕塑亦然。人既是进行雕塑的主体，也是被雕塑出来的客体；既是造物者，也是被创造出来的造物。究其实，雕塑即形象创造，而以人体为原型的雕塑，由于不仅塑造了人体在真实空间里的三维物理存在，还把人像抬高到偶像的高度，最终代替了神，艺术家也因此取代了上帝，因而成了最危险的一种艺术。"裸露的人体……既是一个无家可归的浪人，又是从伊甸园中被驱逐的流犯，而在伊甸园中，他曾经是那地方的天才，他的身体也是一个永远无法完全抛弃的家。"[28] 现在他被逐出了乐园。人作为第一个被塑造的雕像，他想要什么？雕塑想要什么？雕塑作为物，本身就是物，所以它想要的就是它所能赖以存在的某个地点，并成为那个地点，也就是家。

---

[28] W. J. T. 米歇尔：《图像何求？》，第 274 页。

然而，在短短的一个世纪里，人的身体被解构、破坏、切割成碎片，成为有性别的身体、具有科学意义的身体、痛苦的或者愉悦的身体。它是生命的或死亡的面具；成为纯粹沉思的形象，以悬置的姿态见证身体作为一个地方的辩证形象，考验着人的感知力和知觉力。作为地点和非地点、场所和非场所，雕塑以其姿态性为空间命名，改变其意义，或取消其意义，剩下的只有人类裸露的面孔的无条件的吸引，超越性别、超越物种、超越所有人类注意力的那种吸引。雕塑的爆炸力——内爆与外爆、扩张与收缩——就寓于这种吸引之中，即作为地点的不确定边界之中。

如果说现代绘画和现代雕塑都以其抽象性界定其不确定的含义，那么，摄影却以其确定的自然画面界定其不确定的意义倾向，即以我们所看到的东西揭示我们所看不到的东西，以独立于语言之外的东西界定语言所遮蔽的深度现实。在美国，自沃克·埃文斯的《让我们赞美名人》之后，罗伯特·弗兰克的《美国人》一举成名，终结了"美国摄影"，使其成为与"法国绘画""希腊雕塑""荷兰风景画""埃及象形文字"齐名的一个名称，以悲剧诗的形式曝光了美国文化中正在扩散到全世界的"人类的粉红色汁液"，[29] 弗兰克也成了"一个奇怪又悲剧的米开朗基罗"。[30] 他的摄影从近处和内部直接参与了对一种异化感的传达，以碎片化的视角展现了令人惊叹的随意、混乱、令

---

[29] Jack Kerouac, introduction to *The Americans*, by Robert Frank, New York: Aperture, 1969, p.iii.

[30] W. J. T. 米歇尔：《图像何求？》，第 302 页。

人迷惑的意象，留下了一部"令解释无效"的关于美国社会的摄影记录，包括污秽的城市风景、法西斯原型般的父权主义、异化的劳工、俗丽且商业气十足的宗教信仰，以及模糊、空白、没有焦点的明星肖像。贯穿《美国人》全书的一个母题是"斩首"：如看起来漂浮在一具无头尸首上的艾森豪威尔的头，沿着霓虹箭头行走的无头行人，或把美国国旗当太阳伞来用的无头拜日者。"斩首的母体是一个交汇点，弗兰克的直觉实践，摄影的自动主义，他在国家和当地成为一个公民和一个'美国摄影师'时他在自己身上感觉到的伤痕"，统统在此交汇。[31] 弗兰克的摄影作品展示的是具有高度同质性的美国，一个由高速公路、电话亭、邮政系统和军队统一起来的同质网格。在这个网格里，美国无处不在，却又不在任何一处；美国生活的任意一个方面都可以找到，却又看不到人皆熟悉的地标、城市、自然风景；在家庭空间里，父亲总在远处，或不在场，或成为阴影、框架、屏幕或媒介本身，而女人和儿童却总是展现为温馨、甜美的形象；此外，每一张照片的语言解说又恰恰是照片上所看不到的，而这又是摄影师的思想与图像对话、与图像同步或被图像所唤醒的结果。

这里所唤醒的实际上是图像的生命，即图像在不同媒介之间游移传播的能力，或是被欲望、需求和愿望所唤醒的符号的活力，以及这些媒介或符号（电影、电视、写作、雕塑、绘画、舞蹈等）在时尚广告和通俗表演中被派生使用的元图像。元图像是关于图像的

---

[31] W. J. T. 米歇尔：《图像何求？》，第314页。

图像。它对形象进行自觉的质询，尤其是关于女人、黑人、黄种人、阿拉伯人等少数族裔，甚至"红脖子"等本土"刻板形象"的质询。作为媒介，电影和电视既是生产这些刻板形象（常常表现为被扭曲的形象）的机器，同时也是打破和批判这些形象制造的武器。这些刻板印象在科学幻想与技术现实之间占据一个重要位置，把一个面具贴在一个活生生的身体上，同时也直接铭刻在观众的感觉上，渗入日常生活，构成更大的社会屏幕，掩盖着人的真实面目和事物的真正意义。如同奥古斯丁所说的国家，刻板印象也是一种必要的邪恶。这是因为我们必须具有把一事物与另一事物、一人与另一人、一件东西与另一件东西区别开来的能力，必须打破误认的焦虑、自恋的幻象和刻板印象的面具，否则我们就不会知道黑人想要什么、女人想要什么、图像想要什么。最终，刻板印象的生命、动力、活力就在于其原型的死亡，因此，它想要的也正是它所一直缺乏的。

在我们所生活的生控复制时代，形象的生命发生了决定性变化。米歇尔在其三部曲中讨论的各种形象、图像、元图像和媒介依然存在，但是，人工智能、生物基因、克隆、数码技术以及赛博空间的飞速发展创造出了各种新的媒介、新的形象和新的生命体。有机物、蛋白质、细胞和DNA分子都可以成为制造这些"赤裸生命"的新材料，进而改变着这个星球上所有的生命状态和政治经济结构。在这个大环境下，自然与文化、人类与人造世界的辩证关系也必然渗透到形象的各种媒介之中。在艺术领域，本雅明所说的机械复制时代

阅读何为：
文本·翻译·图像

已经为生控复制时代所取代，现代主义时期的摄影、电影、技术复制和流水线生产现已让位于生控复制时代的高速计算、视频、数码影像、虚拟现实、基因工程以及各种数字网络的产业化。绘画、雕塑、建筑以及在本雅明时代就开始崛起的摄影、电影、广播、电视，就复制这个概念而言，都有了大不相同的意义，复制品或许已经不是以往人们努力甄别并视为不齿的赝品，而是对原作的提升和完善，也就是说，不是本雅明所说的"光晕的衰退"，而是比原作更具"光晕"的作品。艺术家与作品之间的关系就如同外科医生与魔术师——外科医生大可不必近距离地切开人体，而可以采纳远程虚拟手术；又如画家与摄影师之间的关系——摄影师大可不必像画家那样与现实保持距离，而亲身深入深度现实，接触物自身，但其主体性却碎化到由远程控制的假肢体身上，碎化到期望不断被推迟、焦虑周而复始的观众身上。艺术所能承担的一个任务就是显示代码，用数字技术制造的荧屏形象展示人类毁灭自身的全过程以及这种毁灭的美，在这个过程中，尽可能地讲述"人""人文"和"人文主义"的故事。而这一切都是形象、图像和想象的问题，艺术家能给这个时代提供的最好疗法或许就是释放这些形象，进而思考生命和艺术究竟为何存在。

13

遮蔽与解蔽：一种纯粹的展示

一种单纯的赤裸。一种纯粹的赤裸。一个"可能发生或本应该发生"但没有发生的事件。[1] 这使裸体成了问题。《圣经》中亚当和夏娃在打开"心眼"之前据说是赤裸的；[2] 但他们并非没有遮盖身体之物：他们穿着"恩典之衣"，上帝给他们身上罩上了"一件荣耀的外套"。他们堕落之后被剥去的正是这件"超自然的""荣耀的外套"。[3]

---

[1] 吉奥乔·阿甘本：《裸体》，黄晓武译，北京大学出版社，2017年，第104—105页。
[2] 《圣经·创世纪》3：7："他们二人的眼睛就明亮了，才知道自己是赤身露体。"
[3] 这是神学家们的解释。《圣经·创世纪》中并没有提到"心眼""恩典之衣"和"荣耀的外套"。上帝照着自己的形象造了亚当之后，又用他的肋骨造一个女人，给亚当做配偶。"夫妻二人赤身露体，并不羞耻。"只有当夏娃在蛇的引诱下吃了智慧果，又叫亚当吃了，"他们二人的眼睛就明亮了，才知道自己是赤身露体。"上帝知道后，诅咒了蛇、女人和男人，"就打发他们出伊甸园。……把他们赶出去了。"这又说明只有在被赶出伊甸园之后，二人才同房，夏娃才怀孕。这说明他们二人在被逐出伊甸园之前只是意识到了赤身露体，感到了羞耻，还没来得及"堕落"就被赶出去了。但有些神学家的解释和艺术家的描画却暗示夏娃在被驱逐前就怀孕了，这又说明"堕落"的确是在伊甸园里发生的。

由此提出的第一个问题是：上帝为什么在造人之后用"神衣"遮住人的身体？如果人原初是无罪的，那就无需遮掩。人犯了罪，上帝给他的"神衣"被剥去了，却又给他们穿上了"皮衣"，而不是再用"荣耀的外套"来遮盖他们。这显然又意味着，人的赤裸的肉身本身就是罪，上帝在创造它们时它们就是罪，上帝看着不好，于是才用荣耀将其遮掩（假设一）。或，之所以给人披上"皮衣"，是因为上帝不再能重复原初的创世之举，或不再能恢复"堕落"前（赤身露体但看着"并不羞耻"）的天真状态，便给人披上了"皮衣"（假设二）。那么，兽皮从何而来？当然是由杀戮而来。上帝用他亲手创造的其他动物的皮给人类做衣服。这又意味着上帝似乎通过自己的杀戮间接地纵容人类杀生（假设三）。或许恰恰因为这一点，后来作为圣子的基督及其弟子们才穿着白色亚麻布外套，替换了皮衣，这或许是赎罪的最早暗示：既为众生赎罪，也为上帝（进而也为一切神）的"杀戮"赎罪（假设四）。

"赤身露体"是人的本性最原初的表现。上帝在造人时显然犯了结构上的错误（"神的创造在结构上的一种不完美"），[4] 他似乎在造人时就把"罪"嵌入了人的裸体，因此才刚一造完就看着不好，用自己的荣耀罩住了他，人的本性（"罪"）也因此被遮盖起来。有趣的是，神的荣耀竟然抵不过一只智慧果，那只使"眼睛明亮了"的果子。在隐喻的意义上，智慧（"明亮了的眼睛"）看穿了神披在人之肉体上

---

[4] 吉奥乔·阿甘本：《裸体》，黄晓武译，第 119 页。

的"荣耀的外套",看到了自己的真实本性,于是自己就用无花果叶替代了外套,遮盖了自己的"罪"。这说明人凭借"自然之果"或自我观照认识到了自身的本性,但人并没有放弃它,而是依照这一本性去身体力行,践行人的繁殖功能,而世代繁衍或许就是上帝造人时有意无意地指向的真正目的,[5] 基督教创世神话的真正意指也许就在于此。但上帝并没有直接让人类在伊甸园里从事繁衍后代这项高尚的事业,毕竟,伊甸园是上帝和天使们闲居乐业的地方,而不是凡人繁衍生息的场所,因此,智慧(看到了赤裸肉体的"明亮了的眼睛")使人堕落成罪人。在这个意义上,"罪主要在于衣服的去除"(真理的"去蔽"),在于肉体的裸露(或裸露后用无花果叶的遮掩),在于人的堕落(脱掉"神衣"后的令人"蒙羞"之举),于是,堕落,或肉体的裸露,或身体的遮掩,就成了"罪的产物"。[6]

裸体与着衣之间的神学联系导致裸体由"状态"而成为"事件"。[7] 裸体被体验为裸露,一个"永远不能充分满足它所承受的凝视""从来不会到达其完成形式的事件"。[8] 如果裸露并未达成凝视所承载的欲望,从来不会到达其完成的形式("同房"),那就可以说,堕落并未实现,起码没有在伊甸园里实现(但这无法解释夏娃在被逐出伊甸园之前就已怀孕的事实)。赤裸的肉身只是原本就携带的

---

[5] 《圣经·创世纪》1:27:"上帝就照着自己的形象造人。乃是照着他的形象造男造女。上帝就赐福给他们。又对他们说,要生养众多,遍满地面……"
[6] 吉奥乔·阿甘本:《裸体》,黄晓武译,第119页。
[7] 同上书,第120页。
[8] 同上书,第121页。

罪，原罪，但还不就是堕落。上帝用"荣耀的外套"遮掩人的裸体，把肉体所承载的一切包裹起来，这具有强烈的艺术暗示性：艺术可以用"精致的布料"和"绚烂的色彩"来表现"充满美感的肉欲"，用"遮掩、包裹、着装等暗示性手法来勾起观众的性联想"（克里姆特和希勒）。[9] 这种把"人体与装饰性包裹的并置"意在表明遮掩式的着装与赤裸并无分别，或许能比赤裸挑起更猛烈的欲火。褪至膝盖的女人内裤[10]、撩到身体上方的裙子[11]，在人类堕落的瞬间被去除的无花果叶，而从这些衣装内浮现出来的"无遮掩的性器（官）"或许恰恰表现了自我从隐秘中的浮现、真实从虚伪中的析出、艺术家从影响阴影里的逃离，以及灵魂从肉体的挣脱。[12] 于是，裸体与其认识性再现、艺术与"着衣神学"便被神秘地连接起来，成了进程中的、从未有结果的一类事件。裸体也因此成为表征行动的一种符号，所指代的是一种从未出现过的现实，一种在缺场与在场、想象与再现之间的构建和破坏偶像的辩证法。

这种想象与再现、构建与破坏的辩证法在毕加索的裸体艺术中可见一斑。毕加索开始用画笔攻击女性身体的时候（《亚威农少女》），他已经把焦点从"被看"转向"观看"。这种"观看"主要在于

---

[9] 冷杉、叶冰编译：《灵魂与裸体的对话：西方现代十大艺术家与人体模特》，山东画报出版社，2006年，第38页。

[10] 埃贡·希勒：《穿绿披布的女裸体》，1913年，铅笔和水彩画，见《灵魂与裸体的对话》，冷杉、叶冰编译，第39页。

[11] 同上书，第45页。

[12] 同上书，第39页。

他对女性形体之神圣性的挑衅，对眼中世界（女性肉体）之整体性的洞察、解构、还原和重构。他要通过对暂时性和偶然性的强调来突出所观之道，在充满怀疑和恨意的肢解中，把春意盎然的女性身体拆解成零散的部件：胸部、肋骨、肚脐、头发和用木桩钉在身体上的乳房。在其无数幅挑战人体肖像之整体性的裸体画中，有一幅据说是从其好友卡洛斯·卡萨其马的人生经历中获得灵感的作品，题为《生活》（1903），有人认为这幅画展示的是画家在创作早期表达的对穷人或下层社会的同情，但从其画面构图、人物的数量和排列、及其在心理和寓言层面上表现出的神秘感来看，则与阿甘本在《裸体》中描述的圣伊西多罗大教堂中一具圣骨盒上的图像如出一辙（《裸体》，112）。画面左侧面带愁容、目光盯着地面的裸女紧紧依附在裸男身上，后者的目光紧盯着右侧一位高个子女子怀里抱着的孩子，男子的手势似乎表明他在向高个子女子索要这个孩子。有趣的是，这位高个子女子身穿宽大长袍（上帝常常裹在身上的那种宽大长袍），似乎扮演着"亚当夏娃被逐出伊甸园"故事中的上帝的角色，而一对儿裸女裸男的年轻性感的形象，其困惑、不安、不祥的表情，都栩栩如生地再现了亚当夏娃被驱逐时的情绪。所不同的是，圣骨盒上的亚当和夏娃已经穿上了上帝为他们准备的皮衣，虽然夏娃的下身仍然裸露着，但"上帝似乎在强迫她穿上外套"，而她则"正在用尽力气抵抗这一神性的暴力"，充当了"伊甸园式裸体的顽强守护者"。[13] 更有趣的是，《生活》的背景中有两幅蜷缩着的裸体，其悲伤

---

[13] 吉奥乔·阿甘本：《裸体》，黄晓武译，第 113、115 页。

受挫的姿态更能表现出人在失去乐园时的感受。

巴塔耶说:"裸体具有一种堕落的意义,甚至具有一种表现特征的意义,这种特征是我们通过穿衣显示出来的。……半裸比全裸更不加掩饰。"[14] 从上帝的"荣耀的外套"到人类始祖自行遮羞的无花果叶,再到上帝为亚当夏娃选择的皮衣,再到耶稣等人穿的白色亚麻布外套,这一"着衣神学"或神学的"着衣事件"所遮掩的并不完全是上帝造人时的疏忽,即在伊甸园里从未得以实现的、导致后来基督教历史上始终缺场的那一幕,而且说明"人类本性总是已然被构建为赤裸的,它总是已然是'赤裸的肉体'"。[15] 在文学中,在艺术中,在现实生活中,只要肉体被描画为赤裸的,它便站在了灵魂的对立面,便与精神构成了对立,具有了"堕落的意义"。这里,人类本性无疑与"堕落"画了等号。这种"堕落"最终是以对人性本身的否定为代价的。在这种否定行为中,人所失去的是恬静淡然的乐园,而得到的却是堕落中的享乐和迷醉,一种死亡和毁灭的意识,只有在这种死亡意识中和对享乐的迷醉中,人才能体会到一种莫大的幸福。然而,在这个堕落的世界中,人却以不可能实现但实际上已然实现了的人类要求取代了上帝的戒律,用看上去污秽但却不引起任何色情欲望的肉体代替了上帝的形象。在善与恶、灵与肉、欢乐与痛苦、毁灭与构建的辩证关系中,"至高无上的放荡者与至高无上的神秘主

---

[14] 冷杉、叶冰编译:《灵魂与裸体的对话》,第151页。
[15] 同上书,第116页。

义者"[16]建立起了更符合逻辑的伙伴关系,神学和艺术也恰恰在这里找到了它们的契合点。

"裸体并非总是淫秽的,它也能以不让人联想任何性行为的方式出现。"[17]显然,亚当和夏娃的裸体不是污秽的;耶稣在十字架上的半裸体圣像也不是污秽的。前者由于思维定式而让人想到堕落或背叛;后者也由于思维定式而让人想到痛苦或忠诚。在这些圣像面前,最具色情要求的人也不会产生一丁点的性欲望,因为上帝在亚当和耶稣身上赋予了正义、圣洁和恩典的意味,他们由此而在死亡中获得了永生。然而,亚当的永生换来的是人类的"原罪";耶稣的永生则是为这种"原罪"导致的各种罪而赎罪,进而引出了两种不同的死亡形式:在肉体的狂欢中对灵魂的遗忘,以及在肉体的痛苦中实现灵魂的升华。从此,人的世界和神的世界便截然分明了。在艺术中,我们同样可以看到这种"魂与体的错位"和"灵与肉的分离"。[18]艺术中的裸体,无论是男性的还是女性的,都是扭曲而分离的。马约尔笔下的裸女看上去一本正经,满脸贞洁,实则春心荡漾、含蓄撩人;希勒画中的人体看上去失衡、扭曲、痛苦、神经、紧张,但艺术家自己却平衡、和谐、有力,甚至优雅;[19]马蒂斯构想的裸女倦怠、奢侈、饕足、扭曲、充满色情的夸张,但却表达出艺术家"对生命的

---

[16] 乔治·巴塔耶:《色情史》,刘晖译,商务印书馆,2003年,第156页。
[17] 同上书,第125页。
[18] 冷杉、叶冰编译:《灵魂与裸体的对话》,第51页。
[19] 同上书,第13、41页。

那种宗教式的敬畏"。[20] 这里，裸体已经不是裸体；它仅仅是一个超验的能指，它给出的已经不是能够满足观者视觉快感的那种性符号，就像现代生活中性活动已经完全脱离了生殖的功能、丢失了生殖的价值一样。画面上的裸体形象背叛了观者心中（甚或是艺术家心中）的意图，它从"必须被遮盖的裸体"回归到了"无羞耻感的裸体",[21] 把全然陌生而令人茫然不知所措的东西变成了熟视无睹和显而易见的东西。[22] 在这样一种充满否认和拒斥的凝视中，观者把明明看到的裸体当成了别的东西，就仿佛马格里特画中明晃晃的烟斗被明晃晃地标识为"这不是一支烟斗"一样。

裸体不是裸体。裸体画的目的也不在于挑起性欲。它只是一个策略，是使他人身体"肉体化"的一个策略。在情境中，裸体表露他人的肉欲；在恩典中，"身体显现为情境中的心理存在。……是表露自由的工具"[23]。身体作为一种心理存在，身体作为表露自由的工具。问题在于，这种心理存在是谁的存在？如此表露的自由是谁的自由？萨特说：一个人的自由不可能是纯粹自己的自由，自己的自由是建立在他人自由的基础之上的。我的自由与反对我的自由的外

---

[20] 冷杉、叶冰编译：《灵魂与裸体的对话》，第66页。

[21] 吉奥乔·阿甘本：《裸体》，黄晓武译，第132页。

[22] 格罗塞：《艺术的起源》，蔡慕晖译，商务印书馆，1984年，第99页。格罗塞说："遮盖的衣服的起源不能归之于羞耻的感情，而羞耻感情的起源倒可以说是穿衣服的这个习惯的结果。……偶然的掩蔽性器官固然可以有性刺激，但等到掩蔽的习惯成为普通的经常的行为时，就会失去其原来的意义；……结果成为我们现在的性刺激的就不是习惯的掩蔽，而是偶然的无掩蔽。"

[23] 同上书，第137页。

部世界构成了一种相互对立的关系，这是自由的境况。[24] 在这种境况中，唯有他人的自由才能促成我的自由的实现。同理，我的裸体是为了他人的裸体；我的情欲是为了他人的情欲。"正是因为这情欲在别人那里不是别人的，只是一种类似于我的肉身化的肉身化。于是情欲是对情欲的劝诱。唯有我的肉体能够找到他人的肉体之路，并且我把我的肉体贴靠于他的肉体之上以便在肉体的意义下唤醒他。"[25] 自由，由他而我；情欲，由我而他。无论如何，都是一种我与他、他与我的共在关系。在这种关系中。我既是主体（I）又是客体（Me），他也同样以这个双重模式进入"我们"的关系之中，并以这个双重模式达到稳定、和谐、持久的自由。但这只是作为人的一种理想状态。现实中作为人的真实状态是：人要么胜过他者，要么允许自己被他人胜过。于是，"共在"就变成了"冲突"，他人也便成了"我"的"地狱"。

　　这给施虐者提供了理由。为了从地狱中走出来，摆脱作为地狱的他者，萨德主义者采取各种施虐的方式破除恩典与身体的"共在"，即通过让身体/肉体显现而丧失自由和恩典。[26] 然而，由于顺从施虐者摆布的身体丧失了自由和恩典，它变成了毫无生气的肉体，越是虐待它，它就离自由越远；越是赤裸，恩典就越丢失无遗，罪就越暴露无遗。在布朗肖看来，性虐是"借助一种莫大的否定体现出来的

---

[24]　萨特：《他人就是地狱》，关群德等译，天津人民出版社，2007年，第32—34页。
[25]　同上书，第152—154页。
[26]　吉奥乔·阿甘本：《裸体》，黄晓武译，第138—139页。

自主权的要求",[27] 色情世界（尤其是性虐世界）的特征就是通过消耗能量来实现极端的否定，并通过这种极端的否定实现自身的价值，即对自身的肯定，萨德称此为"淡漠"。"淡漠"适合于否定精神，具有这种精神的人选择做自主的人。他不为别人、上帝、理想、荣耀等空名耗费精力；他要摧毁寄生的怜悯、仁慈、友爱和自发性的激情；他要通过压制、缓解、冷淡地对待激情而使激情更加强烈。人"在激情的烛照之下"犯罪，而经过缓解的冷静的罪比感情炽烈时犯下的罪更大。"伟大的放荡者"之所以伟大是因为他们只为享乐而活着，"是因为他们消灭了自己身上任何享乐的能力"，使"灵魂转向一种淡漠"，这种淡漠所导致的快乐比平庸的一般享乐提供的快乐要神圣成千上万倍。[28]

这种否定的精神也恰恰是艺术的精神，艺术家在创作时所秉承的就是这种否定。他为了创造而否定，正如上帝为了否定而创造一样。"否定自然有两种截然对立的特征：恐惧或厌恶的特征，它代表着狂热和激情；世俗生活的特征，它意味着狂热减退。"[29] 在连最风骚、最堕落的女子都可以打起为艺术而艺术的旗号的时代，任何画家都可以撩起一个女人的衬裙，看到里面隐藏的白色的大理石，[30] 并将其雕塑成春心荡漾、色情四溢的阿芙洛狄忒，或者美轮美奂、一本正经的维纳斯。当希勒脱去其宗师克里姆特给模特罩上的外套时，

---

[27] 乔治·巴塔耶：《色情史》，刘晖译，第 152 页。
[28] 同上书，第 153—154 页。
[29] 同上书，第 77 页。
[30] 冷杉、叶冰编译：《灵魂与裸体的对话》，第 13 页。

我们窥见到了画面上毫无表情异常夸张的生殖器,灵魂也随之从肉体中挣脱出来,狂乱而不自然地患了热病的色彩,踌躇、扭曲、枯萎、干瘪、忸怩作态的肢体,被封闭的、绝望的、受强烈性欲驱使的男性肉体以放纵的形式表达了一种没有性别的自我,画家在用自己的身体作践自己,以表明"男人不过是离了女人就活不了的性动物"[31]。这种对自然的肯定所否定的是人(男人)的性渴望和冲动,而艺术则充当了艺术家向生存现实妥协的一种拯救。当终止五年后重拾自己的裸体时,希勒以空洞茫然的目光表达了做爱后的疏离感和陌生感,把直接描绘夫妻做爱的春宫图变成了平和而没有夸张、温和而没有悲伤的圣洁图。有悖自然的激情消失了,取而代之的是"对肉体的一种文艺复兴式的礼赞和肯定"[32]。就连枕头、床单、皱褶、桌椅和书本也被赋予了人性。前期自然袒露真情的裸体一旦被否定,他便又重新钻进了宗师为他准备的外套之中,即便赤身露体,也被遮掩上了闪烁着世俗光环的"神衣"。

萨德的否定是对享乐生活的一种肯定,也是对人自身力量的一种肯定。布朗肖认为萨德的享乐伦理是绝对建立在孤独的现实之上的,如果个体的孤独没有从根本上被提出来,那么,享乐的毁灭性罪恶也就不存在了。这符合伊甸园的逻辑。亚当本来是为死而创造的,他生命的结局就是"尘归尘、土归土"。作为伊甸园的守护者,他本可以清白无罪地度过此生。但他的孤独(萨德的孤独)使上帝

---

[31]　冷杉、叶冰编译:《灵魂与裸体的对话》,第 41 页。
[32]　同上书,第 49 页。

顿生怜悯之心，用他的肋骨为他造了一个女人，从此神的故事开始演变成人的故事，而演变的过程首先需要对自然进行否定，以便实现神与人的和解，进而再对肉体进行消解，以便实现灵与肉的统一。这是上帝的顶层设计。在实行和解和统一之前，必须存有不和解的因素，必须有一个被统一的对象、一个被否定的对象，上帝因此创造了蛇。由此看来，人的原罪是上帝有意为之的，夏娃（而非亚当）在被创造时就携带着原罪，她的肉体注定要受到折磨，她的形象注定是苦难的形象，而在文艺复兴及其后的艺术中，她大多是以孕妇的形象出现的（凡·艾克、古斯、兰布、马萨乔）：乳房鼓胀、腹部隆起、神色忧郁、仿佛肉体上携带着深重的罪恶。罪从何来？恶从何来？为什么夏娃的女性肉体成了罪恶的承载者？在讲述本性之罪的故事和艺术中，蛇是罪源，亚当是罪的实施者（他使夏娃怀了孕），而夏娃则是承受罪罚的肉身，尽管其他二者也都受到了同样严厉的惩罚。

利科在解释"本性之罪"引起的困扰时说，"恶是一个近似于物理的实在，它从外部包围人；恶是外部的；它是身体、事物、世界，而灵魂堕入其中；恶的这个外在性立即提供了某种事物和实体的一个图式，这个图式通过传染病进行感染"。[33] 这澄清了上帝造人时并未失误、在结构上并非是不完美的事实，因为恶的确是来自人的外部（蛇），并非来自人的内心（蛇的诱惑）。因此，"人类所表白的恶，与其说是作恶之行动、恶事，不如说是在世存在的状态、生

---

[33] 保罗·利科：《解释的冲突：解释学文集》，莫伟民译，商务印书馆，2008年，第335页。

存的不幸。罪是内在化的命运。这也是为什么，救赎是从别处、从外面降临在人身上，它借由纯粹的解救之魔法，而无关于人类责任，无关于人类人格"[34]。人不能实现自救，而必须依靠神的力量（外部力量），于是有了耶稣基督的第一次降临。在这个意义上，耶稣和亚当在上帝的总体设计中扮演着两个完全对立的角色：受外部力量（蛇）驱使而犯罪却又不能自救的罪人（亚当），和受上帝派遣来拯救不能自救之人的救世主。当保罗问"我们是在谁之中犯罪的？"时，答案是："我们都是在亚当之中犯罪的"，因此我们也知道另一个相关问题的答案，即"我们是在谁之中得救的？"显然是："我们都是在基督之中得救的。"这意味着罪的重要性超越了亚当本身，超越了夏娃本身，而成了人类的遗传基因，惩罚也成了"被继承的惩罚"，因此，"以扫甚至在他出生前就已经有罪了"。[35] 以后还有泰尔的罪、以东的罪、加拉太的罪和犹大的罪。罪"进入"世界之中，它"介入"、它"充满"、它"统治"。罪"占据"了人。[36]

即如此，被假设为承载着"人之罪"的裸体就不再需要遮盖了。赤裸是唯一不需要遮盖的东西。因为在亚当和夏娃第一次以明亮的眼睛看到自己赤身裸体时，他们开启了真理的去蔽，"不再被恩典之衣覆盖的这一境况揭示的并不是肉体和罪的隐晦性，而是知识之光"[37]。在知识之光的照耀下，人开始追求科学和技术，开始思考宇宙

---

[34] 保罗·利科：《解释的冲突：解释学文集》，莫伟民译，第 336 页。
[35] 同上书，第 345 页。
[36] 同上书，第 350 页。
[37] 吉奥乔·阿甘本：《裸体》，黄晓武译，第 147 页。

万物，并用实用的知识和世俗的知识取代了对上帝的认识，进而把认识客体转向了"赤裸的存在"。在这个意义上，"完整的知识是通过对裸体的沉思而获致的，是关于裸体的知识"[38]。裸体是可认识的，是人的形象。如前述，夏娃的形象差不多总是一个充满忧思的孕妇的形象。除了表示作为被逐出伊甸园之起因的原罪外，这个形象还使人想到她作为人类之母的原型。在众多描写她（们）被逐出乐园的裸体画中，她时而面带羞涩，低头不语；时而形容消瘦，神色忧郁；时而懊悔悲伤，恐惧哀鸣。这是一个女人的形象，一个"完全裸露的肉体。然而，这些颤抖着的肉体所表达的是心灵深处的一种对生存的依恋。现世的众生，也在这种忧思以致颤抖的共鸣中感受到了生存的快慰！"[39] 抑或不然！人类之母的面目表情如果真的传达了某种意义，那就是人类美的本质。这里的人类美表现为一种被去除遮蔽物的表象，作为美的虚无主义而与被遮盖的身体构成对立的人脸。

在阿甘本看来，人类裸体的秘密恰恰表现在人体的最明显的部位，即脸。[40] "我不开心并不意味着我需要时刻苦着个脸。"[41] 人的快乐不一定溢于言表。长着苦瓜脸的人不论多么开心都是苦着脸的。黑色幽默者总是用大笑掩饰内心的极度痛苦。这说明美的外观并非就是与美的心灵一致的；或者说"美的虚无主义"把美"减缩为纯粹

---

[38]　吉奥乔·阿甘本：《裸体》，黄晓武译，第150页。
[39]　陈醉：《裸体艺术论》，中国青年出版社，2011年，第145页。
[40]　吉奥乔·阿甘本：《裸体》，黄晓武译，第156页。
[41]　同上书，第157页。

的外观",或导致美的"自身幻象的缺失",即把脸的全部内在的、外在的表情遮掩起来,变得毫无表情,"只具有纯粹的展示价值",并因此"获得了一种特殊的诱惑力",如时装模特的脸。[42]脸并非由于美而美;脸并非由于表情而具有诱惑力——恰恰因为没有表情人们才特别需要知道那没有表情究竟是什么表情。但又不尽然。苦脸是一种表情,但不一定与约定俗成的意思相一致:苦脸不一定表示苦的情;哭脸不一定说明这脸的主体刚有过伤心的经历;笑脸的背后也许恰恰隐藏着不可告人的目的,也就是人们常说的"笑里藏刀"的意思。有表情的脸或无表情的脸便又作为能指而脱离了惯常的所指(与其表情相一致的概念)而游离于"虚无"之中。然而,重要的是,脸是裸露的。它应该比身体被掩盖的其他部位更能展示自身的真实。但恰恰因为是裸露的,它才是最隐蔽的;恰恰因为是最应该表示真实的,它才是最虚伪的。也恰恰是因为这些原因,当总是被遮盖的身体露出它的真实来的时候,脸将被替代,不被注意,甚至被遗忘("假如他一丝不挂,你将不再注意到他的脸"[43])。

裸露的脸,无表情的脸,作为裸体之共谋的脸,"是一种纯粹的展示","表达的仅仅是让你看到的东西"。[44]倘如此,艺术中那些逼真的面部描写和刻画又该如何解释呢?那些与裸体同时出现的面部表现出的懊悔、恐惧和悲伤,那种与裸露着颤抖的肉体同样令

---

[42] 吉奥乔·阿甘本:《裸体》,黄晓武译,第158—159页。
[43] 同上书,第160页。
[44] 同上书,第164页。

人心碎的心灵深处的对生命的依恋，以及与全裸的性感的甚至颇有些卖弄风骚的身体同时被瞩目的那种苦涩而略显神秘的"众生之母"的忧思，又该如何解释呢？夏娃的脸并没有展示出观众"凝视时的无羞耻感"，并不包含着"不可解释的"、仍然是一种遮蔽的、"永远无法揭示自身的"秘密，也没有祛除那美丽面孔便会使我们联想到的那"超越恩典的荣光和本性堕落的幻觉"。[45] 没有面孔的脸是一种逼真的假象，是"蒙蔽眼睛""通过真实外表的过度来释放真实"的镜像，是通过目光和脂粉、美貌和丑脸、面具和疯狂而诱惑那喀索斯致死的水面。"诱惑像一个无意义在闪光，像无意义的不可理解的肉欲形式在闪光，就在人们自身欲望的天空下。"[46] 在波德里亚看来，眼睛的诱惑最为直接，最为纯粹，具有可触性。眼睛可以发出炯炯的目光，投在人身上，但目光本身没有意义，没有交流，也没有欲望。而作为身体部分的眼睛则具有由纯粹符号构成的魅力，他们是"超越时间的符号，双方决斗的符号，无深度的符号"。[47] 但这些是没有严格意义的符号，人们使用它们只是为了向世界发起自杀式的挑战。"符号的威力就在于它们的出现和消失中。"[48] 人们用化妆或面具来废除面孔，"用最漂亮的眼睛来废除眼睛，用最鲜红的嘴唇来废除嘴唇"，通过在镜子前给自己变容来彻底消灭自己。[49]

---

[45] 吉奥乔·阿甘本：《裸体》，黄晓武译，第162—163页。
[46] 让·波德里亚：《论诱惑》，南京大学出版社，张新木译，第107页。
[47] 同上书，第117页。
[48] 同上书，第142页。
[49] 同上书，第142—143页。

在裸体艺术中，脸没有得到尊重，面孔几乎被废除，而衍生于面孔或裸体的那些自杀式的符号则只是为了挑战神灵、诱惑神灵、捕捉神灵，最终驱除神灵。

德勒兹在《褶子》中分析了"弯曲的世界"与"包含的主体"之间的关系："一方面，亚当从中犯了罪的世界只存在于罪人亚当（以及所有其他构成这个世界的主体，也即亚当的全部后代）之中。另一方面，上帝创造的不是罪人亚当，而是亚当从中犯罪的世界。换句话说，如果世界在主体中，主体也同样为世界而存在。上帝在创造灵魂之'前'就创造了世界，因为他是为着这个他要将其置于灵魂之中的世界而创造灵魂的。……也正是从这个意义上讲，灵魂是一个'产品'，一种'结果'：它是上帝选择的世界的结果。"[50] 世界是弯曲的，由无数个褶子所构成。每一个褶子都是既包含又展开的，因此，世界中的主体也是既包含又展开的。世界和主体是互为存在的。如果亚当在世界中，世界就为亚当而存在。如果世界在亚当中，亚当就为世界而存在。上帝创造的亚当当初并不是罪人，但他在上帝创造的世界中犯了罪。上帝在创造亚当之前就创造了世界，并要把这个世界置于亚当之中并为此而创造了亚当。亚当即主体，即灵魂，犯罪的灵魂，他是世界的"产品"和"结果"，也就是说，清白的亚当在上帝创造的世界中犯了罪，所以，上帝才以最明显的方式（裸体）掩饰其最隐蔽的秘密（罪），并借此消灭这个秘密。这是上帝创世的逻辑。

---

[50] 吉尔·德勒兹：《福柯褶子》，于奇智、杨洁译，第184—185页。